내리실 역은 삼랑진역입니다

오서 지음

내리실 역은 삼랑진역입니다

삼랑진역

café 삼랑진역 오막살이

씨큐브

차례

1화
한여름에도 얼음이 언다

　창화는 가방을 한쪽 어깨에 맨 채 플랫폼에 서서 고개를 떨구고 구두를 바라보았다. 그러고는 양손을 주머니에 찔러 넣고 구둣발로 바닥을 긁어대며 한숨을 푹 내뱉었다.

　"너도 참 질기다. 고생했어."

　창화가 구두를 애처롭게 내려다보며 중얼거렸다. 먼발치에서 기차 소리가 들려오더니 이내 창화의 구두코 앞에 멈춰 섰다. 창화는 제 기차가 맞는지 다시 한번 전광판을 확인하고, 기차 지붕에 잠시 눈길을 주더니 느릿느릿 힘없는 걸음으로 기차에 올랐다.

　창화는 평소 습관대로 통로 쪽 자리를 예매했다. 비행기를 타든 기차를 타든 내릴 때 불편함이 적은 게 좋았다. 메고 있던 검은색 크로스백은 선반 위에 올려두고 자리에 앉아 앱을 연 뒤 기차표를 바라보았다.

'부산'

목적지를 물끄러미 바라보다 이내 물속으로 잠수를 하듯 깊은 생각에 빠져들기 시작했다.

"저기…요."

왼쪽 어깨 위로 낯선 여자의 목소리가 나지막이 들려오자 창화는 마치 숨이 턱까지 차올라 막 수면 위로 올라온 잠수부처럼 화들짝 고개를 치켜들었다.

"저기… 죄송한데요. 어디까지 가세요?"

곱슬머리에 큰 눈, 쌍커풀이 진한 여자가 창화에게 목적지를 묻고 있었다.

"네?"

"죄송한데, 어느 역에서 내리시는지…."

"아, 네. 저, 저… 부산이요."

"아, 저는 삼랑진에서 내리는데 괜찮으시면 안쪽으로 들어가주실 수 있으세요? 제가 먼저 내리는데…. 주무시거나 하면 귀찮게 해드릴 것 같아서요."

"아, 네. 네."

여자의 갑작스러운 제안에 창화는 좌석을 잘못 찾아 앉은 사람처럼 엉덩이를 떼어 창가 쪽 자리로 옮겼다.

"감사합니다."

여자는 창화가 앉아 있던 통로 쪽 자리에 앉았다.

창화는 오히려 잘 됐다 싶었다. 종점까지 가는데 구석에 처박혀 창밖 풍경이나 보면 잡생각도 덜 들 것 같았다. 창화는 창밖을 넋 놓고 바라보았다. 여자는 메고 있던 작은 가방에서 책을 한 권 꺼내더니 머리끈을 입술에 물고, 어깨 아래로 늘어진 긴 곱슬머리를 하나로 모아 질끈 묶고는 바로 책에 집중했다. 잠시 후 기차가 조금씩 앞으로 나아가며 서울역의 풍경을 지우고 새로운 풍경을 가져오기 시작했다.

'그래, 이제 내 풍경도 달라지겠지.'

창화는 몸을 창 쪽으로 더 바싹 기댔다.

*

창화는 집에 온 뒤로 누구를 만나러 나가는 일이 거의 없었다. 부모님께는 오랜만에 직장에서 2주 정도 긴 휴가를 받았다고 둘러댔는데, 혼자 방에서 영화를 보거나 집 근처 도서관에서 시간을 때우는 게 전부였다. 가끔 직장 동료 경식에게 전화가 왔지만 달갑진 않았다.

"야… 최경식, 한창 바쁜 시간 아니냐?"

"야 인마. 이 냉정한 자식아. 아무리 그래도 그렇지… 전화 좀 해. 아니면 문자라도 하든가."

"너 어떻게 일하고 있는지 뻔히 아는데 뭘."

"그래서, 지금 어디야? 부산이야?"

"그렇지 뭐… 내가 갈 데가 있나."

"내가 한번 내려갈게. 넌 절대 서울 올라오진 않을 것 같고… 아, 그리고 말인데. 내가 너 회사 복귀…."

"경식아, 나 전화 들어온다. 또 통화하자."

창화는 경식이 회사라는 단어를 꺼내는 순간 황급히 전화를 끊어버렸다. 창화는 오늘도 집 근처 도서관으로 피신했다. 사실은 휴가가 아니었기에 집에 있으면 괜스레 부모님 눈치가 보이고 죄송한 마음이 들었다.

오늘도 도서관에서 시간을 보내던 창화는 커피도 떨어지고 해도 떨어질 시간이 되자 도서관을 나왔다.

'밀양 얼음골 사과'

창화는 한 과일 가게 앞에서 발걸음을 멈췄다. 가격표에 적힌 과일 이름을 본 순간 얼마 전 기차에서 받았던 사과가 떠올랐고, 이어서 사과보다 더 달달했던 대화가 생각났기 때문이다.

"사장님, 밀양 사과가 유명해요?"

"그럼요! 밀양 얼음골 사과 몰라요?"

창화는 긴 다리를 접어 쪼그려 앉더니 사과를 유심히 바라보았다.

"그냥 밀양 사과가 아니라 얼음골, 이 얼음골 사과가 특히 맛있죠. 밀양에 한여름에도 얼음이 어는 얼음골이라는 곳이 있어요."

"한여름인데 얼음이 얼어요?"

창화는 덥수룩한 머리를 쓸어올리며 과일 가게 사장님을 올려다보았다.

"곧 여름인데 꼭 한번 가보세요. 한여름에도 진짜 시원하고 너무 좋아요. 어떻게… 사과 좀 담아드릴까요? 엄청 달아요."

창화는 요즘 밀양에 대해 부쩍 많이 듣게 되는 듯했다.

"네. 열 개만 담아주세요."

창화는 왼손에 '밀양 얼음골 사과'가 가득 담긴 봉지를 들고, 오른손으로 사과 하나를 베어 물며 걸었다.

"돌멩이 말고 얼음골 이야기도 좀 해주지…."

창화는 기차에서 그녀가 해준 '표충사'와 '만어사' 얘기를 떠올리며 혼자 구시렁거렸다. 그러고는 사과에 한 입 베어 문 자국을 바라보며 생각했다.

'그때 연락처라도 알아둘 걸 그랬나….'

창화의 아쉬움은 딱히 뭐라 설명하기 힘든 감정이었다. 완전히 이성적으로 끌린 것도 아니요, 그렇다고 편한 친구 같은 느낌도 아니었다. 그건 마치 과일 가게 주인이 얘기한, 한여름에도 얼음이 언다는 밀양의 얼음골처럼 딱 그런 기묘함이었다. 창화는 옅은 미소를 지으며 얼마 전 탔던 기차에 다시 오르고 있었다.

2화
큰 가방을 든 여자

"지이이잉. 지이이잉."

창화가 기차 밖 풍경을 하염없이 바라보며 무기력에 빠져들고 있을 무렵, 바로 옆에서 책에 빠져 있던 여자의 가방에서 핸드폰 진동 소리가 새어 나왔다. 여자는 화면에 뜬 이름을 보더니 받을지 말지 망설이는 눈치였다.

"여보… 세요."

여자는 입술에 힘을 꽉 주어 인중을 다부지게 부풀리더니 전화를 받았다.

"야! 강미정! 너 어디야? 아직 간 거 아니지?"

"… 미안해. 나 지금 기차 안이야."

"뭐? 와… 진짜 너 이러기야? 나 퇴근할 때까지만 기다리라니까 고새를 못 참고 홀랑 가버리냐?"

"너 퇴근하면 난 영영 너한테서 퇴근 못 할 게 뻔한데 어떻게 그래. 네 얼굴 보면 나 내일도 출발 못 했을 거야."

"아무리 그래도 그렇지, 인사도 안 하고 가버리냐? 정말 아닐 '미'에 정 '정!', '미정'이 맞네. 정은 눈곱만치도 없어!"

"현주야, 미안한데… 나 기차 안이라 오래 통화하기 좀 그래. 나중에 내가 집에 도착해서 다시 연락할게."

"됐어! 이 이름처럼 정 없는 기지배야. 나중에 마음 정리 다 되면 그때 통화해."

미정은 현주와의 통화가 끝나자 읽던 책을 탁하고 덮어버렸다. 작은 한숨을 몰아쉬며 창밖으로 시선을 옮기려는데 창틀에 갇힌 것처럼 밖을 바라보고 있는 남자의 모습이 눈에 들어왔다.

무기력한 표정이 한편으로 남자에게 잘 어울린다는 생각도 들었다. 자기보다 더 답답해 보이는 남자의 표정이, KTX에 비해 한참 느린 무궁화호와 꽤 닮아 있다는 생각이 들자 갑자기 사연이 궁금해졌다.

"저기… 요?"

미정은 창화에게 조심스레 말을 걸었다.

"네? 저요?"

창화는 창문에 끼어 안 돌아갈 것 같던 고개를 천천히 미정 쪽으로 돌리며 대답했다.

"궁금한 게 있는데… 어쮜… 봐도 돼요?"

"네? 네… 뭐…."

창화는 갑작스러운 질문에 미간을 살짝 찌푸렸다. 표정이 자못 심각했다.

"그게… 왜… 무궁화호를 타셨어요…? 부산이면 대부분 더 빠른 KTX를 타지 않나요."

창화는 고개를 갸웃하더니 창 쪽으로 기댔던 몸을 의자 중앙으로 고쳐 앉으며 미정에게 되물었다.

"그럼… 그쪽은 왜 무궁화호를 탔어요?"

"아, 저는 집이 삼랑진인데 너무 시골이라서 KTX가 안 서요. 그래서 어쩔 수 없이…."

삼랑진. 아까 미정이 자리를 바꿔 앉으며 말했던 목적지를 창화는 제대로 듣지 않았다. 더군다나 삼랑진은 살면서 들어본 적이 한 번도 없는 지명이었기에 창화는 또다시 고개를 갸웃거렸다.

"아, 제가 초면에 실례를 했네요. 쉬시는 데 죄송해요. 전 다시 조용히 책 읽을게요."

미정은 창화의 표정을 자신이 읽고 있던 책보다 더 잘 읽었는지, 송아지 같은 큰 눈을 곧장 책으로 돌리며 민망한 사과를 했다.

"그냥… 별 뜻 없어요. 천천히 가고 싶어서요."

읽던 책을 막 다시 펼치려는데 창화가 낮은 목소리로 말을 이었다.

"지금까지 뭐가 그렇게 급한지, 뭐가 그렇게 안달이 나는지, 뭐에 씌었는지 빨리 가려고만 했거든요. 회사도 빨리, 승진도 빨리, 밥도 빨리…."

"아… 네…."

미정은 창화의 대답에 자동으로 고개가 끄덕여졌다. 미정은 창화와 왠지 모를 공감대가 형성되는 기분이 들었다.

갑작스러운 미정의 질문으로 시작된 대화는 그렇게 일단락되었다. 미정은 창화의 대답에 궁금증이 다 풀리기라도 한 듯 다시 책을 읽어 나갔다. 하지만 책 내용이 조금도 눈에 들어오지 않았다. 그건 창화도 마찬가지였다. 미정에게 건조한 대답을 던진 뒤 다시 창밖을 바라보는데, 좀처럼 창밖 풍경에 집중하며 멍 때리는 게 쉽지 않았다. 둘은 눈에도 들어오지 않는 책과 밖을 애써 바라보기만 할 뿐 아무 말도 하지 않았다.

그때 창화의 핸드폰이 울렸다.

"어."

"창화야, 괜… 찮냐? 잘 가고 있어?"

"어. 괜찮아. 내 걱정하지 말고 너나 신경 써."

"어떻게 걱정을 안 해, 인마… 아… 정말 이놈의 회사 생활 지긋지긋하다. 난 진짜 엄 상무 그 인간이 이런 식으로 네 뒤통수 칠 줄은 꿈에도 몰랐다."

"경식아, 난 괜찮으니까 넌 회사 오래오래 다녀. 나 정도 스펙에 이런 회사 10년 넘게 다녔으면 성공한 거야."

"무슨 소리야, 인마. 우리 지금 한창때야. 이제 더 올라갈 일만 남았다고! 우리가 바닥 때부터 얼마나 개고생을 많이 했냐? 너나 나나 주말도 못 쉬고 휴가도 못 가고 매일같이 야근하고. 엄 상무 그 자식이 시키는 거 다 하면서 그 인간 임원 만들어 준 게 우리잖아. 우리 청춘 다 갈아 넣으면서 여기까지 왔는데, 왜 네가 회사를 나가?"

창화는 지나온 시간이 창밖에 전신주들 전선을 따라 쫙 펼쳐지는 기분이었다.

"경식아, 나 기차 안이라 더 통화 못 하겠다. 다음에 또 통화하자."

창화는 경식이 뭐라 대답하기도 전에 전화를 뚝 끊어버렸다. 차창에 비친 자신의 얼굴을 잠시 바라보는데, 이렇게 한심하고 무력한 인간이 또 있을까 싶어 고개를 돌려버렸다.

"이거⋯ 드세요."

미정은 소심한 목소리로 창화에게 작은 사과 하나를 내밀었다. 창화는 미정이 갑자기 내민 사과를 멀뚱히 바라보았다.

"아, 씻어 온 거라 바로 드셔도 돼요. 지금 당이 좀⋯ 당기실 것 같아서⋯ 보기보단 아주 달아요."

창화는 미정이 건네준 사과를 받더니, 마치 사과를 생전 처음 보는 사람처럼 한참을 응시했다. 창화는 사과에서 눈을 떼지 않은 채 입을 열었다.

"우⋯ 창화예요."

창화는 사과를 주시하던 시선을 미정에게 힐끗 옮기며 다시 말했다.

"우창화. 제 이름이에요."

"네? 아, 네! 전 강미정이에요."

미정은 책을 황급히 덮으며 창화의 통성명에 답했다. 화장기 하나 없이도 이목구비가 뚜렷한, 마치 한지에 그려진 서양화 같은 미정의 얼굴이 그제야 창화의 눈에 들어왔다.

"사실… 방금 통화하실 때 친구분 목소리가 다 들려서…."

"아, 그랬군요. 제 친구 놈 목소리도 워낙 크지만… 일할 때 제가 통화를 많이 하는 편이라 항상 수화기 볼륨을 최고로 해두거든요. 대화 내용을 놓치면 큰일 나는 경우가 많아서… 이제 좀 줄여야겠네요. 죄송해요. 책 읽으시는 데 제가 방해를 했어요."

"아, 그런 건 아니에요. 사실 이 책, 별로 재미없어요."

미정은 책 표지를 바라보며 멋쩍은 미소를 보였다.

"왜… 사람들은 항상… 더 높이 올라가려고만 할까요?"

사과를 한참 응시하던 창화가 기차 선반을 쓱 올려다보며, 뜬금없이 미정에게 질문을 던졌다. 미정은 창화의 갑작스러운 질문에 덩달아 선반을 올려다봤다.

"저기 산 턱에 있는 무덤… 보여요?"

미정은 창화의 뜬금없는 두 번째 질문에 이번에는 창밖으로 시선을 옮겼다.

"어차피 우리는 저렇게 땅 밑에 묻힐 텐데 왜 사람들은 위로만 올라가려고 할까요? 물론… 저도 한때는 그랬지만…."

본의 아니게 창화의 통화 내용을 듣게 된 미정은, 마치 그가 모든 것을 잃고 강가에 혼자 앉아 돌멩이를 던지는 것처럼 보였다.

미정은 자기만 돌을 던지고 있는 줄 알았다가 강 건너편에 자기와 똑같은 사람을 막 발견한 사람처럼, 살짝 반가운 기분이 들었다. 미정도 사과를 한 입 베어 물었다.

"그러게요. 이렇게 사과 한 입에도 충분히 기분이 좋아지는데 말이죠."

창화도 다시 사과를 한 입 베어 물었다.

"이 사과… 정말 다네요. 맛있어요."

"그렇죠? 사실 제 고향에서 나는 사과예요."

"고향이라면… 아까 말씀하신 삼랑진이요?"

"네. 엄밀히 말하면, 밀양 사과지만요. 삼랑진은 밀양시 안에 있는 작은 시골이에요."

창화와 미정은 어느새 함께 사과를 오물거리고 있었다. 사과를 먹었을 뿐인데 가슴 속 답답함이 조금은 덜어지는 기분이었다.

"저도… 궁금한 게 생겼는데 물어봐도 돼요?"

전형적으로 말수 적은 사람으로 보이는 창화가 미정에게 다시 질문을 건넸다.

"그럼요. 단, 호구 조사는 사양입니다."

미정은 창화에게 농담을 던지며 흔쾌히 응했다.

"사실 처음에는 어디서 내리시는지 못 알아들었어요. 그래서 말인데 삼랑진은… 어떤 곳이에요?"

미정은 옅은 미소를 지었다.

"제가 서울 살면서 정말 많이 들은 질문이에요. 제가 삼랑진에 산다고 하면 사람들 표정이 거의 다 똑같아요. '대한민국에 그런 동네가 있어?' 같은 표정. 그런데 사람들 참 웃겨요. 그렇게 놀라고 선 명절이 되면 또 물어요. '미정 씨는 집이 어디랬지?' 사실은 제가 어디 사는지 관심도 없는 거죠."

"아… 죄송해요. 그런 뜻은 아니었어요."

"아뇨, 알아요. 그런 뜻 아니라는 거."

"음… 사람들은 계속 뭔가 말을 하지 않으면 안 되는 것처럼, 그렇게 관심도 없는 것들을 묻고 또 답하고 그래요. 저는 회사에서 일할 때 정말 급하지 않으면 화장실을 잘 안 갔어요. 화장실 가는 길에 회사 사람을 마주치면 그게 그렇게 어색하더라고요. 그냥 인사만 하고 지나가기도 좀 그렇고. 차라리 점심시간 이후면 좀 나아요. '점심 먹었어? 뭐 먹었어? 맛있었겠네.' 이런 걸 물으면 되니까. 그런데 이 질문도 웃기죠. 사실 내가 뭘 먹었는지 관심도 없을 테니까요."

창화는 자신도 그랬다고, 그래서 공감한다고 대답했다. 미정은 창화가 의외로 말이 많아 놀랐다. 기차 안에서 이런 대화를 나누는 것도 꽤 괜찮았다. 어쩌면 창화는 원래 말수가 적은 사람이 아니라, 말을 아낄 수밖에 없는 환경에 오래 갇혀 있었던 게 아닐까 싶었다. 마치 입에 재갈을 물려둔 것처럼.

"아, 미안해요. 미정… 씨 하던 얘기 계속해줘요. 제가 눈치 없이 끼어들었네요."

"훗, 의외로 말씀이 많으셔서 놀라는 중이에요. 책보다 훨씬 재

있는걸요."

"제가… 그렇게 재미없어 보였어요?"

"조금 전까지는 어쩌면 이 책보다, 이 책을 쓴 작가보다 그리고
나보다 더 사는 게 재미없는 사람이겠구나 싶었어요. 그런데 아닌
걸 보니까 막상 좀 억울하기도 해요. 결국 이 책보다, 이 작가보다,
창화 씨보다 제가 제일 재미없게 사는 사람이라서요."

창화는 창문 쪽으로 미정은 통로 쪽으로 각자 고개를 돌리고 웃
었다.

"우리 동네 소개하려다 얘기가 삼천포로 빠졌네요. 저, 삼천포
얘기가 나와서 말인데요, 삼랑진이랑 삼천포는 완전히 다른 동네
예요. 제가 삼랑진이 고향이라고 하면 '혹시 삼천포로 빠진다고 할
때 거기랑 가깝나?' 묻는 분들도 많아요. TMI를 하자면, 삼천포는
경남 사천시에 있고 삼랑진은 밀양시에 있답니다."

미정은 창화에게 삼랑진이 밀양시의 읍 단위라는 것, 삼랑진이
라는 이름이 세 갈래 물결이 일렁이는 나루에서 유래됐다는 것 등
을 알려주며 지리학 수업을 한바탕했다.

"그러고 보니 사과 말고는 삼랑진에 딱히 뭐가 없네요. 막상 어
떤 곳이냐고 물으니 어려워요. 그냥 시골이에요. KTX조차 서지
않는 한적하고 작은 시골. 그래서 전 촌스러운 사람이에요."

미정은 삼랑진을 진심으로 궁금해하는 사람을 만나자 오히려
혼란스러워졌다.

"듣기만 해도 좋네요. 아무것도 없는 곳. 아무것도 없다는 말은

사람들도 잘 찾지 않는다는 뜻이잖아요. 아무도 찾지 않으면 아무것도 안 해도 되겠네요."

"저도 집에 있을 때 정말 아무것도 안 하거든요. 창화 씨 말이 일리가 있어요."

미정은 풀리지 않던 수수께끼를 막 풀어낸 사람처럼 시원한 표정을 지었다.

"전 시골이 없어요. 시골에서 살아본 적도 없고요. 그래서 그런 시골을 가진 사람들, 시골에 갈 수 있는 사람들이 부러워요."

"다 남의 떡이 커 보이는 거예요. 저는요, 어떻게든 삼랑진을 벗어날 생각만 했어요. 저도 친구들도 대도시로 가고 싶어 안달이었죠."

"그런데 왜 다시 삼랑진으로 돌아가요?"

"어? 제가 돌아간다는 걸 언제… 말씀드렸나요? 어떻게 아셨죠?"

창화는 미정이 눈을 동그랗게 뜨자 위의 선반을 손가락으로 가리켰다.

"휴가 가는 사람치고는 짐 가방이 너무 크잖아요."

창화의 예리한 지적에 미정이는 아! 라는 입 모양을 그리며 고개를 끄덕였다.

3화
구멍 난 마음

창화가 부모님께 휴가 핑계를 대고 맘 편히 보냈던 날들의 유예 기간이 거의 끝나가고 있었다. 이제는 부모님께 솔직하게 털어놓을 때였다.

"너 좋아하는 갈치조림했어. 얼른 나와서 먹어."

저녁상을 차린 엄마가 창화를 불렀다. 창화는 고해성사를 앞둔 사람처럼 무거운 마음으로 식탁에 앉았다. 아버지는 언제나 그랬듯 식사 내내 말이 없었고, 엄마는 창화 밥 위에 두툼한 갈치조림 한 토막을 올려주었다.

"이제 휴가도 거의 끝났지? 오랜만에 길게 쉬는데 어디 여행이라도 다녀오지, 그냥 이렇게 훌쩍 지나가버려서 어째?"

엄마는 창화가 2주 내내 집에만 있는 게 안타까웠다.

"저 사실… 회사 나왔어요."

갈치는 입에 대지도 않고 젓가락으로 뼈만 고르던 창화가 드디어 입을 열었다. 깻잎을 집어 입으로 가져가던 아버지의 젓가락이 허공에서 잠시 멈칫하더니 이내 흰쌀밥을 덮었고 엄마는 아버지와 창화의 눈치를 번갈아 보느라 전전긍긍했다.

"정확히 말하면 잘렸어요. 죄송해요. 밥상머리에서 이런 얘기 꺼내서."

다짜고짜 잔소리를 시작할 것이라 예상했던 아버지는 의외로 말이 없었다. 조용한 저녁 식사가 한동안 이어졌다.

"그럼 뭐, 회사를 천년만년 다닐 생각이었냐? 남의 집에서 주인이 나가라면 나가야지. 어차피 나와야 하는 거 좀 더 빨리 나온 거라 생각하고 쉬어라."

아버지는 흰쌀밥 한 공기를 다 비우고 냉수 한 잔을 들이켜더니 차분하게 말을 했다.

의외였다. 그렇게 하라던 공무원 안 하더니 결국 이렇게 됐냐고 핀잔을 쏟아낼 것 같던 아버지가 오히려 더 차분했다. 전혀 예상치 못한 모습을 마주하자 창화는 되려 갈치 가시가 목에 걸린 기분이었다.

"그래. 아버지 말씀이 맞아. 창화 너도 고생 많았어. 이제 좀 쉬면서 천천히 생각해."

엄마와 아버지 두 사람 모두 창화보다 더 담담했고 둘 사이에 낀 창화만 안절부절못하고 있었다. 오후에도 느낀 한여름에도 얼음이 어는 기묘한 느낌이 저녁까지 이어지는 중이었다.

23

*

창화의 휴가는 그렇게 마무리되었다. 말을 하고 나니 잠깐은 속이 시원했지만 시원함은 오래가지 않았다. 더 이상 휴가도 아니니 창화는 눈치만 더 보게 됐다.

뭐라도 해야겠다는 생각 반, 오랫동안 비워둔 방에 정리가 필요하다는 생각 반으로 창화는 아침부터 부산을 떨었다. 먼지가 뿌옇게 낀 창틀도 닦고 창화가 상경한 이후 누구의 손길도 타지 않아 관상용으로 전락한 색 바랜 책들도 죄다 꺼내 빈 박스에 담았다. 지금은 뭐가 들어 있는지조차 모르는 책상 서랍도 열어 잡동사니를 탈탈 털어 비워냈다.

"뭐 필요한 거 없니? 도와줄까?"

창화가 분주해 보였는지 엄마가 아래층에서 방 쪽을 올려다보며 물었다.

"아니에요. 금방 끝나요."

창화의 집은 오래전에 지어진 2층 양옥집이었다. 중학교 졸업할 때 이사를 왔는데 그 시절에는 나름 고급스러운 집이어서 거실 바닥이 나무였고 2층 창화 방으로 올라가는 열 개 남짓한 계단도 나무로 만들어져 있었다. 사춘기였던 창화는 1층에 있는 큰방을 놔두고 훨씬 작고 천장도 낮은 2층 방을 택했다. 방에는 옥상으로 통하는 큰 창문이 하나 있는데 창화는 그 창문으로 나가 대청마루에서 혼자 보내는 시간을 좋아했다.

대학교 때는 영화에 빠져 포스터 모으는 게 취미였다. 그래서 방에는 벽마다 얇은 합판으로 만들어진 영화 포스터가 꽤 많이 걸려 있었다. 방 정리를 대충 끝내고 둘러보니, 예전에는 보기 좋았던 영화 포스터가 이제는 덕지덕지 붙어 있는 느낌이라 창화는 하나씩 떼어내기 시작했다.

영화 포스터를 다 떼어내자 벽에 박힌 못이 모습을 드러냈다. 포스터가 걸려 있을 땐 못이 눈에 띄지 않더니 포스터가 사라지자 여기저기 뿔처럼 솟아 보기가 흉했다. 창화는 아래층에서 펜치를 가져와 솟아난 못들을 모조리 빼냈다.

"하… 이 구멍들은 어쩌지…."

밉살스러운 못을 다 빼내자 이번엔 얄궂은 구멍들이 점처럼 남아 벽은 여전히 보기 흉했다. 다행히 벽지가 흰색이라 창화는 못 구멍을 메울 수 있는 충진재를 사 와 구멍을 하나씩 메우기 시작했다. 아까보다는 나아졌지만 그래도 여전히 눈에 거슬렸다.

"벽이나 사람 마음이나 똑같네…."

못질을 당한 벽이나 못질을 당한 사람 마음이나 박혀 있던 못을 빼낸다 한들 상처는 남는다. 아무리 상처를 덮고 메워도 예전으로 돌아갈 수는 없다. 사람들은 다른 사람 마음에 못질할 때보다 자기 집 벽에 못질할 때 더 신중해 보인다. 내 집에는 혹시 작은 흠집이라도 남을까 노심초사하지만, 남의 마음에 남을 상처에는 아랑곳하지 않고 한번에 대못을 박아버린다.

창화는 군데군데 메워진 벽을 바라보자니 지금 자기 속을 들여다보는 기분이었다. 창화는 큰 창문 밖으로 나가 대청마루에 대자로 뻗어 눈을 감았다. 지금 창화의 마음은 눅눅하고 축축하게 젖어 곰팡이라도 필 것만 같았다. 질퍽거리는 마음을 햇볕에 싹 말려버릴 수만 있다면, 몇 날 며칠이라도 이렇게 누워 있으련만.

"창화야, 내려와서 사과 먹어. 사과가 참 달아."

창화는 엄마가 부르는 소리에 거실로 내려갔다.

"사과 맛있죠? 밀양 얼음골 사과예요."

"어쩐지, 사과가 참 맛있더라. 정말 오랜만이네."

엄마는 다시 사과를 들어 구석구석 돌려보며 빙긋 웃었다.

"엄마는 밀양 얼음골 사과 알고 있었어요?"

"당연하지. 어디 알다 뿐이겠어. 엄마한테 아주 특별한 사과지. 밀양도 그렇고. 예전에 네 아버지랑 무슨 절에 놀러 간 적이 있거든… 돌이 땀을 흘린다는…."

"표홍사요!"

창화는 뭐가 그리 급한지 퀴즈라도 맞히는 사람처럼 입안에 사과를 가득 문 채 부정확한 발음으로 대답했고, 그걸 또 엄마는 제대로 알아들었다.

"응! 맞아. 표충사. 그 절도 너무 좋았고, 얼음골 계곡도 참 시원하고 좋았어. 그러고 보니 벌써 오래전 일이네. 사과 보니까 옛날 생각이 다 나네. 네 아버지가 그때 엄마한테 거기 놀러 가자고 얼마나 매달리던지. 호호호!"

옛 추억이 떠올랐는지 엄마는 마치 앨범에 있는 사진을 보듯 사과에서 눈을 떼지 못했다. 창화에게 더 놀라운 건 아버지가 엄마한 테 놀러 가자고 졸라댔다는 사실이었다.

"네 아버지가 무뚝뚝해 보여도 귀여운 구석도 있고 속정도 깊었 어. 너 가졌을 때 그렇게 이 사과가 또 먹고 싶은 거 있지. 아버지 가 똑같은 사과를 사다주겠다며 밀양까지 가서 이걸 한 박스나 사 왔지 뭐야."

"아버지가요?"

난생 처음 듣는 부모님의 러브스토리였다. 창화는 뜻밖의 아버 지 모습에 놀라 포크를 든 채 동상처럼 굳어버렸다.

"놀랐지? 그때 먹었던 얼음골 사과가 참 달았지. 너도 뱃속에서 맛있게 먹었고. 사과 맛도 맛이지만 네 아버지 마음이 더 달았지. 그래서 엄마한테는 그곳이 참 따뜻하고 달아."

창화는 방에 돌아와 노트북을 켜고 밀양과 삼랑진을 검색하기 시작했다. 미정이 해준 이야기를 좀 더 자세히 찾아보고, 그 지역 사진도 자세히 들여다보았다. 한참을 그러고 있다가, 창화는 마침 내 삼랑진행 기차표를 검색하기 시작했다.

4화
존중받는 사람들

미정은 삼랑진에서 삼랑진다운 생활을 하고 있었다. 앞뜰에는 가지와 오이가 자라고 옆에는 깻잎, 고사리도 옹기종기 자라는 중이었다. 뒤뜰에는 작은 축사가 있어 소들이 가끔 울어대는 소리가 들리고 축사 뒤로는 감나무, 대추나무들이 어우러져 미정의 집 뒷문을 책임지고 있었다. 미정이 창화에게 말했던 그야말로 촌스러운 풍경이었고, 미정은 그 풍경의 하나가 되어 가고 있었다.

"그라모 회사는 아예 접은 기가?"

미정의 엄마가 마당에 핀 꽃에 물을 주며 미정에게 물었다.

"응. 그러니까 짐도 다 싸서 내려온 거지."

"그라모 인자 뭐 할라고?"

"뭐… 그냥 소나 키우지 뭐."

"이 가스나야. 소는 뭐 아무나 키우나? 그냥 고마 시집이나 가라."

"엄마. 이제 그 얘기 안 하기로 했잖아. 진짜, 하지 마."

미정은 엄마를 쏘아보며 따지듯이 말했다.

"그래. 알았다. 니사 혼자 살다 죽든 말든 니 알아서 해라."

엄마는 꽃에 물을 주던 호스를 미정에게 떠넘기듯 쥐어주고 집으로 들어가버렸다.

결혼. 미정에게는 아니, 미정의 집에서는 언제나 결혼이 문제였다. 미정은 20대 때부터 비혼주의자였다. 자기 인생에 결혼이 필요 없다고 확신했고, 주변에 결혼한 친구들을 봐도 행복해 보이지 않았기에 20대까지만 해도 자기 신념에 의한 비혼주의였다. 하지만 30대가 되면서는 반항적 비혼주의에 더 가까워졌다. 점점 나이 때문에, 부모님 때문에, 사회적 시선 때문에 온갖 이유들이 덕지덕지 붙기 시작하면서 거기에 굴복하는 결혼이 더더욱 하기 싫어진 것이다.

"야, 이 정 없는 '미정'한 기지배야. 내가 봤을 때 네 이름의 '미'는 '아닐 미'인 거지. 정이 없어. 아주 눈곱만큼도. 집에 내려갔으면 '잘 도착했다.' 정도는 할 수 있는 거 아니냐?"

현주는 미정이 전화를 받자마자 불만을 쏟아내기 시작했다.

"내가 무슨 애냐… 집에 잘 왔다고 연락하게."

"누가 애라서 그러냐? 다 큰 어른이 그렇게 휑하고 집에 가니까 더 걱정인 거지. 아, 됐고, 부모님은 잘 계셔? 내 안부도 좀 전해드려."

"안 그래도 나 도착하자마자 너 잘 사냐고 물으시더라. 너무 잘 살아서 탈이라고 얘기했지."

"너무 잘 살긴… 휴… 나도 요즘 같아서는 그냥 다 정리하고 내려가고 싶어."

"또 마음에도 없는 소리 한다. 너도 남편도 좋은 직장 다녀, 서울에 집도 있어, 뭐가 아쉬워서 이 촌구석에 내려오고 싶다 그래?"

"야야, 내 속도 모르면 가만있어. 그리고 엄밀히 따지면 집이 서울에 있냐? 경기도지."

"서울이나 경기도나."

"얘가 큰일 날 소리 하네. 집값이 하늘과 땅 차이거든? 암튼, 너잘 갔으면 됐어. 나도 어느 날 갑자기 확 내려갈지도 모르니까 터잘 닦아 놔."

미정은 전화를 끊고 나서 어딘지 모르게 찜찜해졌다. 평소에 고향 내려온단 소리를 한번도 안 하던 현주이기에 정말 무슨 일이 있나 싶었다. 항상 서울에 대한 찬양이 입에 밴 현주에게서 삼랑진으로 내려오고 싶다는 말이 나오다니. 미정은 현주의 말이 마음에 걸렸다.

*

미정의 일과는 단순했다. 아침에 일어나 엄마를 도와 아침상을 차리고 밥을 먹고, 여기저기 자라나는 채소들을 가꾸고, 저녁에는 아빠가 바쁘면 아빠 대신 소들에게 밥을 주고, 또 저녁상을 차리고. 그러다 심심하면 책을 읽고, 엄마와 얘기하고, 그러다 삐치기도 하고. 서울에서는 불가능했던 틈 많은 생활을 하다 보니 때로는 심심하기도 했다.

"미정아, 이따가 차 가지고 삼랑진역에 아부지 마중 좀 나가그라."

"왜? 아빠 차 안 가져갔어?"

"오야. 오늘 대구에서 술 자시고 온다고 차 안 가져갔다."

미정은 아빠가 도착할 시간이 다가오자 차를 몰고 삼랑진역으로 향했다. 점점 해가 길어지고 있어 오랜만에 삼랑진 풍경을 바라보느라 차를 천천히 몰았다.

"역시 이 동네는 다른 건 몰라도 주차는 편해."

차가 없어 주차위반 단속 카메라도 없고, 길가에 아무 데나 주차해도 되는 이 편리함은 서울에선 쉽게 누릴 수 없는 것이었다. 어쩌면 편리함이 있다기 보다 각박함이 없다는 쪽이 맞을지도 모른다.

"이? 아빠! 여기!"

"하이고… 니가 여까정 나왔나?"

얼굴이 살짝 붉어진 미정의 아빠가 삼랑진역을 빠져나오고 있었다.

"엄마는 뭐 한다고 안 나오고 니가 나왔노?"

"몰라. 엄마는 집에 있어도 항상 바쁘잖아. 뭐, 나도 바람도 쐴 겸 좋지. 기차 타고 오는 데 안 불편했어?"

"어데, 요 삼랑진역이 아직까정 있으니 고마 편하지. 대구에서 삼랑진은 거의 한 시간에 한 번씩 열차가 있다아이가."

"그렇게 많아? 난 몰랐네."

"삼랑진역이 안 없어져야 할긴데 동네 사람들 다 걱정이다, 걱정. 이거 없어지면 밀양역에서 와야 할 거 아이가."

미정은 갑자기 창화가 했던 얘기가 떠올랐다.

"그러게… 삼랑진역 덕에 우리 동네 사람들 다 존중받고 있었네…."

"뭐라꼬? 뭔 소리고?"

"아냐, 그런 게 있어."

운전대를 잡은 미정의 손이 어느새 그때의 대화가 묻어 있는 기차표를 잡은 듯 그 기억을 따라 기차에 오르고 있었다.

5화
대전역

창화와 미정의 대화는 어쩌면 기차보다 더 멀리 갈 수 있을지도 모르는 일이었다.

"이번에 내리실 역은 대전, 대전역입니다."

둘의 대화가 잠시 끊겼을 즈음 차내에서 방송이 흘러나왔다. 우연히 시작된 대화는 벌써 대전에 이르고 있었다.

"다른 때보다 더 빨리 온 느낌이에요."

미정이 기차 위쪽을 두리번거리며 말했다.

"그런데 미정 씨, 집에 더 빨리 가려면 KTX를 타고 가다 환승하면 되지 않아요?"

"아, 전 환승을 별로 안 좋아해요. 갈아탈 바에야, 천천히 가더라도 한번에 가는 게 더 좋거든요."

미정은 불현듯 재미있는 생각이 들었는지 다시 힘주어 말했다.

"아! 그리고 보니까 이거 제 성격인가 봐요. 회사도 쉽게 환승을 못 했거든요. 여기가 아니라고 느끼면서도 그만두지도, 이직도 못 했어요. 이번에도 그렇게 될까 봐 현주도 안 보고 그냥 와버린 거예요. 참… 그리고 보니 그렇네. 미련한 성격이네요, 저. 일도 그렇고, 연애도 그렇고….."

미정은 '연애'라는 단어가 자신도 모르게 새어 나오는 데 흠칫 놀라며 입을 닫았다. 창화는 미정의 이런 마음을 눈치챈 듯 화제를 돌렸다.

"그렇게 치면… 제가 더 미련하죠. 전 환승 안 하고도 빨리 갈 수 있는데 무궁화호를 탔잖아요."

창화는 미정과 눈을 마주치며 말했다. 그러고 보니 둘은, 지금까지 눈을 거의 마주치지 않고 이야기를 나누고 있었다.

"이제 미정 씨는 얼마나 더 가면 돼요? 저야… 종점이라, 도착 시각 확인도 안 했거든요."

"음… 이제 막 대전 지났으니까… 한 세 시간 정도만 가면 될 거 같아요. 근데 창화 씨도 저랑 비슷할 거예요. 삼랑진역에서 부산역이 제 기억으로는 30분? 그 정도거든요."

"그것밖에 안 걸려요? 삼랑진이 엄청 가까운 곳에 있었네요. 그런데 전 살면서 한 번도 가본 적이 없어서 전혀 몰랐어요."

"훗, 창화 씨만 그런 거 아니에요. 저도 그 동네에서 태어나지 않았으면, 아마 평생 모르고 살았을지도 모르죠."

창화는 불현듯 모르고 살았어야 하는 것들에 대한 생각이 떠올라 미간을 살짝 찌푸렸다. 왜냐하면 창화에게 일어난 많은 일들의 시작이 몰랐어야 하는 것들, 알아도 모른 척했어야 하는 것들을 알게 되면서 시작됐기 때문이었다.

지이이잉, 지이이잉. 창화의 핸드폰에서 진동이 울렸다.

"네, 엄마."

"내려오고 있니? 어디쯤이야?"

"이제 대전 지났어요."

"몇 시에 도착해?"

"6시 넘어서요. 저녁은 아버지랑 먼저 드세요."

"느이 아버지랑 너 태우러 가려고 그래."

"아니에요. 지하철 타고 가면 돼요. 저녁 드시고 그냥 쉬고 계세요."

"에이, 그래도 우리 아들 오랜만에 휴가받아서 집에 온다는데 마중 나가야지."

"괜찮아요. 어차피 짐도 없어요. 제가 알아서 갈 테니까 나오지 마세요."

"그래… 그럼 조심해서 와."

"네."

창화는 전화를 끊자마자 아차! 싶었다. 아까 경식과의 통화가 미정에게 들릴 정도로, 수화기 볼륨이 크게 되어 있다는 사실을 깜빡했던 것이다. 통화 내용이, 엄마와의 대화가 미정에게도 들렸을 거라 생각하니, 갑자기 얼굴이 화끈거렸다.

"…엄마한테 휴가라고 말씀드렸어요. 괜히 걱정하실까 봐."

"저라도… 그랬을 거예요. 잘하셨어요."

미정은 마치 창화의 부모님이 같은 칸에 타고 있는 것마냥 창화에게만 들리도록 속삭였다.

"아버지는 평생 공무원 하다가 퇴직하셨고 엄마는 평생 저만 바라보셨어요. 그래서인지 나이가 들면서 아빠는 아버지가 되는데 엄마는 나이가 들어도 엄마예요. 사실 회사 그만뒀다는 얘기를 빨리 하기 싫어서, 부모님 얼굴을 어떻게 봐야 할지 몰라서 늦게 집에 도착하고 싶은 마음도 없지 않아요."

풍선 바람 빠지듯 창화의 말끝에서 힘이 쭉 빠졌다.

"아 참, 그러고 보니 창화 씨도 사투리를 안 쓰네요? 전 서울 살면서 억지로 사투리를 고쳤거든요. 창화 씨도 사투리 고친 거예요?"

"아, 아뇨. 부산에 있을 땐 저도 사투리 써요. 사실 부모님 고향은 부산이 아니에요. 아버지는 제주도 분이신데 고등학교 때 부산으로 유학을 오셔서 그 후로 쭉 부산에서 살게 되셨고, 엄마는 고향이 조치원인데 일자리를 찾아 부산으로 오시게 됐대요. 그리고 두 분이 부산에서 만나 쭉 사시게 된 거죠. 그래서 집 안에서는 항상 표준어를 듣고 집 밖에서는 항상 사투리를 들어서 둘 다 할 수 있게 됐어요."

"와… 식구들이 전국구 같아요! 우리 집은 완벽한 삼랑진 패밀리라 사투리가 좀 심해요. 저는 서울 살면서 많이 고쳤는데 우리

식구들은 그냥 딱 경상도예요."

미정은 창화와 오랜만에 편한 대화를 나누는 기분이었다. 집은 어디냐, 무슨 일을 하냐, 가족 관계는 어떻게 되냐. 이런 질문을 받지 않아도 자연스럽게 걸어가는 대화. 타인이 나에게 물어보면 더 얘기하기 싫어지는 그런 거추장스러움이 없는 이 대화의 찰나가 그저 좋을 따름이었다.

"그런데 미정 씨, 원래 무궁화호는 이렇게 자주 서요? 사실 무궁화호 타고 부산 가는 게 처음이거든요."

"그럼요. 삼랑진역처럼 작은 역까지 다 서니까요. 삼랑진역이 계속 있어 줘서 다행이에요. 요즘은 삼랑진역 같은 간이역이 많이 없어졌거든요."

"… 삼랑진역이… 사람보다 낫네요."

"네? 왜요?"

미정이 쌍커풀 접힌 큼지막한 눈으로 창화를 바라보며 물었다.

"이용하는 사람들이 적어도… 그 소수의 사람들을 존중하기 위해 꿋꿋이 버텨주고 있잖아요."

자신도 모르게 감정 이입이 되는지 창화는 미소를 보였다. 미정은 창화의 말 중에 '존중'이라는 단어가 새삼스레 특별하게 들렸다.

"그럼… 삼랑진역이 있으니까 무궁화호가 서주는 걸까요, 무궁화호가 다니니까 삼랑진역이 있어주는 걸까요?"

예상치 못한 미정의 질문에 창화는 잠시 생각에 잠겼다.

"그건…."

미정은 이 모퉁이를 돌면 뭔가 또 새로운 것이 나올 거라 기대하는 아이처럼 창화의 대답을 기다리고 있었다.

"저도 좀 더 생각해 봐야겠어요. 누가 누구를 존중해주고 있는 건지… 답을 찾고 싶은 질문이네요."

답을 내지 못한 창화의 대답에 살짝 기운이 빠지는 것 같았지만 사실 미정은 이미 창화와의 대화에서 많은 부분들을 공감하고 있었다.

"창화 씨, 혹시 전공이 국문학이나 뭐 이런 쪽이에요?"

"아뇨. 저 행정학과예요."

"네? 의외네요."

"왜요?"

"창화 씨랑 대화하면서 깜짝깜짝 놀랄 때가 있었거든요. 창화 씨 표현이 딱 와닿을 때가 몇 번 있었어요. 표현이 보통 사람들보다 좋아서 국문학 같은… 그런 말랑말랑한 전공일 것 같았어요."

"그랬어요? 아버지가 평생 공무원으로 사신 분이라… 저한테도 공무원 되라고 어릴 때부터 귀에 못이 박히게 강조하셨어요. 그래서 대학 갈 때도 저는 전공을 고민할 필요가 없었거든요. 무조건 공무원 되는 데 도움 되는 학과로… 그땐 저도 딱히 꿈도 없고 하고 싶은 것도 없어서, 그냥 공무원 되기에 도움 된다는 행정학과로 갔어요."

"그런데 왜 공무원 안 하셨어요?"

"고등학교 때는 몰랐는데 대학에 가고 보니까 공무원 연봉이 너무 낮은 거예요. 그걸 보고 전 왜 아버지가 저한테 공무원, 공무원 하셨는지 이해가 안 됐어요. 머리가 크고 나서 생각해 보니, 엄마가 생활력이 엄청 강하셨다는 걸 알았죠. 그 박봉에 집도 사고, 저 대학도 보내시고… 실은 지금 집에 가면, 아버지랑 마주하는 게 제일 걱정이에요."

"왜요?"

"제가 회사 나온 거 아시면 분명, '거 봐라. 내 말 안 듣고 대기업, 대기업 하더니 겨우 마흔셋에 회사 나오지 않냐. 내 말 듣고 공무원 했으면 네가 지금 이렇게 됐겠냐.' 이러실 게 뻔해요. 제가 공무원 안 할 거라고 했을 때, 한바탕 크게 했었거든요. 제가 취직했을 때도 아버지는 실망이 크셨는지 잘했단 말 한 마디 안 하셨어요."

"창화 씨 그거 알아요?"

"네?"

"방금 나이 말한 거."

창화는 순간 처진 눈꼬리를 들썩 하더니 입을 떡 벌렸다.

"하하, 괜찮아요. 저랑 나이 비슷하겠는데요."

"미정 씨랑요? 혹시… 동갑이에요?"

"음…. 전 노코멘트!"

기차의 정차가 잦은 이유는 작은 역도 소외시키지 않겠다는 뜻이었다. 부족해 보여도, 불필요해 보여도 모두 같은 역이기에 존중하겠다는 마음이었다. 누군가에게 잠깐 머물러준다는 것도 어쩌면 같은 마음이 아닐까.

6화
늦게 일어나는 새

집에 와서 며칠은 미정이 부모님을 따라 아침 일찍부터 부지런을 떨었지만 점점 원래의 생활 패턴으로 돌아갔다. 밤늦게까지 책을 보고, 드라마를 보고, 영화를 보다 보면 새벽 서너 시는 기본이었다. 미정은 그동안 회사에 묶이고 사람에 치여 보지 못했던 책을 실컷 읽었고 밀렸던 드라마와 영화도 정주행하고 있었다.

"하이고… 그래 우째 내는 니가 변했나 했다. 역시 사람은 안 변한다 그쟈?"

"엄마, 사람 갑자기 변하면 죽는 거 몰라?"

"그라모 내 속 터져 죽는 건 괜찮고?"

"엄마, 나도 오랜만에 이런 생활 좀 즐기자고."

"아… 그르세요? 언제까정 즐기실 건데예?"

"몰라. 내가 만족할 때까지."

"참 내… 기가 찬다. 기가 차. 적어도 좀 일찍은 일어나라 가스나야! 니는 일찍 일어나는 새가 벌레를 잡아묵는다는 말도 모리나? 성공하는 사람들은 다 일찍 일어난다 안 카나?"

"헐… 그래서? 엄마랑 아빠는 맨날 새벽 5시에 일어나는데 무슨 성공을 그렇게 하셨어요?"

미정은 고개를 얄밉게 까딱거리며 엄마에게 들이밀었다.

"이노무 가스나가! 확! 내나 느그 아빠나 와 성공을 안 해? 니랑 상욱이랑 낳아서 잘 키워줬제, 농사지어가 이래 집도 지었제, 그라고 니는 아직까정 철딱서니가 없는기라. 내나 아빠나 느그한테 손 벌릴 일이 없다. 니는 이게 얼마나 복 받은 건 줄 알기나 하나?"

"오… 이건 인정. 우리 엄마 요즘 화술 학원 다녀? 말발이 예전보다 더 좋아졌어?"

"이노무 가스나가… 오늘 또 한 대 맞을라고 깐족깐족거렸네? 아무튼 이 가스나야, 무조건 일찍 일찍 일나라. 알겠나?"

"엄마, 벌레도 야행성 벌레가 있어. 난 늦게 일어나서 늦게 일어나는 벌레 잡아먹을게. 일찍 일어나야 벌레를 잡는다, 성공한다, 이런 거 이제 다 옛말이야."

미정은 오래전부터 그 속담에 동의하지 않았다. 미정이라고 새벽형 인간, 기적의 아침을 왜 안 따라 해 봤겠는가. 서울에 살면서 한때는 일찍 일어나야 성공한다는 말에 심취해 꽤 오랜 시간을 보냈다.

새벽 5시에 일어나 운동도 하고 영어 학원도 가고 자신의 부족

41

한 부분을 채우기 위해 애쓴 시간들. 하지만 그런다고 미정에게 어떤 변화가 생기는 것은 아니었다. 운동을 해서 체력이 좋아졌고 영어를 공부해서 남들 다 가지고 있다는 토익 점수도 800점까지 땄지만 그게 다였다. 그런다고 미정이 회사에서 월급을 더 받거나 승진을 한 것도 아니고 그런 노력에 대해 알아주는 사람 또한 없었다.

현실을 자각한 후 미정은 새벽에 일어나려던 노력을 접었다. 평소 적어도 30분 전에 하던 출근이 10분 전, 5분 전, 정각으로 바뀌었고 야근은 더더욱 하지 않았다. 그래도 미정에게 잔소리하는 사람은 아무도 없었고 회사 생활에 지장이 있는 것도 아니었다. 그때 미정은 더 확신했다. 미정이 일찍 출근하든, 늦게 출근하든, 야근을 하든, 칼퇴근을 하든 실은 아무도 자기에게 관심이 없다는 것을. 그때부터 미정은 자신이 살고 싶은 패턴으로 살아가기 시작했다.

어쩌면 미정의 생각이 맞는지도 모른다. 소위 성공한 사람들은 일찍 일어나서가 아니라 일찍부터 길이 달랐던 것이다. 그들과 어차피 길이 달랐던 미정에게 다짜고짜 일찍 일어나면 새로운 길이 열릴 거라는 말은 희망 고문이었고, 그저 일찍 일어나는 성공한 사람들을 돕는 부속품이 되어 주라며 그들의 시간표에 맞추라는 것만 같아 반항심이 더 커져버렸다.

"일찍 일어난다고 뱁새가 황새 되나… 그치?"

미정은 축사에서 고개를 빼꼼히 내밀고 지푸라기를 오물거리고 있는 작은 송아지 머리를 쓰다듬으며 중얼거렸다.

7화
존중받지 못한 남자

창화가 회사를 나오고 서울을 떠나 집으로 온 지도 벌써 두 달이 다 되었다. 겉으로 창화는 아무렇지 않아 보였지만 속은 그렇지 않았다.

사람의 기억은 참 얄궂다. 좋은 기억보다 나쁜 기억의 길이가 훨씬 길고 그 강도도 강하다. 누가 그랬던가. 인간은 망각의 동물이라고. 망각의 동물에게 내려진 형벌이라면 좋은 기억은 금방 망각하면서 나쁜 기억은 점점 더 선명해지는 것일 테다. 더 잔인한 일은 나쁜 기억은 내가 생각하지 않으려 해도 알람을 맞춰놓은 것처럼 주기적으로 사람을 들쑤신다는 사실이다.

무던해 보이는 창화도 매일 같이, 시시각각 나쁜 기억들과 투쟁을 벌였다. 잊고 싶은 기억이 자신을 급습해 오면 사투를 벌이다 끝끝내 그것들을 절벽 아래로 밀어 떨어뜨렸다. 사투가 끝난 줄 알고 돌아서면, 그 기억은 다시 절벽을 꾸역꾸역 기어 올라와 갈고리처럼 창화의 발목을 낚아챘다. 창화는 나쁜 기억과의 싸움에서 번번이 지면서 점점 지쳐갔다.

창화는 알고 싶었다. 기억들을 절벽 아래로 떨어뜨린 다음 영원히, 다시는 못 기어오르도록 뚜껑이라도 닫을 수 있는 방법을. 영원히 깊고도 깊은 절벽 아래 머물게 만들 수 없다면, 그저 억누르고 감당할 수 있는 뚜껑이라도 있으면 좋겠다는 생각. 창화는 이런 생각을 여러 번 해보았다.

*

"최 부장, 아니 경식이… 너 지금 내 말이 이해가 안 돼?"

"상무님, 아무리 그래도 이건 아니잖습니까? 상무님도 아시잖아요? 창화가 얼마나 열심히 했습니까? 어쩌면 저보다 창화가 더 애사심도 강하고 능력도 좋아요."

엄 상무는 자기 방 소파에 앉아 소파 오른쪽에 앉아 있는 경식을 한심하다는 듯 바라보더니, 아까보다 더 싸늘한 말투로 말을 이어갔다.

"최경식 부장. 여기 열심히 안 하는 사람이 어디 있나? 그래봤자 일 터지면 누군가 책임져야 하는 게 회사야. 안 그래?"

뭔가 마음에 들지 않을 때면 경식을 '최경식 부장'이라고 부르기 시작하는 엄 상무의 버릇이 나오기 시작했다.

"그래도 창화는 아니…."

"그럼? 최경식 부장, 네가 책임질래?"

엄 상무는 칼날 같은 금테 안경을 고쳐 쓰며 눈빛으로 경식을 베어버릴 기세였다.

"…."

"야, 인마. 최경식! 너도 이제 부장인데 좀 더 멀리 봐야 하지 않겠어? 언제까지 예전처럼 일만 열심히 할래? 너는 인마, 우리 회사의 중심이자 핵심인 공채야. 우리 동문 후배이기도 하고! 너도 알겠지만, 넌 그냥 시키는 거만 잘해도 임원은 따 놓은 당상이야! 나도 나지만, 우리 회사는 대부분 우리 동문 선배님들이 꽉 잡고 있잖아? 그러니까…."

"선배님, 저 창화랑 이 회사에서 같이 뛰고 구르며 여기까지 왔습니다. 선배님, 제발 부탁드리는데 창화는…."

경식은 두 손을 합장하듯 모아 엄 상무를 바라보며 간곡한 눈빛으로 얘기했다.

"야 이 새끼야! 왜 이렇게 말귀를 못 알아 처먹어!"

엄 상무는 자리에서 벌떡 일어나며 경식을 난도질하기 시작했다.

"보자보자 하니까 이 새끼가… 시키면 시키는 대로 하면 되지 뭐 말이 이렇게 많아? 야 인마, 부장 달고 있으니까 이제 내가 만만해 보이냐?"

엄 상무는 다시 소파에 털썩 앉아 갑갑했는지 넥타이를 풀며 말을 이어갔다.

"후… 최경식, 네 위치 망각하지 말자. 그리고 이 새끼야, 내가 다 너 생각해서 이러는 거 아냐! 어차피 창화는 우리랑 달라. 애초부터 우리 회사에 들어오지도 못할 놈을 내가 왜 뽑았겠어? 이럴 때 쓰려고 뽑은 거야. 비상사태에 쓰려고 말이야. 내가 이렇게까지 얘기를 해야겠냐? 안 그랬으면 그런 놈은 우리 회사 문턱에도 못 와 봐!"

대체 이게, 어딜 봐서, 자신을 생각해서 하는 말인지 동의할 수 없는 경식은 고개를 바닥에 떨군 채 엄 상무의 말을 듣기만 했다.

"이제 내 얘기 알아들었을 거라 생각해. 창화는 물론 다른 사람들한테는 절대 함구하도록 하고. 만약 이게 새어 나가면… 경식이 너도 어떻게 될지 몰라. 그리고 인마. 너랑 창화는 출신이, 신분이 다르다고! 어디 자꾸 같이 엮이려고 그래?"

출신과 신분이 다른 사람. 경식은 창화를 단 한번도 그런 대상으로 생각해 본 적이 없었다. 그리고 이건 누가 봐도 비인간적인 처사이기에 양심에 바늘이 수십 개는 꽂히는 기분이었다.

경식은 사실 아까부터 '이건 당신이 책임져야 하는 거 아니오?'라는 말이 혀끝을 맴돌았지만 가까스로 삼키기를 여러 번 반복했다. 경식은 엄 상무의 방을 나오면서부터 창화를 어떻게 마주해야 할지 걱정되기 시작했다.

창화는 대기발령 통보를 받아 노트북도 없는 빈 책상으로 출근했다. 창화는 참기 어려운 모멸감을 느꼈지만 아무 말도 할 수 없었다. 아무도 들어주려 하지 않았고, 그 누구도 창화에게 정차하지 않았다.

"그러게 우창화 씨, 왜 그런 실수를 해요?"

엄 상무는 마치 창화를 처음 보는 사람처럼 '씨'라는 호칭을 붙였고, '요'라는 존칭도 붙였다.

"이번 일은 창화 씨 책임이 커요. 알죠? 회사에서 내린 결정이니까 잘 따라주세요."

엄 상무는 소파에 기대어 안 그래도 부풀어 있는 배를 더 내밀고는 거들먹거리며 말했다.

"저… 상무님, 그래도 소명할 기회는 한번…."

"소명이라뇨? 무슨 소명? 실수를 했으면 인정할 줄 알고, 책임을 질 줄도 알아야죠. 안 그래요?"

"상무님, 제가 잘못이 없다는 건 아닙니다. 다만…."

"아… 그만. 우창화 씨가 하고 싶은 얘기는 인사팀에 가서 하세요. 난 아무 권한 없어. 알잖아요? 나한테 백날 얘기해 봐야 달라지는 거 없어요."

하루 종일 빈 책상에 앉아 있던 창화는 결국, 인사팀과 합의하여 권고 사직 처리가 됐다. 인사 팀장은 보상금이라도 받게 해주는 걸 감사히 여기라며, 마치 자기가 마음을 써주는 것인 양 생색을 냈다. 창화가 홀로 빈 책상을 지키고 있는 하루 동안 아무도 그를 찾지 않았다. 엄 상무가 사람들에게 창화와 말하지 말 것을 경고한 탓이었다. 그렇게 모든 책임을 떠안은 채, 창화는 회사를 떠났다.

일이라는 게 혼자서 하는 것이 아님에도 그 일이 뒤틀리면 책임은 한 사람이 지는 경우가 대부분이다.

참 이상한 일은 책임을 진다는 게 그 자리를 물러나는 일이라는 것이다. 엄밀히 따지자면, 책임을 진다는 건 그 일을 끝까지 해결하는 일인데도 사람들은, 그리고 세상은 책임지는 것과 떠나는 일을 동일시했다. 그건 비단 일 뿐만 아니라 사람 사이의 감정 문제에도 빈번히 대입되며 같은 결과를 가져올 때가 많았다.

창화는 회사 정문을 나오며 의외로 화가 나거나 슬프지 않았다. 마치 언젠가는 이런 날이 올 줄 알았던 사람처럼 덤덤했고, 되려 보상이라도 받고 나올 수 있음에 안도감이 들기도 했다.

"창화야… 내가 너무 미안하다. 내가… 너한테 너무… 미안해서 요 며칠, 네 얼굴을 제대로 볼 수가 없었어."

경식은 창화와 자주 가던 회사 근처 포차에서 흥건히 취해 반쯤 감긴 눈으로 창화를 보며 울먹였다.

"경식아, 난 너한테 고맙다. 너 아니었으면 나… 일찌감치 회사 떠났어. 사막 같은 회사에 너라는 좋은 친구가 있어서 그나마 지금까지 버텼다. 그러니까 나한테 그런 죄책감 가질 필요 없어. 회사가 다 그런 거 아니겠냐."

"그래! 회사가 다 이렇게 개 같지! 그래서 나도 나중에 엄 상무처럼 개 같은 인간 될까 봐 겁난다! 나도… 이제 이런 인간들이랑 그만 좀 하고 싶어!"

경식은 소주를 연발로 들이키며 목소리가 커졌다 작아지기를 반복했고 감정을 추스르지 못했다.

"경식아, 넌 무슨 일이 있어도 버텨라. 나 같은 인간은 절벽에 매달려 버티고 있어 봐야, 내 손가락 하나둘씩 떼어내며 절벽으로 떨어지라고 기도하는 사람이 천지지만, 넌 손 내밀어 줄 사람들이 많잖아."

창화는 소주잔을 이리저리 기울이며 흔들리는 소주를 빤히 바라보았다.

"젠장! 대체 나는! 우리는! 언제까지 버티고만 있어야 하나? 왜 우리는 인생을 사는 게 아니라 버텨야 하는 거냐?"

경식은 혼자 씩씩거리더니, 이내 고개를 푹 숙인 채 눈을 감고는 꾸벅꾸벅 졸기 시작했다.

"야 인마, 넌 버틸 수 있는 버팀목이라도 있지…."

창화는 들고 있던 소주잔을 혼자 비우며 혼잣말을 삼켰다.

8화
존중받지 못한 여자

여름의 시작을 알리는지 봄의 끝남을 알리는지 모를 비가 미정의 동네를 적시고 있었다.

미정의 동네에는 성인 키보다 조금 더 깊고 성인이 팔을 쭉 뻗고 누우면 반대편이 닿을 둥 말 둥 한 작은 하천이 하나 있다. 평소에는 물이 말라 하천 체면이 말이 아니다가도, 비가 내리면 물이 금세 차올라 하천의 본색을 되찾았다. 미정은 오랜만에 내리는 빗소리를 듣고 싶어 우산을 쓰고 나와 하천 옆에 쪼그리고 앉아 있었다.

"너는 좋겠다. 이렇게 비만 오면 다 아래로 떠내려 보낼 수 있어서."

미정은 힘차게 흐르는 하천을 넋 놓고 바라보며 말했다. 미정에게는 떠내려 보내고 싶은 기억이 있다. 하지만 미정의 마음은 줄곧 가뭄이라 그 기억을 떠내려 보내지 못하고 있었다.

"미안… 내가 이것밖에 안 돼. 정말 미안해, 미정아. 우리 여기까지만 하자. 약속… 못 지켜서 미안해."

미정은 이렇게 이별했다. 아니 이별을 당했다. 미정은 이해하려고 필사적으로 노력했다. 사랑에는 쌍방의 동의가 필요하지만, 이별은 일방의 결정이면 그만이라는 말에 미정도 동의해 왔기에 이해할 수 있을 거라 생각했다. 하지만 막상 자신의 상황이 되자 온 세상이 흔들리는 기분이었다.

비혼주의자였던 미정에게 결혼은 불편하고, 불필요하고, 불만족스러운 존재였지만 그는 다를 것이라 생각했었다.

"오빠… 난 오빠만 믿고 여기까지 온 거야… 오빠도 알겠지만 난 결혼 따위 꿈꿔 본 적도 없어. 오빠도 그랬고. 그런데 결국 오빠가 여기까지 날 끌고 왔잖아… 그런데 이렇게 쉽게 놔버려?"

미정의 목소리가 파르르 떨렸다. 목소리 뿐만 아니라 전화기를 잡고 있는 손은 더 그랬다.

"미정아… 나도 너만큼 노력했어. 나도 중간에서 힘들었다고… 우리 서로 더 힘들게 하지 말자… 이만 끊을게. 잘… 지내."

미정이 부여잡고 있던 인연은 그렇게 전화 한 통으로 끊어졌다. 그는 만나서 얘기하자는 미정의 말에 여기까지라는 말만 되풀이했다. 그렇게 미정은 이별 규정에 있는 것처럼 일방의 통보를 받아들여야만 했다.

미정에게는 오랜 기간 사귀던 남자 친구가 있었다. 미정과 같은 비혼주의였던 그는 처음부터 미정과 말이 통하는 사람이었고, 자연스레 연인으로 발전했다. 미정은 그가 같은 비혼주의 가치관을 가진 사람이라서 관심을 갖기 시작했지만, 만남을 거듭할수록 그의 생각과 삶의 방향에도 비슷한 면이 많아 더욱 좋아졌다. 하지만 가치관, 생각, 삶의 방향이 비슷하다고 다른 것까지 다 비슷해질 수는 없었다.

자라온 환경, 살아온 배경, 주변의 풍경. 이런 것들은 애초부터 닮아 있지 않다면 어떻게 해도 닮아질 수 없는 요소들이었다. 만남이 이어질수록 이런 것들의 다름에서 오는 현기증을 느끼며, 미정은 그와의 관계를 정리하려 몇 번이나 시도했다.

"미정아, 내가 다 알아서 할게. 우리 부모님은 내가 설득할 테니까 나 믿고 따라와줘. 응? 우리 부모님 겉으로는 저렇게 하셔도 마음은 안 그래. 내가 잘 알아. 그러니까 네가 좀 이해해줘. 응?"

비혼주의자였던 미정이지만, 그와 오랜 연애를 하면서 이런 사람이라면 함께 살아도 괜찮으리란 생각이 스멀스멀 피어났고 결혼해도 좋으리란 확신이 생겨 그의 부모님께 인사를 드리게 되었다. 하지만 미정의 현기증은 바로 이때부터 시작되었다.

"그래… 부모님은 뭘 하시고?"

"시골에서 농사지으세요."

그의 어머니는 미간을 찌푸리며 마치 취조하는 형사처럼 질문을 이어갔다.

"대학은 어디 나왔어요?"

"창원에 있는 미진전문…."

52

"아, 엄마! 엄마는 초면에 무슨 그런 걸 물어봐요? 일단 밥부터 드세요."

그는 황급히 대화를 끊으려 했지만 소용없었다.

"너한테 안 물었다. 넌 가만있어. 그래, 대학은 어디라고요?"

"창원에 있는 미진전문대학교 졸업했습니다."

이때부터 그의 부모님은 말이 없었다. 그는 이 분위기를 수습하려 노력했지만 전혀 도움이 되지 않았고 부모님은 물을 한 잔 마시고는 그대로 자리에서 일어났다.

그때부터 미정과 그의 관계가 삐걱거리기 시작했다. 누가 뭐라 해도 둘의 관계를 탄탄하게 지탱해줄 것만 같았던 같은 가치관과 삶의 방향은 결국 다른 환경, 배경, 풍경에 의해 산산이 조각나며 파편으로 흩어져버렸다. 미정은 이때부터 현실을 인정하고 그와의 관계를 끊어내려 했지만, 그때마다 그의 읍소와 설득에 넘어가 관계를 빨리 정리하지 못했다. 이것이 바로 미정이 창화와의 대화에서 어리석은 성격을 탓하며 실패했던 연애사 얘기까지 뱉어낼 뻔해 대화에 급브레이크를 잡았던 이유다.

비혼주의였던 미정에게 그와의 이별은 많은 상처를 남길 수밖에 없었다. 더 큰 상처는 그렇게 매달리며 설득을 거듭하던 그가 어느 날 미정에게 전화로 일방적인 이별 통보를 날리고, 그 후 한 계절이 채 지나기도 전에 다른 여자와 결혼을 해 미정을 배신감에 몸서리치게 만든 것이었다.

"그 새끼 그거 분명 바람난 거야. 그러지 않고서야 어떻게 너랑 헤어지고 3개월 만에 결혼을 하냐? 야, 강미정. 너 잘 헤어졌어. 그런 새끼인 줄 모르고 살았어 봐. 그게 더 헬이지."

현주는 결혼 전부터 미정과 자주 가던 맥줏집에 앉아 미정을 위로하려 애썼다.

"3개월 만에 결혼하든, 3일 만에 결혼하든 무슨 상관이야. 어차피 헤어진 뒤에 벌어진 일인데."

미정은 현주의 말에 내심 동의했지만, 더 비참해지는 자신을 방어하려고 고군분투했다.

"야! 그게 어떻게 같아! 엄연히 다르지. 너는 진짜 속도 좋다. 너 헤어진다고 결심할 때마다 난 대찬성한 거 알지? 근데 또 다음 날 되면 다시 만나고! 너도 그 성격 좀 고쳐야 해. 우! 유! 부! 단!"

미정은 현주의 말이 듣기는 싫었지만 틀린 말이 하나도 없어 뭐라 대꾸할 수도 없었다.

"그리고 그 새끼. 너한테 삔지르르한 약속은 또 얼마나 많이 했어? 내가 이렇게 할게, 저렇게 할게, 나만 믿어, 내가 알아서 할게. 내가 기억하는 것만 해도 양 손가락 다 펴도 모자라. 너랑 만날 때도 지가 한다는 거 제대로 지킨 적이 없어."

미정은 존중받지 못했다. 사람으로부터도, 회사로부터도. 어쩌면 존중받지 못한 것이 아니라, 아예 처음부터 섞일 수 없는 공간에 자신이 꾸역꾸역 들어간 건 아닐까 하는 생각이 들기도 했다. 그 후로 미정의 비혼주의는 더 확고해졌다. 머물 것 같았던 사람이 지나치는 것도 싫었지만, 자신도 누군가에게 그럴 수 있다는 불안

감도 생겼다. 이런 현기증을 느끼고 사느니 그냥 혼자 사는 게 훨씬 낫다는 결론에 마침표를 찍은 것이다.

"그러게… 차라리 약속이라도 하지 말지. 약속을 안 해주면 실망하지만, 약속을 해놓고 안 지키면 원망하게 되잖아."

미정은 차오른 하천으로 작은 조약돌 하나를 던지며 쪼그려 앉았던 몸을 일으켰다.

9화

가방을 두고 온 이유

창화는 아침부터 외출 채비를 했다. 오랫동안 쓰지 않던 등산용 가방을 창고에서 꺼내와 주섬주섬 짐을 싸기 시작했다. 물이 가득 담긴 작은 물통을 가방에 넣고 책 한 권과 보조 배터리도 함께 담았다. 평소에는 잘 바르지 않는 선크림을 얼굴에 꼼꼼히 바르고, 또 평소에는 잘 쓰지 않는 모자까지 야무지게 쓰고 집을 나섰다.

"어디 가니?"

"네. 어디 좀 다녀오려고요."

"그래. 저녁 먹기 전에는 올 거지?"

"아마도요. 혹시 늦게 되면 전화할게요."

엄마는 창화를 보고 처음엔 등산을 가는 줄 알았다. 하지만 청바지에 단화를 신고 나가는 모습을 보고는 등산은 아닐 것 같다는 생각이 들었다. 엄마는 어디 가는지 묻고 싶었지만, 꾹 참고 잘 다녀오라는 얘기만 했다.

창화는 집을 나서 지하철역으로 걸었다. 이제 봄이 깊어져 햇빛이 꽤나 따갑고 공기도 후덥지근했다. 창화는 서울에서 내려오기 전 타고 다니던 차도 팔아 치웠다. 막상 차를 팔고 나니 괜히 팔았나 싶은 후회가 잠깐 밀려왔는데, 걷기와 지하철에 익숙해지니 팔기를 잘했다 싶었다. 걸으니 주변 환경이 눈에 들어왔고, 지하철을 타고 다니니 책을 읽을 수 있었고, 핸드폰으로 확인해야 할 것들을 편하게 확인할 수도 있었다.

서울에서도 진작 이렇게 다녔으면 더 편했을 텐데 싶다가도 대중교통을 이용해 얻을 수 있는 편리함보다, 차가 없는 것만으로 경제력을 평가받는 불편함이 더 크기에 몸보다 마음이 더 불편했을 거란 생각도 들었다.

창화는 부산역에 도착하자마자 지하철을 빠져나와 역 입구로 걸음을 재촉했다. 부산역사 안에 도착한 창화는 앱으로 기차표를 열어 플랫폼을 확인했다.

부산 → 삼랑진

창화의 목적지는 삼랑진역이었다. 창화는 플랫폼 번호를 확인한 후 계단을 따라 내려갔다. 무궁화호 기차는 이미 들어와 있었다. 창화는 기차에 올라 자리를 찾아 앉았다. 출발 시간이 되자 기차는 서서히 역을 빠져나왔다. 비록 40분 남짓이면 닿을 거리지만 창화는 이상하게 멀리 여행을 떠나는 것처럼 묘하게 설렜다. 오랜만의 여행이기도 했지만 생전 처음 가 보는 곳이라서 더 그런 듯했다. 그리고 미정이 들려줬던, 엄마가 품고 있던 삼랑진이라는 동네에 대한 로망이 창화도 모르게 생겨나고 있어서인 것도 같았다. 무엇보다 그날의 야경 같은 대화가 여전히 창화를 맴돌고 있었다.

창화는 부산으로 내려오던 기차에 다시 오른 것만 같았다. 비어 있는 옆자리를 보자, 미정과의 첫 대화가 다시 떠올랐다.

*

"사실 아까 전화 온 친구는 현주라고, 저랑 같은 고향에서 같은 고등학교를 나온 친구예요. 현주는 공부를 워낙 잘해서 서울에 있는 대학을 갔고, 졸업 후 바로 대기업에 들어갔어요. 그래서 고등학교 졸업하고서는 자주 못 봤어요. 전 뭐, 좋은 대학에 갈 성적도 안 됐고⋯ 빨리 졸업장만 따서 돈 벌자는 생각에 집에서 다닐 수 있는 전문대에 들어갔어요."

창화가 가리킨 큰 가방에는 비단 미정의 짐만 들어 있던 건 아니었다. 미정의 시간, 생각, 감정들 모두 가방에 꾸역꾸역 들어가야 했기에 큰 가방이 아니면 안 됐던 것이다. 꽁꽁 싸매진 가방을 창화가 알아봤고, 미정 스스로 가방을 열어 보여주기 시작했다.

"그때부터였던 거 같아요. 저는 서울에서 대학 생활을 하는 현주를 동경했어요. 방학 때면 잠깐씩 삼랑진에 내려와 현주가 들려주는 서울 생활 얘기를 너무 재미있게 들었거든요. 현주는 항상 저에게 나중에 꼭 서울에 와서 같이 살자고 했죠."

창화는 미정의 말을 들으며 또 자신의 얘기를 듣는 것만 같았다. 창화도 부산이라는 대도시 출신이지만 서울에서는 항상 지방 출신으로 불렸고, 지방에서 대학을 나왔다는 자격지심이 자신을 더 혹독히 대하게 만들었기 때문이다.

"현주가 대학을 졸업하고 대기업에 들어가 일을 몇 년 하더니, 대출을 받아 방 두 개짜리 집을 구할 수 있을 것 같다며 저에게 서울로 올라와 같이 살자고 했어요. 정말 너무 가고 싶었지만, 문제는 직장이었죠. 그래서 현주도 제 직장을 같이 알아보며 엄청 많이 도와줬어요."

미정은 립스틱도 바르지 않은, 투명한 작은 입으로 사과를 오물거리며 말을 이어갔다.

"그리고 마침내 현주의 도움으로 직장을 찾았어요. 비록 계약직이었지만, 열심히만 하면 정규직으로 전환될 수 있을 거라는 현주의 말에 용기를 얻어 서울로 올라갔어요. 그때부터 제 서울살이가 시작된 거죠."

창화는 말없이 고개를 끄덕이며 쓰고 있는 안경을 고쳐 쓰기도 하고 입을 삐죽 내밀기도 했다. 창화는 미정의 이야기에 완전히 집중하고 있었다.

"초반에는 현주랑 집도 꾸미고 여기저기 서울 구경도 다니느라 너무 재미있었어요. '서울에 오길 잘했다. 사람은 이렇게 살아야 하는구나.' 싶은 생각이 들 정도로 좋았죠. 문제는 졸업장이었어요. 우리 동네에서는 걸림돌이 되지 않던 제 전문대 졸업장이 서울에서는 항상 문제가 됐죠."

창화는 무슨 뜻인지 알겠다는 듯 팔짱을 끼더니, 왼손을 자신의
왼쪽 뺨에 가져다 대며 골똘히 생각하는 눈치였다.

"저는요. 서울에서 일하면서 정규직까지는 바라지도 않았어요.
안 되는 건 안 되는 거라 생각하고 일찌감치 마음을 비웠어요. 그
러니까 속이 편해지더라고요. 그런데 계속 마음에 걸려 비워지지
않는 게 바로 차별이었어요. 아무리 열심히 일해도 회사를 오래 다
녀도 저에겐 승진이라는 게 없더라고요. 그리고 회사에서 직원들
한테 주는 선물이 생기면 저랑 같은 처지인 사람들은 쏙 빠져요.
가끔은 회식 같은 자리에서도 빼요. 우리한테는 회식 예산이 없다
나… 안 가도 돼서 오히려 좋았지만요."

미정은 큰 가방에 담긴 많은 짐처럼, 그동안 마음속에 켜켜이
묵혀 놓았던 짐들을 집에 도착하기도 전에 기차 안에서, 그것도 오
늘 처음 본 창화 앞에서 쏟아내고 있었다.

"어머, 제가 너무 말이 많았죠? 오늘 초면인분한테 제가 제 얘기
를 너무 많이 한 거 같네요. 지루하시죠?"

미정은 안 그래도 큰 눈을 더 크게 만들며 창화의 눈치를 살폈
다.

"아뇨. 미정 씨는 그 책보다 그 작가보다 그리고 적어도 저보다
는 오히려 더 재미있는 사람 같아요."

창화가 미정의 책 쪽으로 턱을 삐죽 빼며 말하자 미정은 풉! 하
고 웃음을 터뜨렸다. 아까 미정이 창화에게 한 말을 그대로 돌려받

은 것이다.

"창화 씨는 집이 부산이에요?"

"네. 부산에서 태어나 부산에서 자랐어요."

"와! 전 부산도 좋던데. 부산은 삼랑진이랑 가깝기도 해서 어릴 때 자주 놀러 가곤 했어요."

창화는 미정의 말을 듣고 고개를 갸우뚱했다.

"그래요? 아이러니하게도 저도 미정 씨처럼 부산을 뜨고 싶다는 생각만 했어요. 어떻게든 서울에 취직하자는 생각만 했거든요. 뭐, 지금 이렇게 다시 돌아가고 있지만…."

"그럼 지금 저처럼 아예 부산으로 돌아가는 거예요?"

"네. 이제 좀 쉬려고요."

"그런데 왜 짐 가방이 없어요?"

"그냥… 다 버리고 다 두고 왔어요. 가져가 봐야 짐만 될 것 같아서…."

창화는 선반 위에 올려둔 검은색 크로스백을 눈으로 올려다보며 말했다. 미정은 짐만 될 것 같다는 창화의 말에 또 입 모양을 '아!'로 만들며 고개를 끄덕였다.

"같은 회사에 다니면 다 같은 대우를 받을 줄 알았어요. 그런데 제 순진한 착각이었죠. 회사에 다니면 다닐수록 마치 미운 오리 새끼가 된 기분이었어요. 다행인지 불행인지는 모르지만 미운 오리 새끼가 저 한 마리는 아니었어요."

본의 아니게 미정의 큰 가방을 열어본 창화는 자연스럽게 자신의 가방도 열어 보이기 시작했다.

"공채 알죠?"

"공채 신입사원 모집할 때 그 공채요?"

"네. 전 공채 출신이 아니에요. 회사에 결원이 생겨서 수시 채용을 했을 때 제가 된 거예요. 그때까지만 해도 전 회사에 들어가기만 하면 다 같을 줄 알았어요. 그런데 공채가 아니면 거의 절반은 외부 사람 취급을 받더라고요."

"네? 그런 게 어디 있어요? 아니… 같은 회사에서 같은 월급 받으면 그게 같은 회사 사람이지 그런 걸 따져요? 저야… 뭐, 월급도 아예 그 사람들이랑 달랐고 직급도 달랐지만, 창화 씨는 아니잖아요?"

"저도 그렇게 생각했는데 사람들 생각은 다르더라고요. 공채는 기수가 있어요. 공채 몇 기, 몇 기… 이런 식으로. 그리고 공채들끼리는 비공식적인 사내 모임도 따로 있어요."

"와… 정말 유치하다… 아니 무슨 애들도 아니고 회사에서까지 그런 걸로 사람을 갈라요? 그럼 공채가 아니면 뭐, 사채라는 거예요? 참… 사람들 못됐다."

"하하, 사채…? 차라리 사채라는 이름이라도 있으면 낫죠. 그런 것도 없어요. 그냥 정체성 불분명한 어중이떠중이 이런 식이에요. 저 같은 사람도 그렇고 경력직으로 이직을 해서 온 사람들도 그렇게 사채 취급을 받아요."

창화는 동네 낮은 뒷산 같은 눈으로 웃으며 말을 이었다.

"어쩌면… 어른들이 애들보다 더 유치한지도 모르죠…. 자기랑 다르거나 비위를 조금만 거슬리게 하면 따돌리고, 괴롭히고… 자기는 회사에서 그러고 있으면서 애한테는 학교에서 친구들이랑 사이좋게 지내라고 어른 행세를 하겠죠."

"그러고 보니 우리나라도 이런 거 좀 없어져야 해. 어느 고등학교 몇 회 졸업생, 어느 대학교 몇 학번 이런 거요. 기수니 몇 회니 하면서 자기들끼리 줄 세우고 집단 만들고. 정말 왜 그러는지 모르겠네요."

미정은 창화의 말에 맞장구를 치다가 자신도 크게 다를 게 없다는 생각이 들었다. 초대졸이라는 이유로 회사에서 다른 사람 취급을 받았던 자신과 공채가 아니라는 이유로 어중이떠중이 사채가 된 창화. 남 얘기 같지 않았기에, 미정은 창화의 이야기에 점점 더 빠져들었다.

"그런데 또 이런 생각을 한 적도 있어요. 만약 내가 공채라면 난 나 같은 사람을 어떻게 대했을까. 나중엔 이런 생각조차 안 하게 됐지만요. 어차피 절대 바뀔 수 없는 사실이니까요. 그래서 전… 사채인 저는, 일을 더 열심히, 더 많이, 더 잘하려고 했던 거 같아요. 잘하려고… 했는데… 정말… 사채 갖다 쓰듯 써버리고 갚진 않더라고요."

"네? 사채를 써요? 누가요?"

미정은 화들짝 놀라, 눈을 끔뻑거리며 창화를 쳐다봤다.

"아! 아뇨! 아뇨! 그게 아니라…."

"도시락, 커피 있습니다. 생수, 컵라면 있습니다."

"어? 여기요! 미정 씨, 뭐 마실래요?"

"네? 전 물이요."

때마침 다가오던 간식 카트를 멈춰 세운 창화는 생수 두 병을 사 미정에게 한 병을 건네주며 말했다.

"암튼, 그럼에도 불구하고, 저 같은 사채한테 아무 편견 없이 대해준 게 아까 저한테 전화했던 그 친구예요."

자신도 모르게 나쁜 기억 알람이 켜지려던 창화는 급히 알람을 끄고 멋쩍은 억지 웃음을 보였다. 눈치가 빠른 미정은 더 이상 묻지 않았고, 창화의 친구라는 말에 자신의 친구 현주가 떠올랐다.

그러고 보니 미정은 현주가 결혼하기 전까지 함께 살았지만, 그녀가 마냥 편했던 것만은 아니었다. 현주와 미정은 같이 살며 집에서 술자리를 종종 하는 편이었는데, 그럴 때면 현주는 미정을 독려하고는 했다.

"미정아, 절대로 기죽지 마. 내가 봤을 때 너희 회사에 너만큼 일 잘하는 사람 별로 없어. 그러니까 절대 기죽지도 말고 포기도 하지 마. 넌 지금 이대로만 하면 분명 그 사람들보다 더 인정받을 거야."

처음엔 현주의 독려가 듣기 싫지 않았다. 하지만 반복되는 독려는 점점 독설처럼 느껴졌고 듣기 불편해졌다.

"지는 내 입장이 안 되어 봤으니 그렇게 쉽게 말하지…."

"네?"

창화는 미정의 입속말을 듣자, 낮은 산등성이 끝자락을 치켜뜨며 미정을 바라봤다.

"아! 죄송해요. 혼잣말이에요. 방금 그 경식이라는 친구분 얘기가 나오니까, 제 상황이 떠올라서….."

"아, 네. 전 또….."

"사실 아까 얘기한 현주라는 친구요, 그 친구도 항상 저한테 괜찮다, 잘 될 거다, 버티면 된다. 뭐 이런 말을 자주 늘어놨거든요. 그런데 나중에는 듣기 불편해지더라고요. 자기는 제 상황이나 입장이 되어 보지도 않았으면서, 다 이해하는 것처럼 말하는 거. 계속 들으면 아무리 친구라도 짜증 나요. 물론 좋은 친구고 악의가 없다는 건 잘 알지만, 막상 계속 듣고 있으면 불편하고… 그런데 더 짜증 나는 건 뭔지 알아요? 결국 내가 못난 걸로 마무리가 되니까 더 짜증 나요. 그렇지 않아요?"

창화는 갑작스러운 미정의 질문에 오른손 주먹을 마이크처럼 입에 갖다 대며 '흠!' 하고 눈웃음으로 대답을 대신했다.

"사실 저도 경식이가 그런 적이 없지 않아요. 경식이는 서울에서 대학을 나오고, 공채로 입사해서 사내 인맥이 아주 탄탄했어요. 사내 동문 모임, 동기 모임, 공채 모임… 전 그 어디에도 낄 수가 없었어요. 공채가 아니라서 동기도 없고, 지방에서 학교를 나와 동문 모임을 할 정도의 인원도 없고, 당연히 공채는 아니고. 그래서 경식이가 부러운 게 사실이었죠. 경식이가 자기네 동기 모임으로 들어오라고, 알아서 다 만들어주겠다고 해도 전 거절할 수밖에 없었어요. 경식이는 저에 대한 호의로 한 말이지만, 제가 경식이를 곤

65

란하게 만들 게 뻔하니까요."

　미정은 창화의 이야기를 들으며, 서울에 두고 온 이 남자의 가방에는 애초부터 아무것도 들어 있지 않았을지도 모른다는 생각을 했다.

10화

야경 같은 사람

"이번에 내리실 역은 대구, 대구역입니다."

차내 방송이 흘러나왔다.

"대구역이에요. 이제 정말 다 와 가네요."

창화는 창밖으로 보이는 대구역 표지판을 보며 말했다.

"이제 저는 한 시간, 창화 씨는 한 시간 반만 더 가면 되겠네요."

"삼랑진역에서 집은 가까워요?"

"그렇게 멀진 않은데 촌이다 보니까 대중교통이 잘 안 되어 있어요. 그래서 아빠가 나오실 거예요."

"삼랑진이 그렇게 촌이에요?"

"그럼요. 예전에 서울에서 누가 그러더라고요. 사는 지역에 지하철이 없으면 촌이다."

"음… 그런가? 그런 기준으로는 생각해본 적이 없네요."

"근데 촌은 촌인데 되게 신기한 것도 있어요. 삼랑진에 있는 건 아니고… 밀양에 있지만, 표충사라는 절에 사람처럼 땀 흘리는 돌도 있고… 아 참! 삼랑진에 만어사라는 절이 있는데, 그 절에는 두드리면 종소리가 나는 돌이 엄청 많아요."

"…지금 저 안 가봤다고 막 지어내는 거죠?"

"하하! 아니에요! 정말이에요."

"세상에 돌이 어떻게 땀을… 흘려요? 그리고 돌을 두드리는데, 어떻게 종소리가 나요? 그게 사실이면, '세상에 이런 일이' 같은 데 나와서 저도 한 번쯤은 들어봤을 거 같은데 한번도 못 들어봤어요."

미정은 창화가 얘기하는 동안 핸드폰을 검색하더니 당당히 검색창을 내밀었다.

"자, 이거 봐요. 표충사 땀 흘리는 돌. 그리고 이건 만어사 종소리 나는 돌."

창화는 두 눈을 의심하지 않을 수 없었다. 세상에, 사실이었다.

"와… 대박… 진짜네요? 이렇게 신기한 관광지가 있는데, 왜 전 지금까지 몰랐을까요?"

"다음에 밀양이랑 삼랑진 여행 꼭 가봐요. 가끔 이쪽에 여행 가봤다는 분들 얘기 들어보면 참 좋았대요. 사실 전 거기서 나고 자라서 큰 감흥이 없지만."

창화는 마치 어릴 때 친한 친구와 뻥 치지 마라, 진짜다, 내기할래? 와 같이 말장난하는 것 같은 대화의 느낌을 받으며, 학창 시절로 돌아간 것 같은 기분이 들었다.

누구에게나 돌아가고 싶은 순간이 있다. 단 한 번의 기회만 주어진다면, 시간을 되돌려 모든 걸 바로잡고 싶은 순간. 하지만 시간은 앞으로만 갈 수 있고 사람은 그 시간에 묶여 질질 끌려가야 할 뿐, 다시 되돌릴 수 있는 것은 아무것도 없었다.

"이제 저는 백수니까, 언제 한번 삼랑진에 가서 그 희한한 돌도 확인할 겸 여행을 가봐야겠어요."

"그래도 부산이 훨씬 볼 것도, 먹을 것도, 할 것도 많죠. 부산도 안 가본 지 참 오래됐네요. 저도 이제 백조니까 조만간 부산 한번 가봐야겠어요. 친구들도 만나고."

둘은 묘한 기분을 느꼈다. 서로가 서로의 동네에 여행을 간다고 하지만, 그 누구도 오면 연락하라거나 갈 때 연락을 하겠다는 말은 하지 않았다. 서로 그걸 원하지 않는 건지, 아니면 원해서는 안 된다고 생각하는지 모르는 상태. 마치 발 언저리에 그어진 선 앞에서 이 선을 넘어도 될지 넘으면 안 될지 머뭇거리는 상태. 잠깐의 정적이 흘렀다.

"이번에 내리실 역은 밀양, 밀양역입니다."

"이제 다음 역이 삼랑진역이에요."

"미정 씨는 이제 도착이네요."

"오늘 창화 씨 덕분에 재미있게 왔네요."

"저도 마찬가지예요. 일부러 늦게 가는 기차를 탔는데, 오히려 더 일찍 도착한 기분이에요."

"정말 오랜만에 대화에 집중한 거 같아요. 기차라는 공간에 딱 갇혀 있으니까, 더 집중이 잘 된 것 같기도 하고… 그리고 대화가 정말 알찼어요."

"저도 그래요. 실은 저… 요즘 대화를 거의 안 하다시피 지냈는데, 오늘 미정 씨랑 그동안 묵혔던 스피치 다 터뜨린 거 같아요. 아, 제가 짐 내려드릴게요."

미정은 창화가 통로로 나올 수 있도록 먼저 일어섰다. 창화가 자리에서 일어서는 순간이었다.

"아!"

"어머, 창화 씨 괜찮아요? 아프시겠다…."

미정은 두 손을 작은 입에 모으며 걱정스런 표정으로 말했다. 창화가 일어서며 머리를 선반에 부딪히고 말았던 것이다.

"아야… 괘… 괜찮아요. 종종 있는 일이라…."

"그러고 보니, 아깐 몰랐는데 창화 씨 키가 정말 크네요. 한… 185?"

"네. 그 정도예요. 그래서 종종 이렇게 헤딩을 잘 해요."

창화는 아픈 것보다 부끄러움이 더 컸는지 귀가 빨개지며 미정의 짐 가방을 내려주었다.

"창화 씨, 오늘… 야경 같은 대화였어요."

미정은 창화에게 악수를 청하며 말했다.

"네? 야경 같은… 대화요?"

"야경이 그렇잖아요. 야경 속에 들어가 있으면 야경의 아름다움이 보이지 않지만, 거리를 두고 보면 비로소 야경의 아름다움이 보이죠. 쉽게 말하면… 적당히 거리감이 있는 대화여서 더 좋았다는 거예요. 사람도 그렇더라고요. 너무 가까워지는 것보다, 야경처럼 거리를 두고 있어야 더 좋은 사람."

"아… 뭔가 시적인 표현인데요? 이럴 땐 미정 씨가 국문학과 같아요. 저도 좋았어요. 이 '야경 같은' 대화. 조심해서 집에 잘 가요."

창화는 미정과 악수하며 입가에 미소를 보였다.

"고마워요. 창화 씨도 부산까지 잘 내려가세요."

미정은 창화에게 마지막 인사를 건네고 짐 가방을 끌며 객실 문을 열고 사라졌다. 창화는 원래 자리이자 미정이 앉았던 통로 쪽 자리에 다시 앉았다.

"야경 같은 대화… 야경 같은 사람…."

미정은 기차에서 내렸지만 미정이 남긴 한 마디는 여전히 창화 옆 자리를 채우고 있었다.

"젊은이, 미안한데 이 짐 좀 올려주겠나?"

막 자리에 앉아 한낮의 야경을 감상 중인 창화 옆에 백발의 노인이 큰 보따리를 들고 어쩔 줄 모르고 있었다.

창화는 머뭇거릴 틈도 없이 일어나 노인의 보따리를 받아 선반 위에 올려놓았다.

"고마우이."

노인은 통로를 사이에 두고 창화의 건너편 자리에 앉아 인사를 건넸다. 삼랑진을 출발한 기차는 머지않아 부산역에 도착했다. 창화는 선반 위에 올려놨던 크로스백을 내리려다 노인이 잠들어 있는 걸 발견하고는 조심스레 말을 걸었다.

"저기… 어르신?"

창화의 목소리를 들은 노인이 눈을 뜨고 주변을 두리번거렸다.

"저… 이제 종점인 부산역이에요. 짐 내려드릴까요?"

노인은 창화의 말에 조용히 고개를 끄덕였다.

창화는 선반 위에 있는 보따리를 내려 노인의 옆자리에 조심스레 가져다 놓았다.

"이거 하나 들게."

보따리에서 사과 하나를 꺼낸 노인은 창화에게 사과를 내밀었다.

"아, 아뇨. 괜찮습니다."

"고마워서 그러네. 내 지금 줄 게 이것뿐이야. 받아주게."

"네… 그럼… 감사합니다."

"참 좋은 청년이구먼. 그럼, 또 보세."

"네? 아… 네… 어르신 안녕히 가세요."

*

집 근처에 도착하자, 창화는 당장 집으로 들어가고 싶지 않아서 근처 공원 벤치에 잠깐 앉았다.

"와… 아까 미정 씨가 준 사과만큼 다네. 오늘따라 사과 참 많이 먹는구나."

창화는 기차에서 내릴 때 노인이 건네 준 사과를 씹으며 미정과
의 대화도 함께 곱씹었다.

"하긴, 진짜 예쁜 야경은 아무 데서나 볼 수 있는 게 아니지…."

창화는 한결 가벼워진 듯한 마음으로 벤치에서 일어나 집으로
향했다.

11화
내리실 역은 삼랑진역입니다

　미정과 나누었던 대화의 조각들이 완성될 즈음, 기차는 창화의 목적지에 다다랐다.

　"내리실 역은 삼랑진, 삼랑진역입니다."

　부산에서 삼랑진까지는 단숨에 도착하는 거리였다. 부산 시내에서 지하철을 타고 어딜 가는 것보다, 오히려 부산역에서 삼랑진역에 도착하는 시간이 더 짧을 정도였다. 창화는 가방에 넣어온 책을 읽을 겨를도 없이 기차에서 내렸다. 단출한 간이역 플랫폼이 눈에 들어왔다. 삼랑진역 뒤편으로 빼곡하게 서 있는 감나무들이 이파리를 흔들며 창화를 반겨주었다.

　"아버지가 엄마한테 놀러가자고 떼쓰실 만했네…."

　젊은 시절의 아버지가 엄마에게 떼를 쓰는 모습이 다시 상상되며 창화는 풉! 하고 웃음이 흘러나왔다.

*

　삼랑진역에서는 어느 누구도 뛰거나 빨리 걷지 않았고, 서두르
거나 급한 기색이 없었다. 사람들은 천천히 기차에서 내려 서서히
출구로 향했다. 창화도 다른 사람들과 마찬가지로 천천히 걸었다.
철길을 따라가며 풍경도 살피고 평소에 돌아보지 않던 뒤도 돌아
보고 사방을 기웃거렸다. 그리고 계단을 내려와 삼랑진역 입구를
빠져나오는 순간, 창화는 눈을 감고 고개를 들어 흐뭇한 미소를 지
었다. 역 광장에 빼곡히 심긴 벚나무와 소나무들로 인해 광장에 사
람보다 나무가 많다는 것부터 마음에 들었다. 창화는 잠시 나무 아
래 벤치에 앉아 삼랑진역과의 첫 인사를 나누었다. 이제 겨우 삼랑
진역에 도착했을 뿐인데 이것만으로도 충분한, 가득 차는 기분이
었다. 만약 삼랑진역의 1년이 한 권의 책이라면 창화는 당장이라
도 사계절을 다 넘겨보고 싶은 심정이었다.

　삼랑진역 앞에는 딱 차 두 대가 왕복으로 지날 수 있는 2차선 도
로가 있고, 도로 옆으로 낮은 건물과 주택들이 옹기종기 모여 있었
다. 사람의 시야를 가리지 않는 높이까지만 건물을 짓도록 약속이
라도 한 듯 낮은 건물들. 그래서 여기를 봐도 저기를 봐도 파란 하
늘이 활짝 열려 있었다. 이대로 벤치에 앉아 있기만 해도 좋겠단
생각이 들 정도로 창화는 이 찰나가 만족스러웠다. 아까는 들리지
않던 차 소리가 들려 오른쪽으로 고개를 돌려보니 삼랑진역 주차
장이 눈에 들어왔다. 창화는 천천히 주차장으로 걸어갔다.

'역시!'

창화는 주차장을 바라보며 팔짱을 끼고 동네 뒷산 같은 눈으로 웃었다. 주차장 입구에 주차비 정산 게이트가 없기 때문이었다. 이게 뭐 대수냐 싶을 수도 있겠지만 서울이나 부산에서는 결코, 절대 볼 수 없는 광경이기에 창화는 이 모습마저도 무척 마음에 들었다. 누구에게나 열려 있는 삼랑진역 주차장이 창화에게 따뜻함으로 다가왔다.

창화는 삼랑진역 주변을 천천히 둘러보며 사진을 찍었다. 그러면서 또 드는 생각이 지금의 이런 좋은 느낌과 감정을 사진처럼 담아놨다가 우울해질 때 꺼내 볼 수 있다면 얼마나 좋을까였다.

가만히 생각해 보니 삼랑진은 내일 또 와도 되고 모레 다시 와도 되는 곳이었다. 굳이 오늘 많은 곳을 갈 필요도, 많은 것을 할 필요도 없었다. 어차피 삼랑진에 온 목적은 미정의 말대로 '아무것도 하지 않아도 되는 곳'을 찾아온 것이기 때문이었다.

집에 내려온 후로 줄곧 뭔가 해야 하거나, 어딘가 나가야 한다는 묵직한 부담감이 창화의 어깨를 짓누르고 있었다. 아무도 창화에게 잔소리하거나 재촉하지 않았음에도 스스로가 이런 부담에 갇혀 도서관에 나가거나 방 정리를 한 것이었다. 오늘 이렇게 삼랑진으로 훌쩍 떠나온 이유도 아무것도 하지 않고 싶어서였다.

집에 머무는 시간이 길어질수록 점점 뭔가 해야 한다는 체증이 심해지고 있었고, 미정이 얘기했던 '아무것도 하지 않아도 되는 삼랑진'이 머릿속에 맴돌아 큰 기대 없이 와 본 것이었다. 깊어진 겨

울처럼 얼어 있던 마음을, 젊은 시절의 엄마가 느꼈던 따뜻하고 달달함으로 녹일 수 있을까라는 막연한 기대 때문이었다.

창화가 직접 와본 삼랑진은 미정이 얘기한 것보다 훨씬 더 마음이 편해지는 곳이었다. 이런 곳이 부산에서 40분 남짓한 거리에 있었다는 사실이 놀라울 따름이었다. 창화는 그렇게 삼랑진이 좋아지기 시작했다.

창화는 그 후로 매일 같이 삼랑진에 갔다. 마치 출근하는 사람처럼, 마치 삼랑진에 만날 사람이라도 있는 것처럼, 아침부터 무궁화호 기차를 타고 삼랑진으로 향했다. 그렇다고 창화가 삼랑진에서 딱히 하는 일은 없었다. 삼랑진역 주변을 걷다가, 또 앉았다가, 배가 고프면 끼니를 때우고, 좀 덥다 싶으면 삼랑진역 앞에 있는 밀양 도서관에 앉아 책을 읽었다. 이 반복적인 일상이 창화는 전혀 지겹지 않았다. 삼랑진역은 창화가 온종일 머물기에 불편함이 없을 정도로 모든 것이 다 있었다. 작은 식당이 있고, 작은 도넛 가게가 있고, 작은 편의점이 있었으며 또 작은 도서관이 있었다. 살면서 이렇게 한 동네가 마음이 든 적이 있었을까.

12화

그때 그 사람

매일 같이 이 동네를 돌고 또 돌면서 매번 창화의 발걸음을 멈추게 하는 가게가 하나 있었다.

'대현 사진관'

오늘도 창화는 삼랑진역 바로 옆 아주 작고 오래된 사진관 앞에 멈춰 섰다.

적어도 수십 년이 훌쩍 넘도록 한곳에 붙어 있던 빛바랜 간판, 그 간판의 세월과 함께 색이 바래버린 쇼윈도에 진열된 사진들. 창화는 이 사진관에 이상하게 정이 갔다. 창화가 좋아하는 영화 <8월의 크리스마스>에 나오는 '초원 사진관'이 떠오를 정도로 대현 사진관 앞에 서면 이상한 낭만이 느껴졌다. 대현 사진관은 마치 삼랑진의 모든 시간과 추억을 그대로 담고 있을 것처럼, 문을 연 후 단 한번도 바뀐 적이 없었다.

천장이 성인 키보다 약간 높은 사진관은 위로 옥상이 있는데, 옥상에는 사진관 주인이 살았던 듯 작은 옥탑방이 있었다. 문을 닫은 지 오래됐는지 항상 자물쇠가 채워져 있는 터라 사진관 안으로 들어가본 적은 없었지만, 창화는 그 앞에 서서 항상 같은 생각을 했다.

'한번 들어가 보고 싶은데 아쉽네….'

창화는 오늘도 사진관 앞에서 삼랑진의 지난 시간만 바라보며 돌아섰다.

"사진 찍으시게?"

그때 사진관 문이 끼이익 열리더니 누군가 창화의 등에 대고 말을 걸었다. 순간 흠칫 놀라 돌아선 창화 앞에 백발의 노인이 서 있었다. 창화는 황급히 머리를 숙였다.

"아, 안녕하세요."

인사를 하고 고개를 들었는데 창화의 눈에 낯익은 얼굴이 들어왔다.

"어? 혹시…."

"사진 찍을 거면 어여 들어와요."

"아, 네, 네."

창화는 얼떨결에 노인을 따라 사진관으로 들어갔다. 평소에 사진관 안이 궁금했지만 문이 잠겨 들어갈 엄두를 못 냈는데 오늘 사장님의 초대를 받게 된 것이다.

"무슨 사진으로 찍어드릴까? 증명사진? 아니면 여권 사진?"

"아… 저… 그게… 여권 사진으로 찍어주세요."

창화는 계획에도 없던 여권 사진을 찍기로 했다. 의자에 앉은 창화를 카메라를 통해 빤히 바라보던 사장님이 고개를 갸우뚱하며 고개를 들었다.

"이 동네 분이 아니신가? 처음 보는 얼굴이네?"

"아. 예. 저 잠깐 여행을…."

"이 동네에 뭐 볼 게 있다고 여행을 왔어요? 그럼 사진 찍으러 온 게 아니시네. 어쩐지 사진 찍을 사람 같지가 않더라고."

"아… 제가 그래 보였나요?"

"보통 사진 찍을 사람이면 머리도 말끔하게 정리하고 면도도 해서 오거든."

창화는 순간 자신의 덥수룩한 머리와 듬성듬성 자란 수염을 만져보며 얼굴을 붉혔다.

"뭐, 어쨌든 들어왔으니 차나 한잔하고 가요."

노인은 터벅터벅 테이블로 걸어가더니 커피포트에 물을 받았다.

"어르신, 제가 할게요."

"괜찮아요. 손님인데 그냥 앉아 있어요."

"그런데 어르신, 실례지만 혹시 얼마 전 부산행 무궁화호 기차 타지 않으셨어요?"

"응? 그걸 어떻게 알아요?"

"아! 맞네요! 그때 어른신께서 저한테 사과 주셨잖아요!"

기차에서 마주쳤던 노인이 사진관 사장님이라는 사실이 반가웠는지 창화는 흥분 섞인 목소리로 말했다.

"아… 자네구먼! 그래… 자네야, 자네. 어쩐지 다시 만날 거 같더라니… 이렇게 또 만나는구먼."

"그러게요, 세상 정말 좁네요. 그때 어르신께서 주셨던 사과, 정말 맛있었습니다."

"허허, 맛있게 먹었다니 다행이구먼. 자, 차 들어요. 그래, 이 촌동네 여행은 어쩌다가 온 거요?"

창화는 삼랑진에 자주 오게 된 이유를 사장님께 말씀드렸다.

"나랑 비슷하구먼."

"어르신이랑요?"

"나도 삼랑진이 고향은 아니야. 젊은 시절 어쩌다 보니 여기까지 온 거지. 그리고 여기가 마음에 들어 다시 떠나질 않았어. 내가 월남전 참전 용사거든. 전쟁을 겪고 고국에 돌아왔는데 남은 건 고통뿐이더라고. 전쟁이 얼마나 참혹했는지 그 후로 밤에 잠도 제대로 못 잘 정도였지."

노인은 눈시울이 촉촉이 젖어 들며 잠시 말을 잇지 못했다.

"그러던 중에 친한 친구 놈이 카메라 한 대를 사주면서 그러는 거야. 이 카메라로 여기저기 다니며 좋은 풍경, 좋은 순간만 담아보라고. 그럼 점점 괜찮아질 거라고. 그래서 사진을 배우게 됐어."

노인은 아주 오래된 낡은 카메라를 창화에게 가져와 보여주며 말을 이어갔다.

"여기가 아주 묘한 곳이야. 전국을 떠돌며 사진을 찍고 다녔는

네 여기에서 내 인생을 인화하게 된 거지. 왜, 그런 사람 있지 않나? 자주 보게 되는 사람이 아니라 자꾸 보게 되는 사람. 삼랑진이 나한테는 자꾸 보게 되는 사람 같았지. 카메라에서 눈을 뗄 수가 없었어. 그리고 이렇게 여전히 떠나지 못하고 있지."

자주 보게 되는 것보다 자꾸 보게 되는 사람.

창화가 그동안 이 동네에 대해 표현하고 싶었던 감정을 사장님이 한번에 정리해주는 것 같았다. 창화는 이토록 자신과 비슷한 느낌을 가진 사람이 또 있다는 사실이 너무 반가웠다.

"여기가 좋으면 내일 또 와. 이제 이 사진관도 얼마 안 남았거든."

"네? 얼마 안 남았다니요?"

창화는 종이컵을 입에 가져가려다 멈추고 카메라 렌즈만큼 동그래진 눈으로 노인을 바라봤다.

"이제 나도 쉬어야지. 요즘은 이런 사진관에서 사진 안 찍어. 그리고 내 눈도 침침해져서 초점 맞추기도 힘들거든. 그리고 자넬 다시 만나게 되니⋯ 여기는 내가 지키지 않아도 될 것 같다는 생각도 드는구먼."

"저요? 제가 왜⋯."

노인은 그저 미소만 지었고, 그 미소를 본 창화는 이상하게 마음이 먹먹해졌다. 마시던 차가 얹히는 기분이 들며 앞으로 이 사진관 풍경을 더는 바라볼 수 없다는 서글픔이 밀려왔다. 무엇보다 방금 알게 된 자신과 비슷한 사람을 곧 보지 못하게 될 거란 생각에 슬픔이 커져갔다.

13화
강상욱

미정은 오랜만에 차를 몰고 시내로 향했다. 식당에 주차를 하고 안으로 들어가 누군가를 기다렸다. 5분쯤 지나자 한 남자가 식당 문을 열고 들어왔고 미정은 그를 향해 웃으며 손을 흔들었다.

"야, 넌 누나가 왔는데 어떻게 집에 코빼기 한번을 안 비추냐?"

"보소, 아지매. 내도 바쁘다. 그리고 집에 가 봐야 누나나 내나 잔소리밖에 더 듣나?"

"아무리 그래도 그렇지. 주말에는 집에 한번씩 좀 오고 그래."

"아이고… 사돈 남 말하네. 누나 서울에 살 때 기억 안 나나? 명절에 그래 좀 내려오라 해도 끝까지 안 내려오더만. 그리고 어설픈 서울말 좀 쓰지 마라."

"뭐래? 어설프다니? 나 서울 살 때 아무도 경상도 사람인지 몰랐어. 이 자식아."

"하이고… 서울 사람 다 됐네. 고마 됐고. 내 점심시간 짧다. 빨리 주문부터 하자."

미정은 남동생 상욱과 점심을 먹기 위해 상욱이 다니는 회사 근처로 나온 길이었다. 상욱은 밀양 시내에서 혼자 자취를 하며 작은 회사에서 일하고 있었다.

"일은 할 만해?"

"그냥 하는 거지 뭐."

상욱은 냉면 국물을 시원하게 들이켜고는 무심하게 대답했다.

"만나는 사람은?"

"없다."

"저번에 만나던 여자는?"

"그게 언제 적인데."

"엄마가 선보라고 했던 건?"

"아… 진짜 체하겠네. 뭐 내 심문하나? 그냥 밥 좀 묵자."

상욱은 들고 있던 젓가락을 탁 내려놓고 미정에게 따지듯이 말했다.

"야, 누나가 동생 오랜만에 만나서 근황도 못 물어보냐?"

"내 근황 신경 쓰지 마시고예. 누나 인생이나 신경 쓰이소."

사실 오늘 미정이 상욱을 보러 나온 건 순전히 엄마의 지시였다. 엄마는 혼자 사는 상욱에 대한 걱정이 이만저만이 아니었다. 서른 중반이 넘어선 상욱이 제 짝을 못 만나고 지내는 것도 시도 때도 없이 마음에 걸려 미정을 통해 상욱의 생각을 조금이라도 알고 싶은 심정이었다.

"엄마가 걱정 많이 해. 나도 나지만 너라도 좋은 사람 만나서 빨리 결혼하라고."

"누나. 오랜만에 만나서 이런 진부한 얘기는 이제 좀 고마하자. 내 알아서 할게."

"엄마가 오죽하면 나한테 좀 물어보라고 했겠어? 너한테 이런 얘기 꺼내면 너 또 화내니까."

"아, 진짜. 알면 좀 고마해라. 누나도 이런 얘기 듣기 싫어가 명절에도 집에 안 왔던 거잖아?"

"알았다. 알았어. 그만할게. 하긴 나도 듣기 싫은데 너도 싫겠지. 미안해. 얼른 먹어."

미정과 상욱은 점심을 먹고 작은 카페에 들어가 커피를 마셨다. 둘 사이에는 여느 남매들처럼 별 대화가 없었다.

"회사는 어때? 이제 좀 적응됐어?"

오랜 정적을 깨고 미정이 커피에 꽂힌 빨대를 돌리며 물었다.

"뭐, 예전보단 나아졌다. 그래도 재미는 없지 뭐. 아, 여기 커피 별로네."

상욱은 원래 꿈이 있었다. 고등학교 때부터 가졌던 꿈. 바리스타가 되어 카페를 여는 것이었다. 그래서 상욱은 대학도 2년제를 졸업해 빨리 돈을 모아 카페를 열 생각만 했다. 바리스타 자격증은 고등학교를 졸업하고 금방 땄고, 카페 아르바이트를 오랫동안 하며 커피를 배우고 연구했다. 하지만 대학 때부터 열심히 일하고 배우며 모은 돈만으로 카페를 열기에는 역부족이었다. 상욱은 부모님께 부족한 정도만 돈을 빌려 카페를 열고 반드시 갚겠다고 했지만 엄마는 귀를 기울이지 않았다.

"돼도 안 한 소리 고마하고 직장에 드가라. 니, 장사는 아무나 하는 줄 아나? 장사가 세상에서 제일 힘들다."

"엄마, 진짜 내 얘기 한 번만 들어봐라. 내가 카페 자리까지 다 봐 놨는데 거기가 나중에 진짜 잘 될 자리다. 지금은 별거 아닌 것처럼 보여가 땅값도 싸서 해 볼 만하다니까. 그냥 조금만 빌려도, 내 금방 갚을게."

엄마는 끝내 상욱의 말을 들어주지 않았고 어쩔 수 없이 지인의 소개로 회사에 들어가 꾸역꾸역 직장인으로 살아가는 중이었다. 상욱이 점찍었던 카페 자리엔 나중에 정말 외지 사람이 들어와 카페를 열었고, 시간이 지나 그 앞쪽으로 도로가 생기고 오가는 사람이 늘면서 땅값도 덩달아 올라, 이제는 상욱이 정말 엄두도 못 내는 곳이 되어버렸다.

"내는 여전히 이래 맛없는 커피를 마시면 화가 난다. 이런 걸 커피라고 팔고 있나."

"그래, 예전에 상욱이 네가 카페에서 일할 때 만들어 준 커피는 거의 다 맛있었지. 인정!"

"후, 내가 진짜 그때 카페를 했어야 했는데."

"이제 그만 잊어버려. 계약직으로 그렇게 고생하다가 그래도 정규직까지 됐는데 얼마나 좋아? 누나는 정규직이란 걸 해본 역사가 없다. 그리고 지금 누나 좀 봐. 회사 안 다니니까 바로 할 일이 없는 사람 됐잖아."

"누나, 지금은 회사를 안 다녀서 할 일이 없는 사람이 아니라 할 일 없는 사람이 회사에 다니는 거다. 알겠나? 요즘은 자기가 할 수 있는 게 있으면 회사 안 다닌다. 지가 할 게 없으니까 회사에 붙어 있는 거지."

미정은 상욱의 말에 뭔가 크게 한 방 먹은 것 같은 기분이었다.

'회사를 안 다니면 할 일 없는 게 아니라 할 일 없는 사람이 회사에 다닌다.'

왜 지금까지 그런 생각을 못 했을까? 미정은 새삼 상욱이 오빠처럼 느껴졌다.

"내는 언젠가 회사 때려치운다. 왜냐고? 내는 내가 하고 싶은 게 있으니까. 내도 내가 하고 싶은 거 접고 회사 들어갈 때는 진짜 너무 짜증 나고 속상하고 그랬거든? 근데 나중에는 생각이 바뀌더라."

"어떻게?"

"내가 하고 싶은 일을 더 오래 하려면 내가 하기 싫은 일도 그만큼 오래 해야 한다고. 그래서 지금은 예전보다 마음이 편하다. 내가 하고 싶은 걸 빨리 시작해서 빨리 접는 것보다 내가 하기 싫은 걸 오래 하면 내가 하고 싶은 것도 오래 할 수 있다고 믿기로 했다. 뭐, 자기 최면이지만 어느 정도 타협은 되더라고."

미정은 상욱을 만나고 돌아오면서 상욱이 한 얘기가 머릿속에서 떠나질 않았다.

"그러고 보니 나도 할 일이 없어서 회사에 다녔었네. 이제 할 일 없는 사람이 아니게 됐으니 내 할 일을 찾아야겠어."

미정은 운전석 창문을 내리며 머리를 쓸어 넘겼다.

14화
대현 사진관

"어르신, 계세요?"

창화는 사진관 앞에서 머뭇거리지 않고 바로 문을 열고 들어갔다.

"그래, 어서 오게. 안 그래도 기다리고 있었어."

"저를요?"

"자, 들게."

노인은 차를 따라와 창화에게 내밀었다.

"그런데 어르신, 사진관 문 닫으시면… 고향으로 가시나요?"

"고향? 흠, 고향은 절대 못 돌아간다네."

"네? 왜….."

"저번에 내가 얘기했지? 내가 참전 용사였다고. 지독한 전쟁에서 돌아온 나를 기다리고 있는 건 차가운 시선이었어. 전우들은 팔, 다리를 잃은 채 일자리도 찾을 수 없었고, 사지가 멀쩡한 사람은 온전한 정신으로 살 수 없었지. 그럼에도 고향 사람들은 날 돈독이 올라 살인을 하러 다녀온 사람으로 여겼어. 모두 날 외면하기 시작했지. 사람을 죽여 본 사람은 또 쉽게 사람을 죽일 거라나…."

창화는 노인에게서 시선을 뗄 수 없었다. 논바닥처럼 갈라진 주름이 더욱 깊어지며 노인은 말을 이어 나갔다.

"국가도 날 버렸지. 우린 그 누구에게도 존중받지 못했어. 남의 나라 전쟁에 뛰어들어 죽을 고비를 수차례 넘기고 온 우리였지만 모두 외면할 뿐이었다네. 고향 사람들도, 국가도, 그 누구도 인정해주지 않았지. 마치 없었던 일처럼 말이야."

창화는 알 수 있었다. 노인이 느꼈을 그 존중받지 못한 기분을.

"난… 참전을 인정받고 싶었던 건 아니야. 그저… 무시만 하지 말아 달라는 거였지."

창화는 말없이 노인의 잔에 차를 채워주었다.

"난 이곳에서 모든 걸 보상받았어. 삼랑진이 구멍이 숭숭 뚫려 있는 날 메꿔 주었지. 내가 외지에서 온 사람인 걸 알면서도 여기 사람들은 날 '같은 사람'으로 대해줬다네. 이런 사람들을 두고 어디로 떠나? 허허."

노인이 웃음을 보이자 얼굴의 주름들이 마치 경쾌한 음표가 그려진 오선지처럼 빛났다.

"전쟁에서 돌아온 후로 난 매일 약을 먹어야만 버틸 수 있었어. 요즘에야 정신과 다니고 약 먹는 게 감기약 먹는 것처럼 쉬워졌지만 그땐 어디 그랬겠나? 정신과 들락거리는 날 동네 사람들은 미친놈 취급을 하며 말조차 섞지 않았지…. 전쟁에서 팔에 입었던 총상보다 그게 더 아팠다네….”

노인은 차를 한 모금 마시고는 회상에 잠겼다.

“어… 여기가… 어디죠?”

“삼랑진 의원입니더.”

자리에 앉아 있던 남자 의사가 일어나 침대로 다가오며 대답했다.

“왜… 제가… 의원에….”

“역 입구에 쓰러져 계서가 동네 분이 업고 왔심더. 아, 선생님 카메라는 여기….”

의사는 카메라를 건네고, 가운 주머니에 손을 찔러넣으며 동정 섞인 눈빛으로 물었다.

“사진사십니꺼? 근데… 선생님 신분증을 찾다보이 주머니에 이 약이 좀 많이 있던데… 약… 얼마나 안 드신 겁니까?”

“아… 그게….”

“선생님께 뭐라 칼라고 그라는 건 아니고예…. 소매 안에 보이 총상도 있던데… 참전하셨었지예? 선생님, 이 약 잘 챙겨 드시야 합니데이. 힘드시더라도 고마 약 잘 챙겨 드시고 이겨내셔야지예.”

의사의 말에 주먹 같은 눈물이 흘러내렸다.

“흑흑… 실은… 약을 빨리 먹으면 병원을 자주 가야 하고… 흑

흑… 병원에 갈 때마다 죄인처럼 혹시나 누가 볼까 봐… 가기가 너무 힘들었습니다…. 그래서 항상 버틸 때까지 버티다… 한 번 먹고…. 흑… 아껴 먹다 보니…."

의사는 안타까운 마음이 들었다.

"실은 제 동생도 선생님이랑 똑같습니더."

"네? 선생님 동생도요?"

"선생님처럼 많이 힘들어 합니더. 잠도 몬 자고예. 밤에 소리도 지르고… 그걸 지켜보는 가족들도 힘들고예…. 그래서 말인데… 제가 듣기로는 우리 동네에 자주 오셔서 사진 찍는다고 들었심더. 약은 꼬박꼬박 드시고예 사진 찍으러 오실 때마다 저한테 오이소. 제가 약 지어드릴게예. 약 값은 나중에 저희 가족 사진 한 장으로 하겠심더."

노인은 찻잔을 내려놓고는 찻잔을 응시하더니 말했다.

"처음이었어. 전쟁에서 돌아온 날 따뜻하게 대해줬던 사람. 난 그 의사 양반 덕에 산 거야. 그 후로 난 이 동네에 더 자주 오게 됐고, 결국 눌러 앉았지. 이곳에서, 이곳에 사는 사람들에게 뭔가 해주고 싶었어. 그래서 난 사진관을 열었고 사진 찍을 형편이 안 되는 마을 사람들에게 공짜로 사진을 찍어주곤 했지. 고구마나 감자로 받기도 하고! 허허! 난 이곳에서 새 삶을 찾은 거야."

노인은 차와 미소를 함께 머금었다.

"어르신, 사실 저도…."

"알아. 자네도 나와 비슷하다는 거."

"네? 어떻게… 그걸…."

"내가 사진관 하면서 얼마나 많은 사람들을 봤고 또 표정을 찍었겠어? 자네 처음 내 카메라 앞에 앉았을 때, 딱 보고 알았지. 곧 여기로 이사오겠구나! 라고 말이야. 허허허."

창화는 자신의 마음을 알아봐 준 노인이 신기하면서도 고마워함께 웃었다.

"자네, 여기로 오게. 자네에겐 여기가 딱이야. 자네가 여기 산다면 내 기꺼이 맡길 수 있을 것 같구먼. 이 동네의 이름은 '삼랑'이지만 내게는 오래전부터 이곳이 '사랑'이었지. 마치 전쟁에서 총탄에 뚫린 것 같이 구멍 난 나를 이곳이 사랑으로 채워줬거든. 이곳은 그런 곳이야. 자네도 여기 살아보면 가득 채워질걸세."

삼랑에 하나가 더해진 '사랑진' 사랑방 같이 포근한 동네 이름이 더 사랑스럽게 느껴졌다. 어느새 찻잔에 있던 차가 다 비워지고 창화는 노인에게 인사를 건네고는 자리에서 일어났다.

"가려고? 잠깐만 기다리게."

사진관 뒤쪽 구석에 있는 작은 냉장고를 열더니 노인은 뭔가를 꺼내 들고 창화에게 다가왔다.

"하나밖에 안 남았구먼. 가는 길에 기차에서 먹게."

노인은 창화의 손에 탐스럽게 생긴 사과 하나를 쥐어주었다.

창화는 집으로 돌아오는 기차 안에서 깊은 생각에 잠겼다. 살면서 처음으로 사계의 페이지를 넘겨보고 싶어진 곳. 외면의 날에 베인 상처를 치유할 수 있을 것만 같은 곳. 야경 같은 사람이 있어 어둠이 찾아와도 담담할 수 있는 곳. 자신도 몰랐던 엄마와의 추억이 있는 곳. 너덜너덜해진 지금의 마음을 기워낼 수만 있다면… 이런 곳에 살지 않을 이유가 있을까. 창화는 생각에 잠긴 채 무심결에 사과를 한 입 베어 물었다.

*

"저 왔어요."

창화가 현관을 들어서며 자신이 돌아왔음을 알렸지만 아무도 대답이 없었다.

"어디 나가셨나."

창화가 신발을 벗고 거실로 들어가자 창화가 들어온지도 모를 정도로 뭔가를 보며 웃고 있는 부모님의 모습이 보였다.

"아버지, 엄마, 뭐가 그렇게 재미있어서 제가 온 줄도 모르고 보고 계세요?"

"아, 창화 왔구나! 어서 와. 아니… 며칠 전에 네가 사온 사과 먹고 나니 느이 아부지랑 엄마랑 옛 추억이 어찌나 떠오르던지… 오랜만에 앨범을 다 꺼내 보고 있잖니."

엄마는 해맑게 웃으며 창화를 바라보았다. 창화를 더욱 놀라게 한 건 평소에 무표정, 무언, 무뚝뚝이었던 아버지가 앨범에서 눈을 떼지 못하고 싱글싱글 웃고 있는 모습이었다.

"와… 아버지도 그렇게 웃을 줄 아시네요. 하하! 근데 오랜만에 앨범 보시니까 그렇게도 재밌어요?"

"그럼! 재밌고말고! 창화야, 너도 이리 와서 봐. 이 사진, 너 오면 보여주려고 기다리고 있었어."

엄마는 앨범에서 사진 한 장을 꺼내며 창화를 불렀다.

"무슨 사진이길래 꽁꽁 숨겨놨다가 이제 보여주는 거예요?"

창화는 호기심이 가득한 얼굴로 엄마 옆에 앉았다.

"짠! 엄마랑 느이 아부지랑 밀양 여행갔을 때 사진관에서 찍은 사진이야. 느이 아부지가 사진 뒤에 엄마 몰래 프러포즈 편지까지 썼었지 뭐니? 호호! 근데 엄마는 사진 뒤에 편지가 있는 줄도 모르고 있다가 결혼하고 나서야 알았어! 호호호! 이러니 다시 봐도 너무 재밌지!"

"와… 이 사진은 진짜 처음 보네요. 이야… 우리 아버지 나름 로맨티스트셨네? 하하! 근데…."

사진을 자세히 보는데 사진 아래쪽 오른편 귀퉁이에 작게 쓰여진 글자가 창화의 눈에 들어왔다.

'대현 사진관'

"엄마! 이 사진관에서 사진 찍었어요?"

"응! 대현 사진관이라고 작은 사진관인데 삼랑진역 옆에 하나 있었거든."

엄마는 창화의 손을 잡으며 말을 이었다.

"창화야, 그 사진관이 느이 아부지와 엄마의 시작이야. 너도…

거기에서 다시 시작해."

*

"선생님, 선생님?"

누군가 부르는 소리에 창화는 화들짝 놀라 눈을 떴다.

"종착역인 부산역입니다. 내리셔야 해요."

창화의 눈 앞에 있는 사람은 다름 아닌 기차 승무원이었다.

"아… 네… 네… 죄송합니다…."

주위를 둘러보자 객실엔 창화 뿐이었고, 창화는 얼떨떨한 기분으로 기차에서 내렸다.

너무나 생생했던 꿈. 삼랑진에서 부산까지 오는 그 짧은 여정에 이런 꿈을 꾸다니 기분이 묘했다.

"내가 어쩌다 잠이 들었지… 사과를 먹다가… 아! 맞다! 사과! 사과 어디 갔지? 두고 내렸나? 아닌데… 내릴 때 자리에도 없었는데…."

사과는 온데간데없이 사라졌지만 창화의 꿈은 또렷하게 남아 있었다. 오랜만에 본 부모님의 해맑은 미소 그리고 엄마와 아버지의 시작이었다는 말과 너도 거기에서 다시 시작하라는 엄마의 한 마디. 그저 꿈이라고 넘겨버리기엔 지금 창화의 상황과 데칼코마니처럼 닮아 있었다.

"엄마, 혹시… 예전에 밀양에서 아버지랑 사진 찍은 적 있어요?"

창화는 집에 돌아오자마자 설거지를 하고 있는 엄마에게 물었다.

"사진? 글쎄… 옛날에는 여기저기 다니면서 사진을 꽤 많이 찍었으니까 거기서두 찍었겠지?"

"아니… 그냥 사진 말고… 사진관에서 찍는 사진이요."

"사진관? 글쎄다… 엄마도 이제 칠십이 다 돼 가니까 어제 일도 기억이 안 나. 그런데 그건 갑자기 왜?"

"아… 아니에요. 그냥…"

*

창화가 고민하는 시간은 그리 길지 않았다. 평소에 꿈을 잘 꾸지 않는 창화였기에 더욱 결정을 빨리 내릴 수 있었다. 기차에서 만난 야경 같은 사람, 대현 사진관 노인, 얼음골 사과에 담긴 부모님의 추억, 그리고 꿈. 이 정도 연속성으로 일어나는 일이라면 우연이 아니라 필연이라는 확신이 들었다. 창화는 이 필연들이 안내하는 곳에서 새로운 시작을 하기로 결심했다. 그동안 모아놨던 돈과 퇴직금, 그리고 회사로부터 쫓겨나면서 삼킨 모멸감과 맞바꾼 보상금과 서울 집을 뺀 보증금으로 시골의 낡은 사진관을 사기에는 충분할 것 같았다. 창화는 다음 날 곧장 대현 사진관을 찾아갔다.

"어? 문이… 잠겨 있네? 어르신이 오늘은 안 나오신 건가…."

창화는 사진관 옆에 있는 부동산 사무실로 발걸음을 옮겼다.

"어서 오이소. 뭐… 땅 보실라고예?"

창화가 들어서자, 60대 중반 정도로 보이는 올백 머리의 부동산 사장이 한 손에 부채를 든 채 자리에서 일어서며 밝게 웃었다.

"안녕하세요. 음… 혹시 옆 사진관 어르신 오늘 안 나오셨나요? 문이 잠겨 있어서요."

"사진관? 거기 문 닫은 지 이미 10년은 훌쩍 넘었는데… 아하! 그 건물에 관심 있으신가 보네예! 잘 보셨심더. 건물이 쪼매 낡아서 그렇지, 바로 옆이 삼랑진역이고 여기가 나름 삼랑진 읍내라예. 지금 드가서 함 보여드릴까예?"

"네? 문 닫은 지가 10년이 넘었다고요?"

창화는 부동산 사장의 말에 눈꼬리가 치켜 올라가며 놀라지 않을 수 없었다.

"하모예! 영감님 돌아가시고 지금은 외국에 있는 아들이 지한테 맡겨놨다 아입니까. 근데… 삼랑진 분은 아니신 거 같고… 우째 이 동네를 아시고 찾아왔능교?"

"아… 그게… 그러니까…."

창화는 부동산 사장의 질문에 뭐라 대답해야 할지 몰라 오도 가도 못하고 있었다.

"아, 마… 만어사 여행 왔다가…."

"아! 그러시구나! 얼마 전에 만어사가 TV에 나와가, 요즘 사람들이 부쩍 더 많이 온다 아입니까. 사장님도 지금 잘 보신거라예. 최근에 삼랑진역으로 오는 관광객이 점점 늘고 있거든예. 지가 중간에서 가격 잘 쳐드릴 테니까, 지금 사 놓으면 나중에 분명히 요즘 말로, 뜩상! 뜩상간다카니까! 그라모 따라오이소. 내 보여드릴게!"

창화는 부동산 사장을 따라 사진관 안으로 들어섰다. 정말 믿기지 않았다. 어제까지만 해도 앉으면 바로 사진을 찍을 수 있었던 사진관이, 오늘은 먼지만 여기저기 앉아 있을 뿐이었다. 사람 손이 타지 않은 지 오래인 걸 증명이라도 하듯 거미줄이 도처에 진을 치고 있었다.

"내 고마 솔직히 얘기할게예. 여가 비어진 지 10년도 더 넘어가 많이 낡았심더. 사실, 이 촌구석에 이런 낡은 건물을 누가 선뜻 사겠쓰예? 근데 요즘 삼랑진에 오는 사람들도 점점 많고예, 앞으로 분명 발전할낍니더. 그카고 여 동네 사람들이 진짜 좋아예. 우리 동네 사람들은 텃새 이런 거 절대 없심더!"

부동산 사장은 올백 머리 이마에 땀이 송글송글 맺히며 정성을 다해 창화를 설득하기 시작했다. 그도 그럴 것이, 삼랑진이라는 작은 시골 마을에 있는 오래된 건물을 보러 오는 사람은 마치, 네잎 클로버 같은 존재이기 때문이었다.

"내 진짜… 담백하게 얘기하는 겁니데이. 하나뿐인 아들내미는 외국에 있어가 관리도 안돼제. 이런 촌 구석에 있는 건물 보러오는 사람도 통 없제…. 게다가 우리 부동산 바로 옆이라 내 고마 머리가 좀 아파예. 내 진짜 요래 솔직하게 얘기한 거 사장님이 알아주시면, 내 건물주랑 담판 짓고 완전히! 고마 파격 세일가로 해드릴게!"

창화는 어르신과 만났던 그 시간은 과연 뭐였는지, 줄곧 넋이 나가 있어 부동산 사장의 말이 귀에 제대로 들어오지 않았다. 그저 꿈을 꾸다 깬 기분이었고, 지금은 다시 꿈속에 들어와 있는 것 같았다. 노인은 누구였을까. 귀신이었을까. 아니면 환상이었을까. 그것도 아니라면.

"아참, 그라고예. 위로 올라가면 작은 옥탑방이 있거든예? 거도 잘 고치면 살기 좋아예. 예전에는예, 지도 글코, 동네 사람들도 글코… 요 마루에서 고기도 굽고, 막걸리도 한 잔씩하고 그랬다 아입니까. 요서 먹는 술 맛이 또 기가 막히지예!"

사진관 안에 짧은 계단을 올라가자 낡은 옥탑방이 있는 옥상으로 연결되었다. 옥상에서 작은 삼랑진 마을을 내려다보며 창화는 상상했다. 사진관 어르신의 말씀처럼, 부동산 사장의 얘기처럼 낮이든 밤이든 누구나 편하게 찾아올 수 있는 곳. 창화는 마음이 요동치고 있었다.

"사장님, 제가 여기…서 살게요."

창화에게는 이곳을 사는 것보다, 이곳에서 사는 것이 더 어울리는 대답이었다.

"아이고마… 우리 젊은 사장님이 결단력도 좋으시네! 그라모 내 외국에 있는 아들내미랑 얘기 잘해가 진짜 파격가로 만들어 올라니까 며칠만 기다려 주이소! 그라모 내는 빨리 가가 건물주한테 연락할 테니까 사장님은 더 둘러보이소!"

창화는 비로소 생각이 정리되는 느낌이었다. 자신을 지나쳤던 수많은 사람들이. 아무도 자신에게 정차해주지 않았던 KTX들이. 서울에서, 회사에서 창화는 삼랑진역으로 취급되었다. 하지만 이제 창화는 삼랑진에서, 삼랑진역 옆에서, 진짜 삼랑진역이 되고 싶어졌다.

15화
증명사진

"뭐라고? 삼랑진에? 거긴 무슨 동네야? 어떻게 생긴 건물인데? 사진 좀 보내줘 봐."

창화는 경식에게 이 소식을 알렸고, 경식은 건물주가 됐다는 창화의 말에 화들짝 놀라면서도 걱정스러운 마음에 사진을 보내 달라고 했다. 왜냐하면 경식의 상식으로는 아무리 퇴직금과 보상금을 받았다 해도 건물까지 산다는 게 도무지 이해가 가지 않았기 때문이다.

"야, 인마. 미쳤냐? 이걸 건물이라고 샀어? 네 회사 생활, 네 인생 보상받은 거로 고작 이런 동네에 이 낡은 건물에 투자했다고?"

"경식아, 난 지금 그 어느 때보다 기분이 좋다. 내가 이 사진관의 주인이라는 거, 그리고 그 위에 있는 옥탑방에서 살 수 있다는 거… 너어무 좋다."

"하… 미치겠다. 내가… 너 인마, 그 부동산한테 코 꿰인 거야. 누가 이런 걸 사겠냐? 그러니까 너 같이 그 동네 사정 잘 모르는 외지인이 사겠다고 하니까 옳다구나! 하고 판 거라고!"

"야, 됐고. 내가 여기서 뭐라도 하게 되면 넌 그때 화분이나 하나 들고 구경이나 와."

*

창화는 매일 삼랑진으로 향했다. 이제 삼랑진에서의 동선이 예전과는 달랐다. 삼랑진역을 빠져나와 왼쪽으로 틀면 창화의 건물이 있다. 창화는 건물의 문을 열쇠로 열고 들어가 하루 종일, 여기를 어떤 공간으로 만들지 생각하고 또 생각했다. 건물 구석구석을 사진 찍고, 도면도 보면서 보내는 이 시간이 창화에게는 새로운 큰 즐거움이었다.

"하이고마, 우리 젊은 사장님 와 계셨네. 지나가다가 문이 열린 거 같길래."

부동산 사장이 양손으로 올백 머리를 쓰다듬으며 사진관으로 들어왔다.

"안녕하세요."

"아참, 근데 여기서 뭐 하실라고예?"

"글쎄요… 아직 생각 중이에요."

"뭐, 젊은 사장님이니까 잘 하실거라예."

"근데, 사장님. 저번에 사진관 운영할 때는 여기가 아무나 와서 앉아 있고 그랬다고 하셨죠?"

"맞심더. 지부터 이 근처 가게 사장들, 동네 사람들 할 거 없이, 시간 나면 요 들어와 앉아가 차도 마시고 노가리도 까고 뭐, 그랬지예. 요가 동네 사랑방이었쓰예. 사진관은 다른 가게처럼 손님이 계속 오는 것도 아니라, 요가 딱 편했거든예."

"예…."

"아참, 날도 더븐데 내 커피 한 잔 사올라니까 잠시만 기다리시소."

부동산 사장은 창화가 사양하기도 전에 휑하고 나가버렸다. 그리고 창화는 보고 있던 사진관 도면을 다시 보기 시작했다. 30분 남짓이 지나서야 부동산 사장이 커피를 들고 사진관으로 들어섰다.

"하이고마, 인자 여름이네 여름. 여기 시원하게 커피 한잔 드이소."

부동산 사장의 올백 머리에서부터 땀이 얼굴로 흐르고 있었다.

"사장님, 왜 이렇게 땀을 흘리세요?"

"하이고마, 봄볕이 여름보다 더 따갑네예. 요서 젤로 가까운 커피집이 걸어서 10분 좀 넘게 있쓰예. 그라고 보이 사진관 있을 때는 여가 다방이기도 했었네. 예전에 사진관 운영하시던 사장님이 월남전 참전 용사셨거든예? 사장님이 베트남 커피부터 미군들이 마시던 커피도 타주시고 그랬쓰예. 우리 같은 촌 사람들한테는 신기한 맛이었지. 이래 사진관 안을 보고 있으니까 옛날 생각이 새록 새록 하네예."

창화는 부동산 사장의 말을 듣더니 사진관 천장을 훑어보며 고개를 끄덕이기 시작했다. 사진관 노 사장님과 나눴던 대화들이 천장에 별처럼 반짝이는 것 같았다.

"그럼… 여기에… 카페가 생기면 참… 좋겠죠?"

"카페예? 하이고, 생기면 우리야 참 좋겠지예! 근데 보시다시피 카페가 잘 될 자리는 아니라예."

"굳이… 잘 되지 않아도… 괜찮거든요…."

"예에?"

부동산 사장은 연신 고개를 갸우뚱거렸다.

"아이고, 내 정신 좀 봐라. 손님 오실 때가 다 됐네. 그라모 계속 일 보이소."

부동산 사장이 돌아가자, 창화는 잠시 접었던 도면을 다시 펴며 미소를 지었다.

'그래. 여기를 누구나 편하게 정차할 수 있는, 그런 카페로 만드는 거야!'

창화는 곧바로 부산으로 향하는 무궁화호 기차에 올랐다. 그리고 항상 가지고 다니던 검은색 크로스백에서 다이어리를 꺼내, 자신이 생각하는 공간을 그려내기 시작했다.

*

　미정은 상욱을 만난 후 이제 뭔가 해야겠다는 의지가 자라나기 시작했다. 회사를 그만둘 때만 해도 아주 오랫동안 아무것도 하지 않겠노라고 다짐했지만, 미정의 성격도 성격이거니와 하기 싫은 일을 묵묵히 하고 있는 상욱의 모습을 보고 더 자극을 받은 것이다.

　"죄다 옛날 것뿐이네… 내가 봐도 이건 너무 어리다."

　미정은 회사를 들어가든, 다른 일을 하든, 증명사진이 필요할 수도 있다는 생각에 예전 증명사진을 찾아보며 중얼거렸다. 한 회사를 오래 다녀서 그만큼 오랫동안 증명사진을 찍을 일이 없었던 미정이었다. 그녀는 머리를 정리하고 집에 온 후로 하지 않았던 화장을 했다. 거울을 보며 한지에 그려진 서양화에 색을 칠해가는데 새삼 어색한 기분이었다. 마치 처음 화장을 하던 날처럼.

　"매일 하던 걸 잠깐 쉬었다고 벌써 어색하네."

　습관이란 게 이렇게 얄궂다. 내가 길들인 습관은 금세 지워지다가도 남이 길들인 습관은 쉽게 떨어져 나가지 않을 때가 있다. 미정은 지워졌던 습관을 되살려 화장을 마치고 머리를 단정하게 정리했다. 그리고 증명사진에 어울리는 옷을 꺼내 입고 집을 나섰다.

　"니 어데 가니? 내 몰래 선보나?"

　"그런 기대는 마시고요. 잠깐 나갔다 올게."

　미정은 차에 시동을 걸고 집 마당을 빠져나왔다. 오랜만에 사진을 찍는다고 생각하니 연습이 필요할 것 같아 차 안에서 표정도 지어 보았다.

"엥? 뭐야? 폐업?"

미정은 사진관 간판에 있는 번호로 전화도 걸어봤지만 없는 번호로 나오며 연결이 되지 않았다.

"엄마, 대현 사진관 문 닫았어?"

"뭐라카노? 거 문 닫은 지가 언젠데. 니 서울 가고 얼마 안 되가 문 닫았지 아마."

"왜?"

"거 사진관 영감님 돌아가셨다 아이가."

"어머, 진짜? 왜?"

"왜긴 왜고? 늙으면 다 죽는기지."

미정이 사진관 사장님과 딱히 친분이 있는 건 아니었지만 그래도 어릴 적부터 사진을 찍으러 가면 습관처럼 항상 계시던 분이었기에 가슴이 먹먹해졌다. 이것도 다른 사람에 의해 얹힌 습관 같은 것이겠다만. 대현 사진관은 미정이 학창 시절 내내 필요할 때마다 사진을 찍은 곳이기에 나름 추억이 있었다.

"하이고… 이게 웬일이야? 세상에 '아닐 미'에 '정 정'을 쓰시는 정 없는 분이 먼저 나한테 전화를 다 주시고?"

현주는 미정의 전화를 받자마자 농을 치기 시작했다.

"야, 내가 뭘 또 그렇게 연락을 안 했다고 그러냐?"

"야, 그럼 네가 연락했냐? 너 삼랑진 내려간 후로 나한테 먼저 전화한 적이 단 한 번도 없거든?"

"뭐… 그게 그렇게 중요해? 무소식이 희소식이지."

"애야, 연락의 빈도는 관심의 척도야. 정 없는 네가 뭘 알겠니."

"알았어. 알았다고. 그 빈도 앞으로 좀 늘리겠습니다."

"음, 오늘따라 고분고분한데? 별일 없지?"

"촌에 있는 내가 뭐 별일이 있겠어. 근데 너… 대현 사진관 알지? 우리 어릴 때부터 사진 찍었던."

"응. 알지. 거기 엄청 오래됐잖아."

"근데 여기 문 닫았어. 사장님이 돌아가셨대."

"어머, 어떡해. 사장님 좋은 분이셨는데. 하긴, 나도 서울 온 뒤로는 그 사진관 근처도 안 가 봐서 몰랐네. 그리고 아직 있었어도 요즘 누가 사진을 그런데서 찍냐? 더군다나 그 동네에 사진 찍을 사람도 이제 없지 뭐. 근데, 너 사진 찍으러 갔어?"

"아, 아니. 지나가다가 폐업이라고 붙어 있어서 엄마한테 물어봤지."

미정은 현주에게 증명사진을 찍으려 했다는 사실을 알리고 싶지 않았다.

"날도 더워지는데 쓸데없이 돌아다니지 말고 시원한 집에 붙어 있어. 그리고 나 이번 휴가 때 삼랑진 내려갈 테니까 어디 도망가지 말고 있어라."

"휴가를 여기서? 왜? 해외여행이라도 가지."

"그냥, 편한 내 동네 가서 쉬려고. 아무튼, 그런 줄 알아. 나 사무실 들어가 봐야겠다. 또 통화해!"

미정은 현주와 전화를 끊고 사진관을 잠깐 바라보았다. 이상했다. 이 작은 사진관 하나가 문을 닫았을 뿐인데, 마치 큰 사건이 일어난 것 같은 기분은 왜일까. 서울에서는 자주 가던 가게가 문을 닫으면 아쉬워하다가도 또 금방 다른 가게를 찾아가면 그만이었다. 그런데 삼랑진에서는 이 작고 낡은 사진관 하나가 문을 닫았다는 사실이 서글프고 애가 쓰였다. 그리고 앞으로 이 동네에 이런 일이 점점 많아질 수도 있겠다는 생각에 더 울적해졌다.

16화

사진관 자리에 뭘 연다고 하네요

창화는 자신이 그리는 공간 만들기에 몰두했다. 아니, 많은 사람들이 그리는 공간을 만들기 위해 몰두하고 있다는 것이 더 맞을지도 모른다. 여기저기 인테리어 업체에 문의를 하고 괜찮다고 소문난 공간을 돌아다니며, 자신이 담고 싶은 것들을 담아냈다.

"야, 우창화. 너 요즘 뭐 하고 다니냐? 좀 전에 디자인팀 원식이 형이랑 얘기하는데 네 얘기가 나왔어. 형이 그러는데, 너 가게 인테리어 한다고 이것저것 물어봤다고 그러더라. 대체 뭐 하려는 거야?"

경식은 창화가 대체 무슨 일을 벌이려고 하는지 궁금해 참지 못하고 창화에게 전화했다.

"아직 구상 중이야."

"야, 너 이러면 나 진짜 섭섭해. 그냥 대충 뭐 하려고 하는 건지 나한테는 얘기해 줄 수 있잖아. 그 낡고 낡은 건물에서 대체 뭐 하

110

려고?"

창화는 경식의 질문에 답을 하지 못하고 머뭇거렸다. 사실 창화도 아직까지 뭘 할지 몰랐기 때문이었다.

"삼랑진역 같은… 공간으로 만들어 보려고."

"뭐? 뭔 역? 삼랑진? 이건 또 무슨 뚱딴지야. 알아듣게 좀 얘기해. 내가 도울 수 있는 건 도울 테니까. 그래도 퇴사자보다 현직자가 부탁을 해야 더 먹히지."

사실 경식의 말이 틀린 건 아니었다. 회사를 그만둔 사람에게 일과 관련되었던 사람들이 적극적으로 도와줄 리 없었기 때문이다. 창화는 혼자 이 큰일을 해낼 수 없다는 걸 알아가고 있었기에 경식에게 계획을 털어놓기 시작했다.

"그래서, 거기를 동네 사랑방처럼 만드시겠다?"

"일단 지금 계획은 그래."

"그래. 거기까지는 좋아. 그러면 거기서 뭘 팔 건데? 그냥 열어두고 아무나 와서 앉았다 가십시오! 이럴 거야? 사람들이 편하게 오려면 너도 뭘 해 놔야지."

"그래서 생각해 봤는데 1층에는 작은 카페를 하고 2층 옥탑에는 루프탑처럼 작은 정원이랑 객석을 만들까 해."

"그럼, 결국 카페네? 그 촌 동네에서 카페 오는 사람들이 있겠냐?"

"커피만 있는 카페가 아니라 그 동네 사람들이 좋아할 만한 차나 음료를 많이 하려고."

"근데, 너 커피는 만들 줄 알고? 차는? 차는 알기나 해?"

그러고 보니 창화는 자신이 찻집 운영에 가장 기본적이고도 필수적인 기술과 경험이 현저히 부족하다는 걸 깨달았다.

"야, 어차피 일은 저질러졌으니 내가 더는 말리지 않을게. 일단 너 거기 도면이나 나한테 보내. 내가 인맥 총동원해서 인테리어는 알아봐 줄 테니까, 넌 커피부터 배워. 그래, 차는 티백으로 타주면 되지만, 카페 사장이면 적어도 커피는 내릴 줄 알아야지."

경식이 말하는 퇴사자가 창화임에도 불구하고, 발 벗고 나서서 자신을 도우려는 마음이 정말 고맙게 느껴졌다.

"고맙다. 경식아."

"미친, 고맙다는 말이 나오긴 하냐? 아, 맞다. 너 지금 뭐 학원 가서 커피 배우고 할 시간 없으니까 내가 알려주는 데 가서 속성으로 배워. 부산에 대학 후배 한 놈이 카페 운영하고 있거든. 넌 거기 일 도와주고 시급 대신 커피 배우고, 어때?"

"나야 좋은데… 너무 폐 끼치는 거 아닐까?"

"괜찮아. 내가 대학 다닐 때 그 자식 먹여 살렸다. 내 부탁이면 무조건 들어줄 거야."

창화는 경식의 도움으로 많은 짐을 덜 수 있었다. 이제 마지막 짐을 덜 차례였다.

*

"저, 곧 이사 나가요."

"뭐? 갑자기? 어디로? 어디 취직이라도 된 거야?"

갑작스러운 창화의 출가 선언에 저녁을 먹던 엄마와 아버지의 숟가락이 일시 정지되었다.

"멀지는 않아요. 삼랑진이라고 부산에서 한 시간도 안 걸리는 곳이에요."

"삼랑진? 저번에 엄마가 얘기했던 밀양 거기? 갑자기 거기는 왜? 무슨 회사야?"

"회사는 아니고… 저 거기 작은 건물 하나 샀어요. 옥상에는 집도 있어서 거기서 지내면 되고요. 1층에는 작은 카페를 열어서 운영할 거예요."

창화의 얘기를 들은 부모님은 서로를 쳐다보더니 다시 창화를 빤히 쳐다보았다.

"놀라실 거 아는데 제가 해보고 싶어서 결정했어요. 나중에 가게 공사 다 끝나고 문 열면 한번 오세요."

평소에 말씀이 없으신 아버지가 숟가락을 내려놓고 창화의 눈을 마주치더니 입을 열었다.

"준비는 잘했고?"

"네. 경식이가 많이 도와줘서 준비는 잘하고 있어요. 사실 이거 준비하느라 요즘 계속 바빴어요."

엄마는 궁금한 게 더 많았는지 창화의 밥그릇에 반찬을 놓아주며 물었다.

"어떻게 생긴 가게야? 동네는 괜찮고? 사람은 많아? 가게는 목이 좋아야 하는데…."

창화는 엄마의 많은 질문에 단답형으로 대답하거나 그저 고개를 끄덕일 뿐이었다.

"너무 걱정하지 마세요. 다 잘 알아보고 준비 잘하고 있어요. 다 완성되면 그때 보여드릴게요. 곧 이삿짐 챙겨서 그쪽으로 갈 거니까 개업할 때 꼭 오세요."

"이제 반백 살이 다 되어가는 자식 놈인데 뭘 하든 꼬치꼬치 묻지 말어. 저도 다 생각이 있겠지. 알았으니까 밥 먹자. 개업하기 전에 고사는 꼭 지내고."

창화는 단시간이지만 경식이가 소개해 준 후배로부터 커피의 기본을 익혔다. 그리고 공사를 먼저 시작한 옥탑방 인테리어가 마무리되자, 이삿짐을 챙겨 바로 삼랑진으로 떠났다. 창화는 옥탑방에서 지내면서 매장 인테리어를 직접 확인하고 싶었고, 아직 부족한 커피 내리는 기술을 미리 사 둔 커피머신으로 연습하고 싶은 마음도 있었다. 무엇보다 자꾸 보게 되는 삼랑진 풍경을 매일 보고 싶었다.

미정은 오랫동안 쓰지 않았던 이력서를 쓰고 새로 찍은 증명사진도 넣었다. 딱히 어떤 일을 하고 싶다거나 어느 회사를 가고 싶은 것은 아니었다. 그냥 삼랑진에서 소일거리 삼아 할 수 있는 일이면 족했다.

그리고 오랫동안 관리하지 않던 블로그를 다시 열었다. 미정은 어릴 때부터 독서광이었다. 워낙 책을 좋아해 작가가 되거나 출판사에서 일을 해보고 싶다는 생각을 한 적도 있었지만, 미정에겐 쓰는 것보다 읽는 게 더 익숙했고 출판사에서 일을 하면 좋아하던 책이 일로 바뀔 것 같아 그렇게 하지 않았다. 좋아하는 것은 좋아할 수 있게 내버려 두는 것. 그것도 미정이 인생을 즐기는 방법 중 하나였다. 미정은 오래전부터 블로그에 생각이나 감정을 쓰거나 책의 서평을 쓰곤 했다. 처음에는 사람들에게 자신의 글을 보여주는 것이 부끄럽기도 하고 민망해 블로그를 한참 동안 비공개로 운영했는데, 라디오에서 한 작가의 말을 듣고 용기를 내어 공개로 바꿨다.

"자신이 글을 못 쓴다고 말씀하시는 분들이 많아요. 제가 글쓰기 강의를 하면서 가장 많이 듣는 말이기도 하고요. 그래서 남들에게 글을 못 보여주게 되는 거죠. 전 그런 분들에게 정말 가차 없이 얘기합니다. '정말 오만하시네요.'라고요. 왜냐고요? 글을 잘 쓴다, 못 쓴다는 독자가 판단하는 거죠. 어디 감히 작가가 판단합니까? 전 자신의 글을 자신이 판단하는 건 오만함이라고 생각해요. 그러니까 일단 쓰세요. 그리고 많이 보여주세요."

미정은 블로그를 열어보며 예전에 자신이 쓴 글을 읽어 보았다. 지금 다시 보니 정말 손발이 오그라드는 글부터 여전히 괜찮은 글까지, 예전에 가졌던 감정과 생각들이 고스란히 진열돼 있었다.
"이제, 그것도 다시 해봐야지."

미정은 검색창에 무언가를 쓰기 시작했다.

'신인 작가 등단 공모전'

꼬깃하게 구겨놓았던 한 장의 꿈을 미정은 다시 펼치고 있었다. 그동안 받은 소외와 상처, 그리고 상처 틈새에 박혀 있어 여전히 쓰라린 기분. 이것들을 다 빼내고 상처를 닫기 위해서는 어딘가에 성토할 수 있어야 했고, 그걸 한 장의 꿈 속에 넣어 남 얘기처럼, 제 3자가 되어 방관할 수 있게 되었으면 좋겠다는 생각을 했다. 이게 지금의 미정에게 주어진 가장 절실하고 유일한 목표였던 것이다.

"미정아, 방에 있나?"

"어, 왜?"

"니 얼마 전에 삼랑진역 옆에 그 사진관 갔었다 아이가? 거기 지금 뭐가 새로 들어 올라나 공사하던데 니 혹시 아나?"

"응? 거기를 공사해?"

미정은 방에서 나와 마실 다녀오는 엄마 앞에 서서 물었다.

"어, 뭐가 생기는지는 몰라도 안에 다 때려 부수고 난리더라. 그 카고 옥상에 있제? 그 사진관 옥상에 원래 거기 주인 영감님이 사셨거든. 거는 이미 깔끔하니 새집처럼 지어 놨드라."

"에이… 그럼 그냥 집으로 짓겠지. 2층 다 지었으니까 이제 1층 공사하나 보네."

"아이다. 1층은 영판 무슨 가게다. 무슨 집을 지을 거면 간판 자리는 와 남겨놨겠노? 내는 인자 알았는데 오늘 나갔다 오니까 요즘 그 사진관 공사하는 게 동네 최대 관심사드라."

사진관이 문을 닫아도, 또 그 자리에 뭔가 문을 열어도 이렇게 온 동네 사람들이 다 알고 관심을 갖는 곳. 이게 미정이 태어나고 자란 삼랑진이었다.

미정은 사춘기를 거치면서 이런 삼랑진이 너무도 싫었다. 말 그대로 옆집 수저가 몇 개인지도 아는 좁은 동네. 누가 상을 타도, 누가 사고를 쳐도, 동네방네 소문이 다 나는 동네. 사춘기 미정은 프라이버시라고는 눈곱만치도 찾아볼 수 없는 이 동네가 지긋지긋했다. 하지만 지금은 이런 관심들이 새롭게 다가왔다. 관심이 없다는 것, 외면받는 감정을 이제는 알기에 미정은 새로운 동네 소식이 반갑게 여겨졌다.

"어라? 너 요즘 부쩍 나한테 전화 잘한다? 이제 좀 관심의 척도가 올라갔구만?"

현주는 미정의 전화를 받으며 새침하게 굴었다.

"야, 그때 내가 사진관 문 닫았다고 했잖아? 거기 지금 공사 중이래."

"그래? 뭐 생기는데?"

"그걸 나도 모르겠어서 너한테 전화한 거야."

"나한테? 왜? 난 지금 서울인데 네가 더 잘 알아야지."

"너희 삼촌이 그쪽 삼거리에서 부동산 하시잖아. 네가 삼촌한테 좀 물어봐."

"야, 그 촌구석에 가게 하나 생기는 게 뭐 대수냐? 생기면 생기는 거지 그걸 뭘 또 물어봐. 아니면 네가 직접 가 봐."

"음… 그럴까?"

"근데 왜 갑자기 그 사진관에 꽂히셨대?"

"꽂힌 것까진 아니고… 네 말대로 이 작은 촌구석에… 그리고 그 오래된 낡은 건물을 공사해서 뭔가 생긴다는데 예사롭지 않지 않아?"

"응. 예사롭지 않지 않게 멍청한 인간인가 보네. 제정신이면 그런 동네에 그런 건물을 돈 주고 사서 또 돈 주고 공사까지 하겠냐?"

"그치? 그래서 신기하다는 거야. 대체 어떤 사람이 뭘 하려고 그런 자리에 돈을 뿌리고 있는지."

"뭐… 끽해 봐야 복권 판매점 같은 거겠지. 그 작은 건물에 해봐야 뭘 하겠어? 아니다. 이러지 말고 내가 삼촌한테 물어볼게. 기다려. 아월비백."

현주는 5분도 채 되지 않아 미정에게 전화를 걸었다.

"야, 세상에… 진짜 미친놈인가 봐. 거기에 카페를 연대! 그것도 멀쩡하게 생긴 외지 남자 사람인데 옥상엔 자기가 살고 아래는 카페를 한대. 세상에나… 거기다 카페 할 생각을 하다니! 제정신이 아니든지 아니면 그렇게 뿌려도 될 만큼 돈이 많든지 둘 중 하나네."

"카페…를?"

"야, 강미정, 혹시 아냐? 외지 남자 사람인데 뭐, 키도 크고 겉은 멀쩡하다니까 나중에 오픈하면 한번 가보든지. 흐흐."

"뭐래… 그 느끼한 웃음은 또 뭐고… 아무튼 뭔지 알았으니까 됐네."

"나중에 그 미친 남자 사람 보게 되면 꼭 알려줘. 어떤 인간인지 궁금하네. 그리고 카페 열면 카페 사진도!"

"야, 됐어. 너 어차피 휴가 때 올 거라며? 그때 와서 직접 봐."

"야, 미쳤냐? 내가 수많은 카페 놔두고 그 낡고 좁은 데 가서 커피를 마시게? 요즘 밀양에도 크고 예쁜 카페 엄청 많거든?"

미정은 사진관 자리에 카페를 연다는 것이 제정신이 아닌 게 맞는지 확인해보고 싶었다.

"엄마, 거기 사진관 있잖아? 거기 카페 생긴대."

"미칫네… 꼴값도 여러질이다. 거가 어데 카페 할 자리고?"

미정은 엄마에 이어 상욱에게도 전화를 걸었다.

"여보세요, 상욱아, 너 대현 사진관 알지? 우리 어릴 때부터 쭉 있었던."

"어. 안다. 거기 문 닫은 지 오래됐는데 왜?"

"어. 맞어. 거기 카페 생긴대."

"도라이가… 어느 도라이가 거기에 카페를 연다는데? 와… 진짜 거긴 아니지. 누고? 아는 사람이가?"

이로써 그 자리에 카페를 연다는 건 미치거나 미치도록 돈이 많은 사람이 아니면 할 수 없는 일임이 자명해졌다. 하지만 미정은 왠지 모를 호기심이 자꾸만 삐쳐 나왔다. 아무도 아니라고 생각하는 곳에 여는 카페라니. 빨리 열었으면 좋겠다는 생각도 들었다.

17화
삼랑진역 오막살이

창화는 하루하루가 분주했고 정신이 없었다. 회사만 다닐 때는 몰랐던 세계를 경험하면서, 작은 가게 하나를 여는 것도 혼이 나갈 정도로 힘들다는 걸 깨달았다. 옥탑방은 공사가 잘 됐지만, 안에 식탁이나 소파를 살 시간이 없어 창화는 여전히 바닥 생활을 했다. 하지만 조금도 불편하지 않았고 일말의 후회도 없었다. 지금은 그저 1층 카페 공간을 잘 만들어야겠다는 생각 하나뿐이었고, 그 생각에 빠질수록 창화는 희열을 느꼈다.

공사가 마무리되어 가면서 창화의 커피 만드는 실력도 점차 늘어갔다. 미리 정해둔 커피머신 자리부터 공사를 마친 후, 그곳에서 커피 만드는 연습을 매일 같이 한 결과였다. 여름이 깊어가면서 카페 공사가 마무리되었다.

*

공사의 마지막 즈음에 카페 간판을 걸었다.

'삼랑진역 오막살이'

창화는 완성된 카페와 간판을 한참 바라보며 한동안 미소를 지었다. 그리고 카페 사진을 찍어 경식에게 보내줬다.

"이야… 그 낡고 볼품없던 건물이 이렇게 달라졌냐? 고생했다, 우창화!"

"다 네 덕이지 뭐… 경식아, 고맙다. 너 아니었으면 이렇게 빨리 준비 못 했어."

"알면 됐다, 인마. 대신 나는 평생 무료 회원인 거다?"

"하하, 그래. 넌 언제든 무료다!"

"이제 우 사장님이구나. 우 사장, 축하해! 아 참, 근데 카페 이름이 그 간판이 맞아? 삼랑진역 오막살이?"

"응. 맞아."

"언제적 오막살이야. 이름이 너무 촌스러운 거 아냐?"

"이게 다… 의미가 담겨 있는 이름이라고. 그 의미는 나중에 알려줄게. 얘기하자면 길어."

창화는 공사가 끝난 카페에서 쓸고 닦고를 반복했다. 그리고 이제 옥탑방에 들여놓을 가구도 주문했고, 옥탑에 놓은 테이블과 의자도 정리를 끝냈다. 옥탑 난간을 따라 도랑처럼 길고 좁게 꾸며진 정원에는 쉽게 키울 수 있고 잘 죽지 않는 식물들을 심었다. 이제 개업만 하면 '삼랑진역 오막살이'의 첫 하루가 시작되는 것이었다.

카페 개업 날이 되자, 창화는 평소보다 더 일찍 일어났다. 이제 진짜 손님을 맞이한다는 생각에 새삼 긴장이 되기 시작했다. 개업 날이니만큼 모든 메뉴의 가격을 반값에 주는 이벤트도 진행했다. 오전 10시 오픈. 주변 상인들이 카페 앞에서 구경만 하고 지나갈 뿐, 정오가 되도록 주문을 하는 사람이 없었다.

"저기, 여기 사장님이신가예?"

적어도 60대 후반으로 보이는 아주머니가 커피머신이 놓인 창문 앞에서 창화를 빼꼼히 바라보며 물었다.

"아, 네. 안녕하세요? 우창화라고 합니다."

"아, 내는 저기 건너편에 미용실. 어디 사람이라예?"

"저는 부산에서 왔습니다. 앞으로 잘 부탁드려요."

"부산이면 바로 옆이네. 오늘 개업인데 이래 장사가 안돼가 우짜노? 고마 내 아이스 아메리카노 한 잔 주이소."

드디어 삼랑진역 오막살이에 첫 주문이 떨어졌다. 창화는 기쁜 마음으로 커피를 내렸다.

"아직… 총각?"

미용실 사장님은 커피를 만드는 창화에게 궁금한 것이 엄청 많다는 표정으로 물었다.

"아… 예… 뭐…."

"옴마야, 키도 크고 참하게 생긴 총각이 이런 촌에 만다고 카페를 열어가 생고생이고. 내가 미용실 손님들한테 여기 카페 열었다고 많이 얘기해 줄게요. 그래도 인자 가까이에 커피가 생겨가 참 좋네!"

"고맙습니다. 여기 커피 나왔어요. 오늘은 개업이라 반값만 내시면 되세요."

"아, 그래예? 그럼 고마 한 잔 더 주이소. 이따가 머리하러 오는 아지매 한잔 줘야겠다."

미용실 사장님은 고맙게도 커피를 두 잔이나 주문했다. 창화는 커피를 한 잔 더 내리면서 조심스레 미용실 사장님께 물었다.

"저기 사장님, 커피 맛은⋯ 어떠세요?"

"맛? 괜찮은데? 근데 내사 마 커피 맛은 잘 몰라. 호호. 근데 내는 너무 쓴 거보다 이래 덜 쓴 게 딱 좋아요."

창화는 미용실 사장님의 커피 맛 품평에 조금은 안도했다. 아직 커피는 많이 부족하다는 걸 스스로 잘 아는 창화인지라, 손님들의 반응이 가장 궁금하고도 두려웠기 때문이다.

토요일에 오픈하고 몇몇 지인들에게 문자를 보내긴 했지만, 정말 삼랑진까지 찾아오는 사람은 아무도 없었다. 개업 날, 판매 실적 커피 다섯 잔. 하지만 창화는 실망하지 않았다. 애초에 창화가 만들고자 한 카페는 커피를 많이 파는 카페도 아니고, 커피만 사서 홀연히 떠나는 사람이 많은 카페도 아니기 때문이다. 그가 원한 카페는 좁은 공간이지만 앉아 있는 사람이 있는 카페, 루프탑이라고 하기엔 턱없이 낮지만, 옥상에 앉아 하늘을 가까이 바라보는 사람들이 있는 카페였다.

이런 카페가 되려면 시간이 걸린다는 것을 창화도 잘 알고 있었다. 카페 삼랑진역이 자꾸 보게 되는 곳이 되기까지의 시간 말이다. 그것은 사람들이 카페가 좋아지는 것이 아닌, 사람 우창화가 좋아져야 한다는 걸 의미했다.

*

"어? 엄마 머리했어?"

아침 일찍, 마당에 널렸던 빨래를 걷어 소파에 앉아 개고 있던 미정이 방에서 나오는 엄마를 보며 말했다.

"이야… 그래도 니는 알아보네. 느그 아빠는 엄마가 파마를 했는지 안 했는지도 모른다."

"아빠는 엄마가 머리를 빡빡 밀어도 모를걸? 하물며 원래 파마 머리에 파마 다시 한 걸 아빠가 어떻게 알아보겠어?"

엄마는 미정의 옆에 앉아 빨래를 함께 개기 시작했다.

"아, 맞다. 니 그 사진관 자리에 카페 생긴 거 아나?"

"응. 어떤 사람인지 모르겠지만 무슨 그런 자리에 카페를 열었을까?"

"내 말이. 안 그래도 머리하러 갔는데 미용실 아지매가 사진관 없어지고 새로 생긴 카페에서 사 온 거라고 커피를 주길래 그거 마시면서 알았다 아이가."

"그래서, 커피 맛은 있고?"

"엄마가 커피 맛을 알겠나? 그냥 주니까 마셨지. 내는 아메리카노 말고 그… 뭐시고? 해질녘인가? 달달한 그거 좋아한다."

"아… 헤이즐넛. 엄마, 해질녘이 아니라 헤. 이. 즐. 넛."

"그거나 그거나 가스나야. 미용실 아지매 말로는 카페 사장이 키도 훤칠하고 젊은 총각이라 카드라."

엄마는 수건을 개며 미정의 눈치를 힐끔 살폈다.

"왜? 뭐?"

"나이도 니랑 얼추 비슷한 거 같다는데."

"그래서?"

미정은 엄마에게 시선도 주지 않고 빨래 개기에만 집중하며 건조하게 물었다.

"그래서는 뭐가 그래서고? 그냥 그렇다고 가스나야. 가서 커피나 함 무봐라. 개업했다고 커피도 싸게 팔고 있다는데. 가면 내 해질녘도 하나 사 오고."

엄마가 무슨 얘기를 하고 싶은지 알기 때문에, 더 이상 얘기를 이어가면 안 될 것 같아 미정은 다 갠 빨래를 들고 방으로 들어가 버렸다.

18화

혹시, 그 사람?

"야, 그 카페 열었다며? 가봤어?"

삼촌에게서 카페 오픈 소식을 들었는지, 수화기 너머로 현주의 흥분된 목소리가 느껴졌다.

"내가 거길 왜 가? 그리고 콩만 한 카페 하나 연 게 뭐 대수라고 전화까지 해서 확인해?"

"야, 그 동네에서는 큰일이지. 그리고 궁금하잖아. 그런 낡은 건물을 인수해 카페를 연 남자. 뭔가 낭만적이지 않아?"

"낭만은 개뿔⋯. 세상 물정 모르는 바보 같구만."

"하긴⋯ 삼촌이 개업 날 가보셨는데 사람이 아무도 없더래. 야, 그리고 그 카페 이름이 뭔 줄 알아? '삼랑진역 오막살이'란다. 하하! 진짜 카페 이름 짓는 센스 하고는. 아무리 삼랑진역이 옆에 있어도 그렇지. 삼랑진역 찐 팬인가 보네. 그러니까 사람도 없지! 그리고 거기 주인이 부산에서 온 남자래. 삼촌 말로는 키도 엄청 크고. 아, 특히 눈꼬리가 축 처진 게 엄청 순해보인다던데?"

미정은 순간 번개를 맞은 듯 동공이 확대되며 누워 있던 침대에서 벌떡 일어났다.

"뭐라고? 어떻게 생겼다고? 부산 사람 맞아?"

"지금까지 뭐 들었어. 근데 특이한 게 부산 사람인데 사투리를 전혀 안 쓰더래. 신기하지? 하긴, 우리도 사투리를 고치긴 했지만 남자들은 잘 못 고치던데 말야."

"키는 한 어느 정도래?"

"삼촌 말로는 사촌 오빠랑 비슷하다고 했으니까… 한 185? 요거, 요거. 왜 갑자기 관심이실까? 흐흐. 생긴 거도 선하면서 단정하다고 하던데. 한번 가보든지. 흐흐흐."

현주의 전화를 끊자마자 미정은 머리를 감싸며 '뭐지? 뭐지?'를 반복적으로 되뇌었다.

'설마… 그 사람이?'

현주의 설명을 듣자 잊고 있던 사람, 창화가 떠올랐다. 현주가 말한 외모, 그리고 부산 사람. 게다가 사투리를 쓰지 않는 부산 사람이라면 왠지 창화일 것 같다는 아니, 확실하다는 생각이 들었다. 하지만 한편으로는 '설마 삼랑진에 와본 적도 없는 사람이 카페를 열겠어?'라는 생각도 들었다. 미정은 침대에서 일어나 팔짱을 끼고 방을 이리저리 오가며 '맞나?'와 '에이, 아냐.'를 반복했다.

"엄마, 나 잠깐 나갔다 올게!"

"날도 더운데 어데 가노?"

"금방 올 거야!"

미정은 차를 몰고 삼랑진역으로 향했다. 차 안에서도 그녀는 고개를 연신 갸우뚱거리며 긴가민가의 끈을 놓지 못했다. 하지만 막상 카페 근처에 도착하니 걸음이 망설여졌다. 창화가 아니면 그만이지만 만약에 맞다면? 만약 창화라면 인사를 어떻게 해야 할지, 무슨 말을 해야 할지, 선뜻 떠오르지 않았기 때문이다. 미정은 일단 먼발치에서 카페를 응시했다.

"와… 진짜 '삼랑진역 오막살이'네."

카페 간판을 보고 현주가 했던 얘기가 사실임을 확인하며 일단 놀랐다. 그리고 카페 주인의 모습이 보일 때까지 입구를 응시했다. 하지만 도통 주인의 모습은 보이지 않았다. 창가에는 커피머신이 놓여 있었고 창화는 그 뒤에 앉아 책을 보고 있었다. 창화가 커피머신에 가려진 탓이었다.

"아니, 무슨 카페 주인이 옴짝달싹을 안 해…."

미정은 마치 잠복근무를 하듯 '삼랑진역 오막살이'를 노려봤지만, 주인은 코빼기도 비치지 않았다. 무더운 날씨에 땡볕을 맞으며 계속 '삼랑진역 오막살이'를 바라보고 있다가는 더위를 먹고 쓰러질지도 모르겠단 생각에 마침내 '삼랑진역 오막살이'로 뚜벅뚜벅 발걸음을 옮겼다.

한 걸음… 두 걸음… 몇 걸음도 채 안 되어 커피머신 앞에 도착했다. 창화는 여전히 누가 온 줄도 모른 채 앉아서 책을 읽고 있었다.

"저기… 커피 한 잔 주세요."

"아! 예!"

창화는 손님이 부르는 소리를 듣자, 반가움에 책을 '탁!' 덮고 자리를 박차고 일어났다. 눈앞에 창화를 삼랑진으로 이끈 사람, 미정이 서 있었다.

"어? 진짜 창화 씨였네요! 설마, 설마… 했는데."

창화는 어리둥절한 얼굴로 입을 다물지 못하고 있었다.

"왜 이렇게 놀라요? 처음 보는 사람도 아닌데."

"아… 그… 그게, 이렇게 다시 만나게 될 줄 몰랐어요."

"우리 동네에 이렇게 큰 사고를 쳐놓고 다시 만나게 될 줄 몰랐어요?"

"네? 사고… 요?"

"헤헤, 농담이에요. 세상도 좁고 서울도 좁다는데 이 동네는 오죽하겠어요? 이 카페가 요즘 우리 동네 실검 1위라고요."

"정말… 요? 그런데 왜 손님이 없지… 전 홍보를 안 해서 사람들이 모르는 줄 알았어요. 아, 더운데 밖에 서 있지 말고 들어와요."

그가 카페 문을 열어주며 손짓하자, 미정은 가볍게 눈인사를 하며 카페로 들어섰다.

"너무 작아서 구경할 건 없지만 잠시 보고 있어요. 시원한 커피 한잔 내려줄게요."

미정은 '삼랑진역 오막살이'를 구석구석 돌아보았다.

"근데 창화 씨, 커피는 언제 배웠어요?"

"아, 얼마 안 됐어요. 그래서 커피 맛은 보장 못 해요. 하하…."

창화는 아이스 아메리카노 두 잔을 만들어 와 미정의 맞은편에 앉았다.

"오랜만이에요."

"그러게요. 오랜만이에요."

"어쩌다 여기에 카페를 열게 된 거예요?"

창화는 미정에게 카페를 열기까지의 얘기를 들려주기 시작했다. 물론 아무도 믿기 어려운 노인의 얘기는 빼고. 미정은 얘기를 듣는 중간중간 '어머!', '진짜요?'와 같은 추임새를 넣으며 그의 얘기를 신나게 들었다. 마치 기차에서 대화를 나눴던 그 순간이 오마주 되는 것 같았다.

"창화 씨, 그렇게 안 봤는데 나름 지르는 스타일이네요?"

"저도 제가 이렇게 될 줄은 꿈에도 몰랐어요. 그런데 미정 씨는 제가 연 카페라고 알고 여기에 온 거예요?"

"아, 카페 이름이… 너무 특이하잖아요. 카페 이름을 들었을 때 딱 창화 씨가 떠올랐어요. 창화 씨가 삼랑진역의 존중을 얘기했었잖아요. 그런 철학이 있지 않고서야 누가 카페 이름을 이렇게 짓겠어요?"

사실 현주의 창화 외모에 대한 묘사와 부산 사람이라는 게 더 결정적이었지만 미정은 굳이 말하지 않기로 했다.

"하하, 철학까진 아니에요. 그냥 그때 미정 씨랑 대화하면서 생각난 걸 막 뱉은 거예요."

"뭐, 그래도 막 뱉은 말이 이렇게 제 기억에도 남았고… 여기 카페 간판으로도 남았네요."

기차 안에서 그랬던 것처럼, 그들의 대화는 여전히 유쾌했고 너무 무겁지도 그렇다고 너무 가볍지도 않은, 딱 적당한 대화였다.

"밥 묵을 때 다 됐는데 니 안 오나?"

미정의 엄마로부터 전화가 왔다.

"알았어. 금방 가. 창화 씨, 저 이만 가봐야겠어요. 엄마가 점심 먹으러 오라고 난리네요."

"아, 예. 얼른 가 보세요."

"그런데 창화 씨는 밥… 어떻게 먹어요?"

"아… 전 바로 위층이 집이라 간단하게 그냥 대충…."

"그렇구나… 아 참, 헤이즐넛 하나 가지고 갈게요. 엄마가 헤이즐넛 마니아시거든요. 그리고 아까 마셨던 제 커피랑 같이 계산해 주세요."

"아, 아니에요. 오늘은 제가 대접할게요. 아직 커피 실력이 모자라서 돈 받기도 민망해요."

"사장님, 이러시면 안 돼요. 아메리카노랑 헤이즐넛 계산해 주세요. 그리고 커피 괜찮던데요? 전 나쁘지 않았어요."

"정말요? 위안이 좀 되네요. 헤이즐넛 금방 만들어 드릴게요."

미정은 헤이즐넛을 받아 인사를 건네고 집으로 향했다.

창화는 그녀가 돌아가는 모습을 바라보며 왠지 모를 안도를 느꼈다. 이곳에서는 그 누구도 아는 사람이 없다고 생각했는데, 한 명은 있다는 안도. 어쩌면 다시 만나게 되어 다행이라는 안도감, 어둠이 찾아와도 야경이 있다는 그것일지도 몰랐다.

19화

오늘은 쉽니다

"나 왔어."

"금방 온다 카드만. 빨리 와서 밥 무라. 근데 그건 뭐고?"

"응? 아… 이거. 엄마가 좋아하는 해질녘 커피. 밥 먹고 마셔."

"니 그 카페에 갔드나?"

"어? 아… 그 카페에 가려고 간 건 아니고 근처에 볼일 있어서 갔다가 한번 들러봤지 뭐."

미정은 살짝 당황하며 밥을 한 숟갈 떠 넣었다.

"그카믄 그 카페 총각도 봤겠네?"

엄마는 뭔지 모를 야릇한 눈빛으로 미정을 보며 물었다.

"어."

"어떻드노?"

"뭐가?"

"키도 훤칠하고 말끔하드나? 미용실 말로는 눈매가 요래, 반달 엎어놓은 거 맨쿠로 축 처지가 참하게 생겼다카대."

엄마는 양쪽 검지 손가락으로 자신의 눈을 아래로 끌어내리며 우스꽝스럽게 말했다.

"그냥 사람이지 뭐. 커피만 사 와서 제대로 못 봤어."

미정은 엄마 눈을 똑바로 마주치지도 못하고 반찬과 밥에 시선을 고정하며 말했다.

"와? 어데 괜찮은 총각이 있나?"

아빠가 갑자기 끼어들어 말을 보탰다.

"아… 진짜. 뭐야… 나 그냥 커피 사 온 거라고. 자꾸 이러면 나 밥 안 먹어."

"아, 아이다. 아이다. 밥 무라."

아빠와 엄마는 서로 눈을 마주치더니, 아빠가 엄마에게 눈을 찡 그리고 고개를 떨며 그만하라는 신호를 보냈다.

"캬… 역시 해질녘이네. 맛나네!"

엄마는 설거지를 마치고 미정이 사 온 헤이즐넛 커피를 마시며 감탄했다.

"근데 엄마는 왜 헤이즐넛이 좋아?"

"달달하다 아이가? 그렇다고 너무 달도 안 하고 적당히 달달한 기 내 입맛에 딱이다."

엄마는 어느새 헤이즐넛을 거의 다 비워가고 있었다. 미정은 헤 이즐넛 커피 컵을 벨트처럼 두르고 있는 슬리브에 눈이 갔다. 아까는 자세히 보지 못한 슬리브에 무궁화호처럼 생긴 기차가 일러스트로 그려져 있었고, 카페 이름 밑에 작은 글귀가 적혀 있었다.

'당신도 누군가에게 자주 보게 되는 사람보다, 자꾸 보게 되는 사람이길.'

미정은 이 글귀가 무척 마음에 들었다.

*

"퇴근했어?"
"응. 지금 집에 가는 길이야."
미정은 통화가 꽤 길어질 수도 있다는 생각에 현주의 퇴근 시간에 맞춰 전화를 걸었다.
"나 그 카페에 다녀왔어."
"진짜? 어떻던데? 분위기는 괜찮아? 커피 맛은?"
"작은데 나름 잘 꾸며놨더라. 커피 맛도 나쁘지 않고."
"그래? 의외로 괜찮은가 보네."
"근데… 그 카페 주인 내가 아는 사람이야."
"뭐? 어떻게? 누군데? 나도 아는 사람이야?"
"야… 하나씩 좀 물어봐. 네가 아는 사람은 아니고…"
미정은 창화와 만나게 된 시점부터 지금까지의 얘기를 들려주었다.

"와, 대박. 무슨 영화도 아니고. 갑자기 웬 로맨스? 이거 완전 인연인데?"

"야, 오버하지 마. 무슨 인연이야? 그냥 우연이지. 그래서 오늘 카페에서 잠깐 앉아서 얘기 좀 하다 왔어."

"야, 그러지 말고 잘해봐. 삼촌이 그러시던데 말하는 거 보면 예의도 바르고 성격도 좋은 거 같다고."

"됐거든? 난 연애든 결혼이든 관심 없습니다."

"그래? 그럼 그 카페는 왜 간 거야? 그 사람인 거 같아서 갔다며?"

"그건 그냥… 긴가민가 확인 차 간 거지."

"뭐래, 그게 그거지."

"뭐래… 그건 그게 아니지."

"야, 관심도 없는데 확인하러 굳이 왜 가냐?"

"야, 관심이 있어서가 아니라 궁금해서, 궁금해서 가본 거지!"

"하이고, 퍽도! 남 일에 세상 관심도 없는 강미정이? 뭐, 일단 알겠고. 그래서 또 언제 갈 건데? 연락처는 받았어?"

"뭘 또 언제 가? 커피 마실 일이 있어야 가겠지. 그리고 연락처를 왜 받냐? 엎어지면 코 닿을 곳에 있는데."

"야, 넌 진짜 여기서도 '아닐 미', '정 정'이냐? 그래도 여기까지 와서 살아보겠다는 사람인데, 자주 가서 말벗도 해주고 동네 구경도 좀 시켜주고 그래라. 그 사람도 얼마나 적적하겠냐? 아, 그리고 나 다음 달에 삼랑진 간다."

"다음 달? 남편이랑?"

"아니. 이번엔 나 혼자."

"왜? 같이 안 오고? 설마 싸웠어?"

"싸우긴 뭘 싸워… 싸울 힘 있으면 투잡을 뛰지. 그냥 이번엔 각
자의 휴가를 즐기기로 했어. 자기만의 시간도 있어야지. 그리고
너한테 할 말도 태산이야."

"그래. 난 찬성. 부부라도 가끔은 자기만의 시간과 공간을 가져
야지."

"너 그 카페 남자랑 진짜 뭐 없어?"

"뭐?"

"에이, 뭔가 좀 통한다거나 관심이 간다거나. 알면서 왜 이러실
까?"

"뭐 없고요. 앞으로도 없을 거니까 신경 끄시고 다음 주에 보기
나 하시죠."

전화를 끊은 미정은 걱정을 하지 않을 수가 없었다. 현주가 휴
가를 집으로 오겠다는 것과 남편과 따로 휴가를 보낸다는 것이, 그
럴 수도 있다 싶으면서도 걱정이 되는 건 어쩔 수가 없었다. 그리
고 가만 생각해 보니, 현주 말대로 손님도 잘 찾지 않는 카페에서
하루 종일 혼자 시간을 보내는 창화는 어떤 기분일까? 삼랑진역
같은 공간을 만들었지만, 정작 창화는 지금 그 공간에서 소외되고
있는 건 아닐까?

갑자기 미안한 기분이 들었다. 자신이 그렇게 만든 것도 아니고 아무 잘못도 하지 않았는데 그냥, 미안한 기분이 들었다. '나도 현주라는 친구가 없었다면 서울에서 얼마나 더 외롭고, 쓸쓸했을까?' 이런 생각까지 하니 미정의 마음이 더욱 눅눅해졌다.

미정은 아침에 일어나 외출 준비를 했다. '삼랑진역 오막살이'로 갈 요량이었다.

현주가 짚은 것처럼 창화에게 특별한 감정을 느끼는 것인지, 아니면 정말 그냥, 자신과 비슷한 사람이라서 소외되지 않게 하기 위해서인지는 아무도, 미정조차도 모르는 일이었다. 어쨌든 그와 점심이라도 한 끼 하자는 생각으로 집을 나섰다.

'오늘은 쉽니다. 매주 월요일은 휴무예요.'

'삼랑진역 오막살이'에 휴무 팻말이 걸려 있었다.

"그래… 쉬면서 해야지."

발길을 돌리려다 미정은 생각이 바뀌었다.

"하긴, 쉬는 날이면 더 잘됐네."

그녀는 옥탑방을 향해 소리쳤다. 마치 어릴 때 '철수야, 놀자!'를 외치던 것처럼.

"창화 씨! 안에 있어요?"

미정이 서너 번 이름을 부르자, 창화가 옥탑방 문을 열고 나왔다.

"어? 안녕하세요. 커피 사러 왔어요?"

"아, 원래는 그랬는데 쉬는 날이라고 돼 있어서, 커피 말고 다른 거 살게요!"

"일단 잠깐만요! 내려갈게요!"

창화는 옥탑에서 내려와 카페 문을 열고 미정을 안으로 들였다.

"아까 뭐 산다고 했어요?"

"아, 여기서 뭘 산다는 게 아니라 제가 밥 산다고요."

"네?"

"오늘 쉬는 날이면 더 잘됐네요. 아직 우리 동네 잘 모르죠? 오늘 제가 동네 구경 좀 시켜줄게요. 아, 너무 갑작스러운가… 혹시 오늘 일 있어요? 그럼 다음에 가도 돼요."

"아뇨. 딱히 무슨 일은 없어요. 저야 동네 구경시켜주시면 좋죠. 올라가서 핸드폰이랑 지갑만 좀 챙겨서 올게요."

창화는 운동화를 갈아 신고 내려와 그녀의 차에 올랐다. 목적지가 어디인지는 미정에게 묻지 않았다. 미정도 창화에게 목적지가 어디인지 굳이 알려주지 않았다. 그 누구도 목적지에 대해 언급하지 않았지만, 그 누구도 궁금해하지 않았다.

"근데 창화 씨, 지금 우리 어디 가는지 안 궁금해요?"

"아뇨. 전혀요."

"그래요? 기대감이 없어서 그런가?"

"아, 그건 절대 아니고요."

"그럼 뭐예요? 가이드 실망스럽지 않게 대답 잘해야 해요."

"어디로 가는 것보다 누구랑 가는 게 더 중요하다고 하잖아요. 미정 씨가 저 데리고 어딘가로 가주는 것만으로도 그냥 좋아서요."

"오케이! 그 정도 대답이면 가이드가 실망은 안 했으니까 그럼 오늘은 제 마음대로 가볼게요."

미정은 미소를 띠며 목적지를 향해 차를 몰았다.

"와… 여기가 어디예요?"

차에서 내려 주변에 펼쳐진 풍경을 본 창화의 입에서 감탄이 터져 나왔다. 맑은 하늘 아래 평평하게 펼쳐진 넓은 논이 사방을 둘러싸고 있었다.

"여기는 그냥 입구예요. 설마 이 논 보여주러 왔겠어요? 저쪽이 입구예요."

그는 미정을 따라 입구 쪽으로 걸었다. 입구에 가까워질수록 하얀 솜털들이 여기저기서 날아들기 시작했다.

"미정 씨, 지금 날아다니는 솜털 같은 게 뭐예요?"

"좀 성가시죠? 이팝나무 꽃이에요. 보기엔 눈 내리는 것처럼 너무 예쁜데 코나 입으로 들어갈 수도 있어서 조심해야 해요."

마치 여름에 눈이 내리는 것처럼, 창화의 눈에는 하얗게 흩날리는 이팝나무 꽃이 마냥 신기한 모양이었다.

"여기가 밀양 위양지예요. 오래전에 저수지로 지어졌다고 하는데 크기는 크지 않지만, 드라마 〈달의 여인, 보보경심려〉도 찍었던 밀양의 명소 중 하나랍니다."

창화는 위양지 연못을 한참 동안 넋 놓고 바라보았다. 연못 위로 적당한 햇빛과 쾌청한 하늘, 그리고 이팝나무 꽃들이 날리며 정말 영화 속 한 장면을 가져다 놓은 느낌이었다. 연못에 비친 하늘과 이팝나무 모습이 마치 한 폭의 그림을 연못에 담가놓은 듯, 너무도 선명하고 생생했다.

"미정 씨, 여기 정말 좋네요."

창화는 위양지에서 위로를 받는 느낌이었다.

"창화 씨가 좋다니, 다행이에요."

그들은 위양지 둘레에 만들어져 있는 산책로를 걷기 시작했다.

"창화 씨, 위양지 처음 온 기념으로 사진 찍어줄까요?"

"아, 아뇨. 괜찮아요. 저 사진 찍는 걸 별로 안 좋아해요."

"그래요? 저도 그런데. 저도 제 사진이 거의 없어요."

"미정 씨는 왜 사진을 잘 안 찍어요?"

"그냥… 사진 찍을 때 너무 어색하기도 하고… 굳이 사진으로 남기려고 하지 않아도 좋은 시간은, 좋은 사람은 제 머리에, 가슴에 자연스레 남으니까요."

"그게… 기억과 추억의 차이인 거 같아요."

"기억과 추억의 차이… 어떻게 달라요?"

"기억은 남기고 싶지 않은 것도 남아 있지만, 추억은 남기고 싶은 것만 남아 있잖아요. 그래서 전 좋게 남은 것만 추억이라고 말해요. 나쁘게 남은 건 추억이라고 하기에… 좀 어울리지 않더라고요."

"이런 거 보면, 창화 씨는 진짜 뼛속까지 국문학과 같다니까요."

이팝나무 꽃이 흩날리는 위양지에서의 시간은 누가 따질 필요도 없는 추억으로 남겨질 터였다.

"창화 씨, 밀양에 있는 다른 카페 가 본 적 없죠?"

"네, 아직이요."

"이제 어엿한 카페 사장님인데 다른 카페도 많이 가 봐야죠. 제가 괜찮은 카페 한 군데 보여줄게요."

위양지를 빠져나와 미정은 카페 쪽으로 핸들을 꺾었다.

"여기예요. 생긴 지 얼마 안 됐는데 인테리어도 예쁘고 넓어서 사람들이 많이 찾아요."

"와… 여긴 정말 크네요."

온통 하얀색인 2층짜리 카페를 본 창화는 입구에서부터 놀라는 모습이었다.

"요즘 이런 촌에도 대형 카페들이 점점 많이 생기고 있더라고요. 그리고 원래 여기가 제 동생이 카페를 차리고 싶던 자리이기도 해요."

"동생분이요?"

"아, 제가 남동생이 있다고 얘기했었나요? 남동생이 하나 있는데, 원래 창화 씨처럼 카페 사장님이 되는 게 꿈이었어요."

"그런데 안 됐어요?"

"일단 들어가요. 커피 마시면서 얘기해 줄게요."

창화는 미정을 따라 카페 안으로 들어갔다. 겉보기에 1층과 2층으로만 된 카페인 줄 알았는데, 안으로 들어가니 지하까지 있어 총 3층으로 된 대형 카페였다. 그들은 2층 창가에 자리를 잡고 앉아 대화를 시작했다.

"제 동생은 고등학교 다닐 때인가? 그즈음부터 커피에 관심을 두더라고요. 그러더니 바리스타 자격증도 따고, 대학교 때는 늘 카페에서 아르바이트를 했어요."

미정은 동생 상욱의 얘기를 창화에게 들려주기 시작했다.

"동생이 저희 부모님을 설득시키기는 무리였죠. 부모님은 평생 농사만 짓고 사신 분들이거든요. 그러다 보니 커피를 팔아서 돈을 번다는 것 자체가 의심스러운 데다가, 이런 자리에 카페를 한다는 건 더더욱 걱정이셨어요."

"왜요? 지금 이렇게 사람이 많은데…."

"지금은 그렇죠. 그때는 여기에 사람들이 이렇게 많이 올 거라는 생각을 못 했어요. 제가 예전에 얘기했던 만어사라는 절 생각나요? 왜, 돌에서 소리가 난다고 했던."

"아, 기억나요!"

"여기가 그 절로 가는 길목인데, 그 절이 유명해지면서 사람들이 점점 많이 찾아오게 됐어요."

"와… 동생분이 정말 안목이 있네요."

"그죠? 지금 생각해 보면 그때 하고 싶은 거 하라고 밀어줄걸… 하는 생각도 들어요."

"그럼 지금 동생분은 뭐해요?"

"밀양 시내 쪽에 있는 회사 다녀요. 얼마 전에 만났는데 여전히 카페에 대한 꿈은 접지 않았더라고요."

창화는 커피를 한 모금 천천히 마시더니 양손을 깍지 낀 채 커피잔을 한참 바라보았다.

"그럼, 동생분 시간 날 때 우리 가게로 오라고 해요."

"네? 창화 씨 가게로요?"

"네. 시간 날 때 편하게 와서 커피도 만들고, 저한테 커피도 가르쳐주면 좋죠. 어차피 가게에 손님도 많지 않으니까, 퇴근하고 와서 놀다 가라고 해요."

"에이, 아니에요. 창화 씨 번거롭게….""

"저야말로 바리스타님께 커피도 배우고 좋죠. 안 그래도 요즘 커피가 늘지 않는 거 같아서 고민이었어요. 저는 커피 배우고 동생분은 하고 싶은 거 마음껏 하고. 서로 좋지 않아요?"

미정은 말을 듣고 보니 괜찮을 것 같다는 생각이 들었다. 안 그래도 얼마 전 상욱이 했던 얘기가 계속 마음에 걸렸던 미정이었다.

"그럼, 제가 나중에 동생한테 한번 물어볼게요."

"정말 아무 부담 갖지 말고 와서 커피 연구한다고 생각하라고 말해줘요."

상욱에게 하고 싶은 걸 할 수 있는 작은 틈을 만들어 줄 수 있을지도 모른다는 생각에 미정은 왠지 기분이 좋았다.

"그런데 미정 씨는 꿈이 없었어요?"

"아, 저요… 저는 사실 책을 많이 좋아했어요. 지금도 그렇고요. 그래서 출판사에서 일하거나, 작가가 되고 싶다는 생각을 한 적이 있어요."

"아, 그러고 보니 미정 씨는 기차 안에서도 책을 읽었었네요. 그런데 왜 그쪽으로 안 갔어요?"

"좋아하는 책을 일로 만들면 좋아하던 게 일이 돼서, 싫어하는 게 될까 봐요."

"그 말 참, 와닿네요. 좋아하는 게 일이 되는 것이 다 좋은 건 아니다… 왠지 모를 공감이 되는데요?"

"사실, 이건 듣기 좋은 핑계고요. 전 제가 쓴 글을 남들한테 보여줄 용기가 나지 않았어요. 남이 쓴 걸 읽은 건 너무 좋은데, 제가 쓴 걸 남들한테 보여준다고 생각하면… 정말 부끄럽기 짝이 없더라고요."

"그럴 수도 있겠네요. 전 제가 만든 커피를 남들한테 파는 게 부끄러우니까요."

창화의 농담에 둘은 함께 작은 웃음을 터뜨리며 커피 잔을 들었다.

"창화 씨는 꿈이 있었어요? 제 동생처럼, 카페 주인이 되는 거라서 카페를 연 거예요?"

"아, 카페는 제 꿈이 아니었어요. 사실 꿈이라는 걸 가져본 적이 없어요. 딱히 뭐가 되고 싶다거나, 하고 싶은 게 없었어요. 그냥… 막연하게 대기업에만 들어가자. 이런 생각만 하고 살았어요."

"그럼 대기업이 창화 씨의 꿈이었고, 그걸 이룬 거 아니에요?"

"아, 그렇게 되나요? 그런데 지금 생각해 보면 장래희망에 '회사원'이라고 쓴 적은 단 한 번도 없는 것 같아요."

"하긴… 그렇네요. 저도 그런 장래희망은 쓴 적이 없어요. 그럼… 창화 씨는 꿈을 이루기보다는, 아직 꿈을 가진 적이 없으니까 여전히 꿈을 꾸고 있다고 봐도 되겠네요."

40대 중반에 꿈을 꾸고 있는 사람이라는 말을 들으니 창화는 기분이 이상해졌다.

"미정 씨는 어때요? 꿈을 꾸고 있는 상태예요? 아니면 꿈을 향해 달려가고 있나요?"

"음… 저는 이제 막 다시 눈을 감았어요. 그래서 아직 앞이 캄캄해요. 좀 막막하기도 하고요."

아직 아무것도 하지 않고 있는 미정의 상황이 창화에게 조금은 부끄러운 모양이었다.

"다행이에요."

"네? 뭐가요?"

커피잔을 향해 눈을 깔고 있던 미정의 눈빛이 다시 창화를 향했다.

"꿈을 꾸려면 눈을 감아야 하고, 캄캄할수록 더 선명한 꿈을 꿀 수 있잖아요. 저는 그게 너무 힘들었어요. 눈 감아 보기. 잠시 눈을 감고 나를 돌아볼 시간도, 여유도 없이 그저 경주마처럼… 뜬눈으로 앞만 보며 내달렸거든요. 그리고 아직도 뜬눈이에요."

미정은 희미한 위로를 느꼈다. 회사를 그만두고 집에 내려온 후로 줄곧 자신의 상황이 막막하다고만 생각했는데, 말을 듣고 보니 이 캄캄한 막막함이 소중한 시간으로 다가왔다.

아무것도 하지 않고, 아무 생각도 하지 않고, 오롯이 나만 돌아볼 수 있는 지금. 지금이 있기까지 뜬눈으로 살아왔기에 잠시나마 눈 감고 있을 수 있는, 그런 자격이 있을지도 모른다는 안도가 찾아왔다. 그렇게 창화의 휴일은 미정과 함께 끝나가고 있었다.

20화

송현주

지하 주차장에 차를 대고 집으로 들어가려던 상우는 현주의 차가 건너편에 주차된 것을 발견했다.

'친구들 만난다더니… 벌써 들어왔나?'

현주의 차로 걸어가던 상우는 차 안에 있는 현주의 모습을 보자 발길을 멈칫했다. 상우는 차에서 멀찌감치 떨어져 나와 그대로 아파트 입구를 따라 들어가버렸다. 현주가 차 안에서 의자를 젖힌 채 팔짱을 낀 상태로 눈을 감고 있는 모습을 보았기 때문이다. 그건 현주가 가진 일종의 습관이었다.

자신과 다투거나 스트레스를 극심하게 받는 날이면, 현주는 꼭 혼자 차에 앉아 눈을 감은 채 아무 연락도 받지 않고 한참을 머무르곤 했다. 연애 초기, 상우와 현주가 심하게 다툰 적이 있었다. 현주는 곧장 집으로 돌아와 핸드폰까지 끈 채, 집 근처에 차를 대놓고 원래의 습관처럼 앉아 있었다. 이런 습관을 모르던 상우는 현주의 집으로 찾아갔지만 때마침 함께 살던 미정도 휴가를 떠난 터라 아무도 만날 수 없었다. 주변 사람들 연락처도 없던 상우는 현주의 집 앞에서 밤새 기다리다가 그대로 아침을 맞이했다. 현주가 그만 차 안에서 잠이 들어버렸기 때문이다. 그때 이후로 상우는 현주의 습관을 알게 되었고 결혼 후에도 존중해주고 있었다.

젖혀진 의자에 기대어 또 잠이 들었는지 현주는 미동도 없었다. 감고 있는 눈끝으로 물방울이 서서히 맺히더니 무게를 이기지 못하고 귓가를 향해 흘러내렸다. 현주는 입술을 부여 닫고 울고 있었다.

*

"얘들아, 오랜만이야! 늦어서 미안해!"

현주는 오랫동안 참석하지 못했던 친구들과의 주말 점심 모임에 조금 늦게 참석했다.

"야, 송현주. 일찍 일찍 좀 다녀. 넌 뭐가 그렇게 바쁘다고 주말 모임에도 30분이나 늦냐?"

"미안, 미안. 차가 좀 막혔어."

"서울 차 막히는 거 하루 이틀도 아니고… 애도 없는데 일찍 좀 나오지… 나는 약속 시간에 안 늦으려고 아침부터 친정에 애들 데려다 놓고 집 청소에 빨래까지 싹 해놓고 나왔다고."

현주는 '애도 없는데'라는 수현의 말에 표정이 살짝 굳어졌다.

149

현주의 표정을 읽은 미희가 급하게 말을 돌렸다.

"야, 야 그만해. 늦게라도 왔으면 됐지. 현주가 좀 바빠? 현주야, 메뉴 골라봐. 우리도 아직 주문 안 했어."

현주는 애써 아무렇지 않은 척하며 메뉴판을 봤고 수현은 미희의 눈짓이 못마땅했지만 더이상 말을 잇지 않았다.

현주를 비롯한 여자 네 명의 점심 식사가 어느 정도 마무리되었다. 여자들은 근처 카페로 자리를 옮겼다.

"아참, 수현이 너 영유 보낸다며? 거기 비싸지 않아?"

"말도 마… 아직 학교도 안 들어갔는데 벌써 등골이 휘려고 해."

"영유? 영유가 뭐야?"

현주는 미희와 수현의 대화에 끼지 못하고 옆에 있는 채영에게 넌지시 물었다.

"영어 유치원."

채영은 현주의 목소리 톤에 맞춰 조근조근 대답했다.

"채영이 넌 영유 안 보내? 우리 애랑 동갑이잖아?"

수현이 채영에게 물었다.

"글쎄… 생각 중이야. 애 생각하면 보내야 하는데 비용도 만만치 않고… 집 대출금 갚기도 깜깜하다야."

"너 그러다 후회한다. 아무리 힘들어도 남들 다 하는 건 같이 해야지."

"정말… 애 없을 땐 그나마 숨이라도 쉬었는데 요즘은 진짜 통장만 보면 숨통이 턱! 막힌다니까."

현주는 그저 커피만 홀짝거릴 뿐 달리 할 수 있는 말이 없었다.

"아참, 너희들 요즘 그거 너무 열받지 않아? 노키즈존!"

"맞아!"

"내말이!"

미희가 '노키즈존' 단어를 꺼내자 채영과 수현은 마시던 커피 잔을 황급히 내려놓고 격하게 동의하기 시작했다. 그리고 그녀들은 현주라는 간이역을 줄곧 지나치며 자기들 이야기하느라 바빴다.

"어머, 현주 재미없겠다. 우리 다른 얘기하자."

"응? 아냐, 아냐. 나 신경 쓰지 마. 너희들 얘기 듣고 있는 걸로도 충분해."

미희가 미안한 기색을 내비치자 현주는 어색하게 웃으며 손사레를 쳤다.

"아유… 그래도 우리 중에 현주가 제일 편하지. 무자식이 상팔자라고 하잖아. 그 말 틀린 거 하나 없다니까."

미희는 애써 현주를 위로했다.

"야, 무자식이 상팔자이긴 해도 애를 낳고 키워봐야 진짜 어른이 되는 거야. 너희들 솔직히 안 그래? 애 낳고 키워보니까 엄마 마음 확! 와닿지 않아? 낳고 키우는 거야 힘들지만 그래도 보고 있으면 얼마나 이뻐?"

수현은 목소리를 높이며 말을 이어갔다.

"막말로, 애 안 키워보면 세상 물정 모르지. 진짜 한국 맘들은 다 상 줘야 해. 상 줘도 모자랄 판에 노키즈존 같은 거나 만들고 말이야…."

"나, 잠깐 화장실 좀 다녀올게."

현주는 뭔지 모를 불쾌한 기분을 씻어 내기라도 하듯 손을 박박 씻었다. 하지만 다시 그 테이블로 돌아가고 싶지 않았다.

"현주야, 너도 봐. 우리 애. 너무 예쁘지?"

"와… 벌써 이렇게 컸어?"

현주가 화장실에서 돌아오자, 그녀들은 서로 핸드폰을 보여주며 즐거워 보였다. 서로 애 사진과 동영상을 보여주는 시간이었다.

"이거 봐, 요즘 이렇게 춤도 추고 노래도 한다니까. 넘 예쁘지? 그리고 이건…."

현주는 친구들의 아이 사진과 동영상을 보며 웃어주었다. 꽤 긴 시간이었지만 길다고 느낀 건 현주 한 명 뿐인 것 같았다.

"그런데 현주 너… 진짜 애 안 가질 거야?"

사진 공유 시간이 마무리 될 때쯤 채영이 현주에게 진지하게 물었다.

"응? 응… 우린 딩크족이야. 결혼 전부터 약속했고… 서로 생각이 맞아서 결혼한 것도 있…."

"야, 네가 몰라서 그래. 안 낳고 안 키워보면 그 맛을 모른다니까? 요즘 말이 좋아 딩크지, 옛날 같았음 시댁에서 가만있었겠어?"

수현은 현주의 말이 채 끝나기도 전에 대화를 낚아채버렸다.

"남편도 괜찮대? 왜… 남자들이 아이에 대한 집착이 더 강하다잖아. 결혼 초반이야 둘이 알콩달콩 좋다가도 나중엔 다 애 낳자고 한다던데."

채영은 현주를 걱정 섞인 눈빛으로 바라보며 말했다.

"으…응. 우린 확고해. 둘 다 선택에 만족하고. 앞으로도…"

"그건 네 생각일 수도 있어. 또 모르지? 네 남편 지금은 애 갖고 싶은데 약속한 게 있어서 너한테 지금 말도 못하고 속 끓이고 있을지."

수현은 또 현주의 말을 끊으며 목소리를 높였다. 그럴수록 현주의 심장박동은 자꾸만 빨라졌다.

"그리고 우리 나이면 이제 노산이다? 현주 너, 혹시 마음 바뀌면 빨리 가져야 해. 나도 처음엔 너처럼 애 안 가져야지 했어. 근데 지금은 안 낳았으면 어쩌나 싶어. 그러니까…"

"이수현. 그만해. 내 계획이고 우리 부부 일이야. 오늘 내가 늦은 건 너무 미안한데 그래도 이건 아니지. 선 그만 넘어."

"헐, 뭐래? 야! 내가 뭘 어쨌는데?? 다 너 좋으라고 조언하는 거 아냐? 야, 친구 셋이 다같이 입을 모아서 얘기하면 그게 좋으니까 얘기하는 거 아냐? 왜 이렇게 민감해?"

"야… 야. 너희들 왜이래…. 그만해."

채영과 미희는 중간에서 어쩔 줄 몰라 하고 있었다.

"누가 나 좋으라고 조언해달래? 니들 좋으면 니들이나 그렇게 살면 되지, 왜 자꾸 강요해?"

"하, 강요? 네 귀에는 이게 강요로 들리던? 이래서 애 안 키워 본 애들이랑은 말을 말아야지!"

현주의 몸이 부들부들 떨렸다.

"얘들아, 나 먼저 갈게. 자, 여기 커피값."

현주는 테이블 위에 돈을 턱! 올려놓고 자리에서 일어섰다.

"말로는 딩크족이니 뭐니 그럴싸하게 포장해놓고, 알고 보면 애 안 생기는 거 아냐?"

수현은 자리에서 일어나 나가는 현주의 뒤통수에 대고 중얼거렸다.

"수현이 너도 그만 좀 해."

채영은 손가락으로 쉿! 동작을 하며 수현을 말렸다.

차에 타자마자 현주는 자동차 시트에 머리를 기댄 채 눈을 감았다. 그렇게 한참이 지나서야 그녀는 시동을 켜 집으로 향했다.

현주는 이미 아파트 지하 주차장에 도착했지만 차 안에서 그대로 눈을 감고 앉아 있었다. 그때 채영의 문자가 도착했다.

'현주야, 잘 들어갔어? 너무 마음 쓰지 마. 수현이도 너 걱정돼서 한 얘기인데… 너도 알잖아. 수현이 그 기집애 가끔 말투가 좀 그런 거. 대학 때나 지금이나 안 고쳐지네. 우리는 그냥 현주 너도 애가 있으면 우리가 더 재밌지 않을까 싶어서 그러지… 사실 아까도 우리 대화에 끼지 못하고 네가 소외되는 것 같아서 마음이 불편하기도 했어.'

"후… 누가 니들한테 내 걱정해달래? 걱정은 무슨… 그냥 니들이랑 달라서 싫은 거겠지."

현주는 폰 화면을 바라보며 깊은 한숨을 내쉬었다. 이제 차에서 내리려고 보조석에 있는 가방을 잡으려는데 시어머니한테서 전화가 걸려왔다.

"네, 어머님."

애써 밝은 목소리로 전화를 받는 현주였다.

"그래, 별일 없지?"

"그럼요, 아무 일 없이 잘 지내고 있어요."

"응… 그래… 난 별일 있었으면 했는데…."

"네?"

"아니… 느덜 무슨 소식이라도 있었으면 하는 거지 뭐…."

현주는 시어머니가 말하는 '별일'이 뭔지 직감했다.

"저… 어머님, 그건 저희 결혼 전에 이미 다…."

"애, 그때야 느덜 둘이 좋다니까 철없고 뭘 모를 때니 그러려니 했다만, 어디 사람 마음이 그러냐? 너두 막상 결혼하고 살아보니까 네 생각이랑 많이 다르지? 그게 다 그런 거야. 그리고 우리 상우도 지금은 안 그럴게다. 상우 그놈이 워낙 순둥이라 너한테 말도 못하고 혼자 냉가슴이나 앓고 있는 건 아닌지 몰라…."

"아니에요, 어머님. 저희 결혼 전에 오빠가 더 찬성했었어요."

"애, 네가 하도 그러니까 그 순한 놈이 다 좋다고 해준 거지. 넌 같이 살아보고도 모르냐? 우리 상우가 그런 애야. 어릴 때 반찬 투정 한번 안 했어. 지가 싫어도 싫다고 못 하는 순 쑥맥이잖아."

"혹시… 오빠가 어머님께 무슨… 말이라도 했어요?"

"상우가? 허허, 차라리 말이라도 하면 낫지! 혼자 속 썩을까 봐 그러지 내가. 남자라는 동물들이 그래. 애가 없으면 나중에 집에도 정 못 붙이고 밖으로 돌고 그러는 걸 한두 번 봤어야지. 그러니까…"

"어머님. 정말 죄송한데요. 이건 저희들이 함께 결정한 거고 저희 계획이니까 이해해 주세요. 결혼 전부터 모르셨다면 제가 나쁘지만 결혼 전에 다 말씀드리고 어머님도 동의해주셨잖아요."

"얘가, 얘가, 내가 너 좋아서 동의했어? 우리 상우가 하도 그러니까 그냥 모른 척한 거지. 그리고 너, 무슨 말본새가 그래? 시어머니가 돼서 며느리한테 이런 말도 못해?"

"아니… 제 말은…."

"아무리 세상이 바뀌었다고 해도 그렇지! 어디서 따박따박. 말이 나와서 하는 얘긴데, 너희 부모님도 그래. 시집 간 딸이 애를 안 갖는다고 하면 잘 타이르든지, 혼꾸녕을 내든지해서 가르칠 생각은 안 하고! 얼마나 오냐, 오냐 했으면 네가 나한테까지 이러냐!"

"어머님! 제발 그만 좀 하세요!"

현주는 점심 때부터 억누르고 있던 감정이 '너희 부모님'이라는 말에 결국 폭발하고 말았다.

"이게 저희 부모님이랑 무슨 상관이에요? 이건 저와 오빠가 같이 한 결정이라고요! 제가 마음대로 내린 결정도 아닌데 왜 자꾸 그러세요? 네? 저희가 이렇게 살겠다는데, 이게 좋다는데 대체 왜 그러시냐고요! 어머님 좋으라고 애 낳아요? 아니면 출산율이라도 높이라고 낳아요? 제발! 저희 결정 좀 존중해주세요!"

전화를 뚝 끊고 현주는 펑펑 울기 시작했다. 모멸감인지, 분노인지, 억울함인지 모를 감정들이 조금씩 섞여 칵테일 같은 눈물이 흘러내렸다. 평소의 현주였다면 감히 윗사람에게 이렇게까지 못했을 일이다. 하지만 오늘은 그럴 수밖에 없었다. 애써 참으려 했지만, 현주의 마음속 깊숙한 곳에서 한번에 밀고 나오는 이 감정을, 혼자 받아내고 있기엔 역부족이었다.

*

"어? 친구들 만난다더니, 일찍 들어왔네?"

"응… 좀 피곤해서…."

"어? 너 눈이 왜 이래? 울었어?"

상우는 현주의 퉁퉁 부은 눈을 보더니 소파에서 벌떡 일어났다. 현주는 상우에게 맥없이 안겨 가슴팍에 대고 말했다.

"오빠, 우리 애기 가질까?"

"응? 갑자기? 왜? 애… 갖고 싶어졌어?"

"아니… 그건 아니고….”

"이리 와. 앉아서 얘기하자."

현주는 소파에 앉아 상우의 어깨에 기대 오늘 있었던 일을 얘기해주었다.

"엄마가? 엄마는 또 갑자기 왜 그러실까. 네가 많이 속상했겠다, 내가 미안해."

"아냐, 나도 잘한 거 없지 뭐. 나 이제 시집살이 톡톡히 하게 생겼어. 시어머니한테 그렇게 소리를 질렀으니."

"아니야. 나라도 그랬을 거 같은데 뭘. 내가 내일 엄마한테 다녀올게. 내가 다 잘 얘기하고 해결할 테니까 너무 걱정하지 마. 알았지?"

"그래도, 나도 같이 가야 하지 않을까?"

"아냐, 내가 아는 엄마 성격상 지금은 아냐. 일단 내가 가서 얘기하고 그 다음에 같이 가자, 알았지?"

"응. 미안해 오빠. 괜히 내가 오빠 난처하게 만들어버렸어."

"에이, 또 그런다. 네가 미안할 게 아니잖아. 오히려 내가 엄마한테 더 강하게 말했어야 했어. 이번에 확실히 우리 생각 전해드릴게. 그리고 현주야."

"응?"

"난 정말 애 없이도 충분히 행복해. 사실 나도 자기처럼 회사 사람들한테 그런 기분 겪을 때가 있어."

"그랬어? 근데 왜 말 안 했어. 나한테라도 말하지."

"왜냐면, 세상 안 좋은 소리는 다 나만 듣고 싶어서. 그리고 사실 나, 다른 사람들 얘기 정말 신경 안 써."

"오빠도 많이 힘들었겠다."

"전혀. 전혀 아니니까 걱정 마. 그리고 하나만 약속해줘."

"뭔데?"

"네가 정말 애를 갖고 싶어진 게 아니면 그런 말하지 않기로. 난 네가 원해서 애를 갖자고 하면 가질 수 있어. 하지만 다른 사람들 때문에 애를 갖자고 한다면 그건 반대야. 알았지?"

"응! 약속!"

현주는 그제야 웃었다.

"우리, 이렇게 우리끼리 기대고 살자. 남들이 뭐라든, 어떤 눈으로 보든, 우리끼리 바라보고 우리끼리 토닥여주고⋯ 자기들 기준에 맞춰서 생각하고 판단하는 사람들 무시하자."

상우는 현주를 꼭 안아주었다. 침침한 지하 주차장에서 꽤 긴 시간 현주 혼자 이런 감정에 깔려 있었다고 생각하니, 상우의 마음이 저려왔다.

21화

커피 한잔할까?

미정은 상욱을 자연스럽게 '삼랑진역 오막살이'에 데려가기로 마음먹었다. 전후 사정을 얘기하면 분명 오지 않을 상욱임을 알기에 미정은 전화를 걸어 능청을 떨기 시작했다.

"너 오늘 퇴근하고 뭐해?

"왜? 또 뭐 부려먹을라고?"

"야, 누나가 부려먹는 사람이냐? 퇴근하고 별일 없지?"

"아, 그니까 왜? 내가 어릴 때부터 한두 번 당했어야지. 생각 안 나나? 맨날 내한테 뭐하냐고 묻고 별일 없다, 그러면 꼭 이상한 일 떠넘기는 거."

"야, 이번엔 아니거든? 퇴근하면 같이 저녁 먹고 커피 한잔하자고."

"갑자기? 뭐지? 아, 이제 일단 빼도 박도 몬하게 맥이 놓고 부탁을 하자, 이거가? 미리 말하는데 안. 한. 다."

"하… 이게 속고만 살았나… 진짜! 그냥! 밥이랑 커피 한 잔. 딱 거기까지 오케?"

"진짜가? 누나 니가 사나? 또 뭐 내한테 사라는 거 아이가?"

"야, 나도 그 정도 매너는 있거든? 잔말 말고, 퇴근하면 삼랑진역 근처로 넘어와."

"삼랑진역? 누나 니가 밀양 시내로 나온나. 거기 무슨 밥집이 있고 커피가 있노?"

"내가 저번에 얘기했잖아. 대현 사진관 문 닫고 카페 생겼다고."

"아, 맞다. 그 도라이. 진짜 카페 열었는갑네? 어떤 도라이지? 대체…."

"응. 진짜 열었더라. 근데 꽤 괜찮아. 인테리어도 나름 괜찮고 커피 맛도 나쁘지 않던데?"

"근데, 그 사진관 완전 작다 아이가? 앉을 자리도 없을 거 같은데, 뭐 한다고 거기 가서 커피를 마시노? 밀양 시내에 대형 카페도 천지 빼까린데."

"야, 그냥 좀 오지? 밥도 내가 사고, 커피도 내가 사는데. 돈 내는 사람이 가자는 대로 가는 게 맞는 거 아님?"

"거 참 그거 얼마나 한다고, 알았다. 내 더러버서 간다 가."

이렇게 미정은 상욱이 '삼랑진역 오막살이'에 입장할 수 있도록 표를 예약했다. 그저 상욱이 꾹꾹 눌러놓고만 있는 자신의 꿈을, '삼랑진역 오막살이'에서 조금씩만이라도 꺼내 볼 수 있기를 바라는 마음이었다.

상욱과 밥을 먹는 내내 창화와 셋이 마주하는 장면이 연상되자, 미정은 막상 어떻게 말을 꺼내야 할지 걱정이 되기 시작했다. 상욱에게 지금이라도 아는 사람이 하는 카페라고 해야 할지, 아니면 카페로 일단 가서 설명을 해야 할지, 오만 가지 생각이 들어 머릿속이 복잡해 밥이 어디로 넘어가는지도 알 수가 없었다.

"밥 먹자고 불러놓고, 밥을 와이래 깨작깨작 먹노? 어데 속 안 좋나?"

"아, 아니. 아니."

"그러게 내가 이 동네 먹을 만한 데 없다고 시내로 나오라했제?"

"그래서 그런 거 아니거든? 잘만 먹고 있구만. 웬 예민?"

미정과 상욱은 저녁 식사를 마치고 카페로 향했다.

"뭐고? '삼랑진역 오막살이'? 저거 카페 이름이가?"

먼발치에서부터 카페 간판이 눈에 들어오자 상욱은 고개를 갸우뚱했다.

"응? 어… 저거 카페 이름이더라. 되게 촌스럽지?"

"이야, 저건 촌스러운 걸 넘어서서 그냥 망하자는 거지. 카페 이름 보니까 커피도 별로겠는데. 그냥 딴 데 가는 게 안 낫나?"

"뭘 다 늦은 시간에 또 딴 데를 가냐…. 날도 더운데 그냥 아이스 아메리카노나 한잔해. 아이스 아메리카노야 다 거기서 거기지."

"뭔 소리하노? 뭐가 거기서 거기고? 그건 누나가 커피를 몰라서 그러는 거지. 커피 맛은 카페마다 천지 차이다. 뭐, 여까지 왔는데 고마 마셔나 보자."

상욱은 갑자기 걷는 속도를 높였고, 미정은 머리를 감싸며 상욱을 쫓아 빠르게 걷기 시작했다.

"저기요, 아무도 안 계세요?"

상욱이 창가에서 커피머신 너머로 빼꼼히 매장 안을 바라보며 손님이 왔음을 알렸다.

"아, 예! 어서 오세요!"

"아이! 깜짝이야!"

커피머신 바로 뒤에 앉았던 창화가 손님이 왔음에 반가워 벌떡 일어서자, 상욱은 소스라치게 놀라며 뒷걸음질을 쳤다. 그 광경을 뒤에서 보고 있던 미정은 '풉!'하고 웃음을 터뜨렸다.

"아! 죄, 죄송해요. 커피머신 때문에 제가 안 보였죠? 손님 목소리에 반가워서… 제가 너무 박차고 일어났네요."

창화는 미안함이 섞인 어색한 미소를 보이며 어쩔 줄 모르고 있었다.

"야, 넌 무슨 남자가 겁이 그렇게 많냐? 뒤에서 보니까 놀라는 폼이 아주 코미디언 저리 가라네. 영상이라도 찍어둘걸."

뒤따라 온 미정은 창화에게 눈짓으로 인사를 건네며 '얘가 저번에 얘기했던 제 동생이에요.'라는 메시지를 보냈다.

"어? 또 오셨네요? 다시 찾아주셔서 감사해요."

"어머, 기억하시네요?"

미정은 능청스럽게 연기를 시작했고 창화도 쿵짝을 맞췄다.

"아, 제 가게에 아직 손님이 많지 않아서 지금까지 온 손님은 다 기억해요."

사실 미정은 카페에 오기 전에 창화에게 메시지를 보낸 터였다.

'창화 씨, 오늘 저번에 얘기한 제 동생이랑 갈 거예요. 우리가 아는 사이면 동생이 또 꼬치꼬치 물을 수도 있으니까 한번 다녀갔던 손님 콘셉트로… 부탁드려도 될까요?'

그래서 창화는 미정의 연기에 장단을 맞추는 중이었다.

"너 뭐 마실래?"

"내? 내는 아이스 아메리카노."

"저기… 아메리카노 뜨거운 거랑 차가운 거로 두 잔만 주세요."

"이 더운 날 뜨거운 걸 시키노?"

"내 마음이니까… 가서 앉아 있으셔."

상욱이 뜨거운 아메리카노와 차가운 아메리카노를 모두 맛보게 할 심산에 미정은 부러 뜨거운 것도 한 잔 시켰다. 미정과 상욱이 카페에 앉아 얘기를 나누는 동안 창화는 커피를 만들기 시작했다. 커피 전문가인 상욱에게 자신의 커피 맛을 보여준다고 생각하니 긴장감이 감돌았다.

"커피 나왔습니다."

창화는 테이블에 커피를 두고 서둘러 커피머신 앞으로 자리를 피했다. 커피머신을 닦는 척하며 상욱이 무슨 얘기를 하는지 안테

나를 곧추세웠다.

"음… 작은 카페치고는 괜찮은데, 뭔가 좀 빠진 느낌인데…"

카페에서 커피를 마실 때면 나름대로 품평을 하는 게 상욱의 습관이자 취미였다.

"그래? 그럼 뜨거운 것도 마셔 봐."

미정은 미리 짜둔 작전대로 뜨거운 아메리카노를 상욱 앞으로 들이밀었다.

"음… 뜨겁게 마시니까 딱 알겠네. 사장님이 커피에 아직 좀 서투시네."

"아, 그래? 난 잘 모르겠던데…"

미정은 혹여 창화가 듣고 상처라도 받을까 고개를 갸우뚱거리며 어쩔 줄 모르는 낯으로 말했다. 상욱의 품평이 창화의 귀에 들렸는지 아닌지는 모르겠지만, 창화는 라떼 두 잔을 더 만들어 다시 테이블에 내려놓았다.

"이거 오늘 처음 쓴 원두로 만든 라떼예요. 이 동네에는 라떼를 찾으시는 분이 잘 없어서 맛이 어떤지 모르겠더라고요. 드셔보시고 어떤지 얘기 좀 해주세요."

창화는 마치 회사 면접 때로 돌아간 듯 테이블 옆에 서서 상욱의 입만 바라보았다.

"사장님, 여기 잠깐 앉아 보세요."

상욱이 옆 테이블에 있는 의자를 가지고 오며 말했다.

"사장님, 초면이고 이제 막 개업하신 분한테 이런 얘기하는 건 좀 그런데예. 커피 좀 더 많이 배우셔야 합니데이."

미정은 창화의 표정부터 살폈다. 창화는 이미 알고 있었다는 듯한 표정을 지으며 말했다.

"그렇죠? 제가 생각해도 그래요. 사실 제가 카페 열기 전에 아주 짧고 급하게 커피를 배웠거든요. 그 후로 인터넷 영상이나 블로그 보면서 배우는 중인데 영… 효과가 없어요."

"제가 원래 커피 만든 사람 앞에서는 이러쿵저러쿵 잘 안 하거든예? 근데… 이런 촌 동네에, 그것도 이래 안 좋은 자리에 카페를 여셨는데 그래도 잘 되야지예. 그라니까… 밀양 시내에 있는 학원이라도 다녀서 좀 더 배우세요. 필요하시면 제가 아는 학원 소개해드릴게요."

미정은 마치 아무리 저어도 잘 섞이지 않는 커피 위의 휘핑크림처럼, 창화와 상욱 사이에 섞이지를 못하고 있었다.

"제 잘난 척은 아니고예, 제가 사실 커피를 좀 오래 했습니다. 그래서 커피 맛은 제가 쫌 알아예."

창화는 상욱의 일침이 거북하기보다는 반가웠다. 거침없이 일침을 가하는 상욱을 보니 이런 성격이라면, 커피를 정말 잘 가르쳐줄 것 같다는 확신이 생겼기 때문이다.

"아… 제가 보시다시피 혼자 가게를 운영해서 학원에 갈 여건이 안 돼요. 그렇다고 이제 막 문 연 가게를 닫고 커피를 배우기도 좀 그렇고…"

창화는 슬슬 시동을 걸었다. 그걸 느낀 미정이 액셀러레이터를

밝기 시작했다.

"야, 그럼 네가 좀 가르쳐드려. 그럼 되겠네. 어차피 너도 커피 연구 계속 하고 싶어 했잖아."

"내가? 무슨 소리고? 내가 뭐라고… 그리고 내는 노나? 회사 가야지."

"야, 너만 바쁘냐? 그냥 퇴근하고 너 시간 될 때 와서 좀 가르쳐 드리고, 너도 그 김에 커피 마음껏 만들어 보고… 서로 좋겠구만. 아! 죄송해요. 사장님 생각은 묻지도 않고 제가 앞서갔네요."

마치 잘 모르는 사이에 자신이 입방정이라도 떤 것처럼 너스레를 부리며 미정이 연기를 이어갔다.

"아, 저야 좋죠! 가끔이라도 오셔서 커피만 가르쳐 주신다면, 저는 언제나 환영이죠! 아… 이거 수업료를 드려야 하는데 수업료를 어떻게 드려야 하나…."

"에이, 수업료는 무슨 수업료예요. 사장님은 커피 배우고, 제 동생은 여기 있는 재료랑 머신 쓰면서, 만들고 싶은 커피 원 없이 만들면 결국 쌤쌤이죠."

상욱은 둘이 나누는 대화를 한참 바라보며 마치 만담 공연을 보는 듯한 착각에 빠졌다.

"야, 안 그래? 넌 그냥 편할 때 와서 커피 만들고 사장님도 가르쳐드리면 너도 좋고 사장님도 좋은 거잖아?"

"어? 어… 뭐… 그렇긴 한데… 그래도 초면에 무슨 그런 부탁을 하노?"

상욱은 급격히 돌아가는 전개에 장단을 맞추지 못하고 정신이 쏙 빠지는 중이었다.

"부탁이라뇨! 제가 부탁드려야 맞는 거죠. 혹시 성함이 어떻게 되세요?"

"네? 아, 저 강상욱입니다."

"반가워요, 상욱 씨. 저는 우창화라고 해요. 누나분은⋯."

"아, 전 강미정이에요."

미정은 창화의 연기를 보며 터지려는 웃음을 꾹 참았다.

"그럼, 상욱 씨 저 좀 도와줄래요? 퇴근 후 편한 시간에 와서 저 커피 좀 가르쳐줘요. 대신, 상욱 씨는 제 눈치 전혀 보지 마시고 재료 마음껏 쓰면서 만들고 싶은 커피 다 만들어요."

상욱은 솔직히 창화의 제안에 바로 응하고 싶은 마음이 굴뚝같았다. 하지만 초면이고 지금의 급전개가 낯설기도 해 선뜻 대답을 못 하고 있었다.

"상욱 씨, 제가 진심으로 부탁할게요. 저, 여기 전 재산 다 털어 넣었어요. 제발 좀 도와줘요."

상욱은 창화의 간절한 부탁을 듣자, 잠시 말없이 고민하더니 입을 열었다.

"그럼⋯ 먼저 원두부터 좀 봐도 될까예?"

"네? 아! 물론이죠. 이쪽으로 오세요!

상욱은 그렇게 창화의 부탁이자 제안을 받아들이며 곧바로 자리에서 일어나 함께 원두를 보며 얘기를 나누기 시작했다. 그 모습

168

을 보며 미정은 안도의 미소를 짓고 다 식은 아메리카노를 마셨다. 비록 커피는 다 식었지만, 열의에 찬 상욱의 뒷모습을 보고 있으니 마음만은 따뜻하게 데워지는 중이었다.

22화

좋아하는 것보다 싫어하는 것

상욱은 '삼랑진역 오막살이'로 매일 같이 퇴근했다. 퇴근하면 집 아니면 술자리였던 그에게 '삼랑진역 오막살이'가 퇴근하면 가장 가고 싶은 곳이 되고 있었다. 창화는 매일 같이 찾아오는 상욱이 고 마웠고 친동생이 생긴 것 같아 푸근했다. 또 좋은 커피 선생님을 만 난 것도 같았다. 마치 곳간에 쌀이 가득 차 있는 것처럼 든든했다.

초반에 상욱은 창화에게 커피 얘기 말고는 딱히 다른 얘기를 꺼 내지 않았다. 하지만 시간이 지날수록 창화가 형처럼 느껴졌는지 자신의 속내나 생각들을 필터 커피처럼 조금씩 떨어뜨리기 시작 했다. 창화 역시 하루 종일 주문을 받고 책만 읽다가, 상욱이 오면 대화할 사람이 생겨 좋았다. 그래서인지 상욱이 올 시간이 되면 설 레는 기분도 없지 않았다.

"행님, 행님은 원래 카페를 여는 게 꿈이었어요?"

상욱이 커피머신을 닦으며 물었다.

"나? 아니. 살면서 단 한 번도 생각해 본 적 없지."

"그래예? 근데 왜 전 재산을 털어 이런 후진 시골에 카페를 차렸어요?"

창화는 잠시 생각하는 듯 창밖을 한참 바라보았다.

"더 이상… 소외되고 싶지 않아서. 이곳이라면 오막살이라도 좋을 거 같다는 생각이 들었어."

"네? 그게 무슨 말이에요?"

상욱은 커피머신 닦던 손을 멈추고 창화의 말에 집중했다.

"난 오랜 시간 소외 받아 왔거든."

창화는 회사에서 겪은 일과 회사를 나오게 된 이유까지, 긴 이야기를 들려주었다.

"아… 그래가 이 카페 이름이 '삼랑진역 오막살이'네예. 사실 처음 카페 이름 봤을 때부터 묻고 싶었거든요."

"근데 왜 안 물어봤어?"

"제가 카페 이름을 물으면, 이름이 이상해서 묻는 게 너무 티 날거 같아서 못 물어보겠더라고예."

비록 한참 동생이었지만 창화는 상욱이가 속이 깊은 사람인 게 느껴졌다.

"사실은 제가 카페 사장이 되는 게 꿈입니다. 뭐, 지금은 이래… 그냥 회사나 다니고 있지만, 언젠간 꼭 해보려고예. 그래서 사실 행님한테 참 고마워요. 회사 꾸역꾸역 다니면서도 커피에 대한 생각은 지워본 적이 없는데, 막상 커피를 만질 기회가 없어가 답답했거든예."

"알아. 상욱이 네가 누구보다 커피에 대한 열정도 높고, 꿈도 있다는 거. 예전에 카페 열려고 했는데 못 열었다는 것도. 그리고 그 자리에 카페가 생겼는데 잘 된다는 것도."

"어? 그걸 행님이 우째 압니까?"

창화는 회사를 나온 얘기에 이어 미정을 알게 된 얘기를 해주었다. 미정과 이미 아는 사이라는 걸 숨긴 이유는, 둘의 관계에 대해 상욱이가 오해할까 봐 그랬다는 것까지. 누나와 아는 사이라고 하면, 부담을 느껴 카페에 오지 않을 것 같았기 때문이었다고.

"와, 강미정, 연기 장난 아니네. 행님도 마찬가지고예. 진짜 감쪽같네. 근데, 잘 했심더. 그랬으면 오기 싫었을 것 같네예. 결국, 누나 귀에 다 들어간다고 생각할 테니까."

"아, 그건 걱정하지 마. 우리끼리의 대화는 나만 알고 있을 거니까. 아까 들은 것처럼 누나랑 자주 연락하는 사이는 아냐. 그러니까 넌 너대로, 나랑 얘기 많이 하고 잘 지내면 돼."

상욱은 마치 친형이 생긴 것처럼 든든했다.

"상욱이 너도 참 힘들겠다."

"저예? 어떤 게예?"

"다니기 싫은 회사 꾸역꾸역 다니는 거."

"아, 처음엔 그랬는데 이제 뭐 적응됐심더."

"있잖아, 난 이렇게 생각해. 좋아하는 걸 하고 사는 것보다, 싫어하는 걸 하지 않고 사는 게 더 행복한 삶이 아닐까라고. 좋아하는 걸 하고 사는 사람은 너무 적지만, 싫어하는 걸 하고 사는 사람은 너무 많잖아. 그냥… 좋아하는 건 못해도 되니까 최소한 싫어하는 것만이라도 안 하고 살면 좋지 않나 싶어."

"저도 행님이랑 비슷해요. 그래서 싫어하는 일을 지금 많이 하고 있어예. 지금 싫어하는 일을 많이 하면 나중에 좋아하는 일을 그만큼 또 많이 하겠지 하는 생각으로 지금을 버티고 있심더."

상욱이 또래에 비해 생각이 깊고 나름의 철학을 가지고 살아가는 것 같아 창화도 흐뭇해졌다.

"역시 넌, 에스프레소 같은 남자구나."

"제가예? 씁쓸합니까?"

"아니. 진하고 엄청 깊어."

상욱은 피식 웃었다. '삼랑진역 오막살이'는 커피 향처럼 그윽한 대화로 채워지고 있었다.

*

"남부 지역은 오늘 오후부터 강한 소나기가 예상됩니다. 예상 강수량은…."

"미정아! 비온다 카니까, 빨래 좀 걷어놔뿌라. 아빠는 축사 좀 단디하고 올 테니."

아침 뉴스를 보던 아빠가 미정에게 당부의 말을 남기고 밖으로 나갔다.

'안 그래도 손님이 없다던데 비오면 더 없겠네.'

빨래를 걷으면서도 미정은 카페가 걱정됐다. 카페도 카페지만, 비오는 날 손님도 없는 가게에서 하루 종일 혼자 앉아 있을 창화도 걱정이었다. 점심을 먹자마자 미정은 나갈 채비를 했다.

"니 어데 가노? 비도 온다카는데."

"멀리 안 가. 올 때 엄마 좋아하는 해질녘 사다 줄까?"

"비도 온다 카는데 고마 집에 있지."

"금방 올게!"

곧 비가 쏟아질 것처럼 하늘은 점점 잿빛으로 변해갔다. 미정은 삼랑진역 근처에 주차를 하고 '삼랑진역 오막살이' 안으로 서둘러 들어갔다.

"창화 씨, 안녕하세요."

"어? 미정 씨. 어쩐 일이에요? 날씨도 이런데⋯."

"날씨가 이래서 왔죠. 분명히 손님도 없을 거라 말동무라도 하려고요. 아, 그렇다고 손님이 없길 바라는 건 아니에요."

창화는 머리를 긁적이며 웃더니 곧 커피를 내리기 시작했다.

"오늘은 말동무로 오셨으니까 커피는 제가 대접할게요."

"창화 씨, 이러다가 진짜 망해요. 괜찮아요. 제가 살게요. 안 그래도 요즘 상욱이 목소리가 훨씬 좋아진 거 같아서 창화 씨한테 정말 고마워요. 그래서 오늘은 제가 살게요."

"에이, 무슨 소리예요. 상욱이 덕에 제 커피 실력이 확 늘었어요.

이제 커피에 자신감도 붙었고요. 그리고 무엇보다, 상욱이와 대화가 잘 통해요. 제가 훨씬 고맙죠."

창화가 커피값을 한사코 안 받으려고 하자 그가 커피를 내리는 틈을 타 미정은 커피값을 의자 옆 한구석에 숨겨두었다.

"안 그래도 오늘 상욱이가 일 때문에 못 온다고 그랬거든요. 미정 씨 아니었으면 저 오늘 진짜 한마디도 못 할 뻔했어요."

"어머, 오늘 정말 손님이 한 명도 없었어요?"

"아, 오전에 두 분 정도 오셨는데 그건 대화가 아니니까요."

커피를 가져오는 창화의 표정이 마치 친구가 놀러 와 신이 난 아이 같았다.

"아 참, 상욱이한테 우리가 원래 알던 사이라고 얘기했어요."

"진짜요? 그 자식이… 아, 아니, 상욱이가 뭐래요?"

"그냥, 우리 연기에 놀랐다고 하던데요? 별다른 말은 없었어요."

"그래요? 이상하네… 그렇게 넘어가다니. 상욱이는 좀 어때요? 잘 가르쳐줘요?"

"너무요. 너무 잘 가르쳐줘서 이러다 커피 달인도 되겠어요. 커피도 커피지만 상욱이랑 대화하면서 많이 배워요. 나이는 저보다 어리지만, 생각도 속도 깊어서 얘기할 때마다 놀라요."

"나한테는 맨날 틱틱거리기만 하더니, 창화 씨랑은 또 얘기가 잘 통하나 보네요. 사실, 제가 괜히 오지랖 떤 건 아닌지 걱정도 했어요. 저는 좋은 취지였는데 혹여 창화 씨랑 상욱이랑 안 맞으면 어쩌나 해서… 근데, 상욱이가 어떤 속 깊은 얘기를 해요?"

"아… 그건 죄송하지만, 상욱이와 저만의 대화라 기밀입니다."

창화는 입에 지퍼를 채우는 제스처를 취했다.

"아, 뭐예요… 무슨 대단한 비밀 얘기를 하길래… 이러니까 더 궁금해지네."

"그럼, 얼마 전에 상욱이한테 했던 질문이 있는데, 미정 씨한테도 한번 해 볼게요. 미정 씨는 좋아하는 일을 하고 사는 게 행복할 거 같아요? 아니면 싫어하는 일을 하지 않고 사는 게 행복할 거 같아요?"

미정은 커피를 한 잔 마시며 잠깐 고민하는 듯 보였다.

"저는 일은 모르겠고… 사람 관계에서 보면, 상대방이 좋아하는 일을 하는 것보다 싫어하는 일을 하지 않는 게 더 좋은 거 같아요."

"어? 이건 또 다른 신선한 답인데요? 자세히 얘기해 봐요."

창화는 미정의 대답에 흥미가 생겼는지 자신도 모르게 테이블에 팔꿈치를 붙이며 몸을 미정 쪽으로 기울였다.

"왜… 사람들이 사랑이란 걸 하다 보면 그렇잖아요. 상대방에게 잘해주고 싶고 잘 보이고 싶어서, 상대방이 좋아할 만한 것들을 하려고 노력하죠. 그런데 방금 창화 씨 질문을 들으면서 갑자기 그런 생각이 들었어요. 내가 좋아하는 것을 해주는 것보다, 내가 싫어하는 걸 안 해주는 게 더 좋겠다는 생각. 사랑하는 사람에게 좋아하는 걸 해주는 건 너무 당연한 거지만, 싫어하는 걸 하지 않는 건 정말 큰 노력 같아요."

미정의 얘기를 들으며 창화는 연신 고개를 끄덕였다.

"진실을 말하는 것보다 거짓말을 하지 말고, 웃게 해주는 것보다 울리지 말고, 따뜻하게 대해주는 것보다 차갑게 대하지 말고… 뭐, 게임이나 담배 같은 것도 내가 싫다면 좀 끊고, 이런 거 말이에요."

"정말 그러네요. 진실을 말하고, 웃게 해주고, 따뜻하게 대하는 건 어쩌면 정말 당연한 건데, 싫어하는 걸 하지 않는 건 어려울 수도 있다는 생각이 확 들어요."

"그게 사랑이 아닌가 싶어요."

어느새 밖에는 소나기가 쏟아지고 있었다. '삼랑진역 오막살이' 바깥 세상은 모든 것이 멈춰버린 듯 고요했고 오직 빗소리 뿐이었다. 날씨 탓이었을까? 미정과 창화는 갑자기 센티멘털해졌다.

"미정 씨 얘기 듣고 공감했어요. 앞으로 상대방이 싫어하는 일을 하지 말아야겠구나 싶어요."

잠시 정적이 흘렀다. 창화는 더 묻고 싶은 게 있지만 꺼내지 못했고, 미정은 하고 싶은 얘기가 있지만 하지 못했다.

"저 지금 중요한 걸 발견했어요."

창화가 긴 정적을 깨고 말을 꺼냈다.

"어떤 거요?"

"미정 씨랑 마주하면서 이렇게 긴 정적은 처음이에요."

생각해 보니 미정도 그런 것 같다는 표정을 지었다.

"그래서 지금 깨달은 게 있어요."

머그잔을 두 손으로 감싼 미정은 그가 뭘 깨달았는지 진심으로 궁금했다.

"이제야 미정 씨랑 친해진 거 같아요. 이제 아무 말이 없어도 어색하지 않다는 걸 느꼈어요. 이렇게 말없이 빗소리만 듣고 있어도 편해요."

창화의 말을 듣고 보니 미정도 공감이 갔다. 그를 마주할 때마다 어색하지 않으려고 일부러 말을 꺼낸 순간도 많았던 게 사실이었다.

"그러네요. 아무 말이 없어도 어색하지 않으려면 친하지 않고서는 힘들 것 같아요. 현주와 저도 같이 있을 때, 아무 말이 없어도 괜찮으니까요."

"회사에서 만난 친구지만, 경식이랑 술을 마시면 정말 둘 다 아무 말이 없을 때가 많았어요. 그런데 전혀 어색함이 없었어요. 하지만 회식 자리에서 맞은편에 앉은 사람과 말이 없으면 차라리 빨리 취하고 싶더라고요."

그들은 서로가 친해졌음을 인정했다. 친해졌다는 건 그만큼 편해졌다는 뜻이고, 편해졌다는 건 만남 자체에 부담이 없다는 뜻이었다. 무슨 일이 생겨야 만나는 사이, 할 말이 있어야 연락하는 사이가 아닌, 아무 일이 없어도, 딱히 할 말이 없어도 만날 수 있는 사람이, 서로에게 되어가고 있었다.

"아 참, 현주 이번 휴가 때 삼랑진에 온대요. 휴가 때 항상 여행을 가던 애가 올해는 이상하게 삼랑진에 오겠네요. 무슨 이유가 있는 걸까요?"

"음… 글쎄요. 정말 집이 그립거나, 미정 씨도 여기 와 있으니까

겸사겸사 올 수도 있지 않을까요?"

"남편 휴가 계획도 들어봐야 할 텐데…."

미정은 여전히 현주가 마음에 걸리는 모양이었다.

"이렇게 비 오다가 밀양 댐 터지는 거 아닌지 몰라…."

점점 거세지는 빗소리에 그녀가 밖을 내다보며 말했다.

"밀양에도 댐이 있어요?"

"그럼요. 밀양 댐 주변에 공원도 있어요. 그 위로 올라가면 용암정이 있는데, 거기서 내려다보는 밀양 댐이랑 밀양호 풍경이 정말 예술이에요. 사람들이 이런 용암정을 잘 몰라요. 아! 말 나온 김에 다음 휴무 때 저랑 한번 갈래요?"

"저야 좋은데, 매번 미정 씨가 운전해서 구경시켜주니까 고마우면서도 미안하기도 하네요."

"에이… 좀 전에 친해졌다고 해놓고, 지금 이 거리 두기 대사는 뭐죠?"

"아! 죄송해요. 그럼, 다음 휴일에 아무 거리낌 없이 미정 씨가 구경시켜주는 곳으로 따라가겠습니다!"

누구도 친해지려는 억지스런 노력을 하지 않았고, 누구도 친해지려는 목적이 없는 만남이었다. 노력과 목적. 어쩌면 둘이 가미되는 순간 인간관계는 끝이 보이는 게 아닐까. 그래서 또 어쩌면, 맹목적인 만남은 인간관계에 있어서만큼은 아름다운 것인지도 몰랐다.

23화

언제나 가는 날이 장날

"하이고, 태풍 온다카더만 날이 더 후텁지근하네! 우 사장, 내 냉커피 한 잔 주이소."

부동산 사장은 항상 들고 다니는 부채를 부치며 커피를 주문했다.

"할매! 할매! 오늘 날도 더븐데 고마 집에 있으소!"

건너편에서 나물이 가득 든 소쿠리를 들고 걸어가는 할머니를 본 부동산 사장이 소리치자 창화의 시선도 할머니를 따라갔다. 할머니는 괜찮다는 손짓을 하며 꾸역꾸역 걸어갔다.

"하이고, 고마 좀 집에 있지. 장날이라고 또 나물 팔러 나가시네. 내 저 할매땜시로 마음이 쓰여가 죽겠다 고마!"

"왜요?"

부동산 사장에게 커피를 내주며 창화가 물었다.

"저 할매가 바로 요 미용실 뒤쪽에 사는데 할매 집 천장이 고마 요래 대접맨쿠로 처지가 언제 무너지도 모를 정도다카이! 태풍도 온다카는데."

부동산 사장은 두 손으로 그릇 생김새를 그리며 말했다.

"그럼 빨리 수리를 하셔야겠네요!"

"내말이 그 말 아이가! 근데 수리를 몬 해."

"수리비 때문에요?"

"차라리 수리비 때문이면 동네 사람들이 모아서라도 해주지! 그 라고 요즘은 세상이 좋아지가 수리비도 안 든다카이. 나라에서 독 거노인들 집은 공짜로 다 고치주거든. 근데 저 할매 집은 그거도 안 돼."

"무슨 자격 같은 게 안 되시는 건가요?"

"글쎄, 할매 집 땅이 지적도 상으로 옆집 땅이라 안 하능교! 그래 가 땅 주인인 옆집에서 수리에 동의를 해주야 수리도 가능하다… 이란다 아입니까!"

"설마, 옆집에서 동의를 안 해주시는 거에요? 왜요?"

"사람이 세상에서 최고로 모질다카이! 옆집은 할매 집이 허물어 지뿌야 그 땅을 자기 마음대로 쓸 수 있는기라. 옛날에는 지적 뭐 이런 게 제대로 없었으니까 모르고 살다가 요 근래에 그게 자기네 땅이란 걸 알아뿌써. 근데 할매가 워낙 오래 전부터 살아놔가 강제 로 나가라고는 몬 해요. 고마 할매가 저승 가거나, 집이 저절로 무 너지가 할매가 자기 발로 나와뿌거나, 그래야 자기 땅처럼 쓸 수 있는기라. 막말로 집 무너지라고 고사나 안 지내고 있으면 다행이제!"

창화는 무슨 이런 일이 있나 싶었다. 어차피 쓰지 못하는 땅이면 지금 살고 있는 사람이라도 잘 살게 해줘야 하지 않나.

"거가 삼랑진 토박이가 아이라 더 그래. 어데 우리 같았으면 그래 하나? 절대 몬하지. 동네 사람들한테 욕 바가지로 묵고 손가락질 받으며 우째 살라고 그래 하겠노? 고마 거도 이 동네서 오래 살았지만, 외지에서 이사 온 사람이거든예. 읍장이 가가 부탁해도 안 듣고, 동네 사람들이 뒤에서 욕을 하든가 말든가 갈지마오라."

"그럼… 땅 주인 분 집도 같이 고쳐드리면 안 되나요?"

"법이 안 된다케요! 그노무 법이! 나라에서 해주는 건 독거노인에 수입도 없고 뭐 그런 기준이 있거든. 인자 곧 장마에 태풍까지 올긴데 할매 집 진짜 무너지면 우야노? 쯧쯧쯧쯧."

부동산 사장의 부채질이 점점 빨라졌다.

"사장님, 만약에 무료로 땅 주인 분 집을 같이 고쳐줄 수만 있다면 수락하실 거란 거죠?"

"글치요! 본인이 뱉은 말이니까! 자기가 자기 입으로 그카대? 자기 집까지 같이 고쳐주면 동의한다고. 뭐, 안 되는 걸 아니까 막 뱉었겠지만도 만약 진짜 그래 해준다카면 지가 뱉은 말이니까 할 말 없겠지예."

해가 떨어지고 나서야 한 손에는 빈 소쿠리를 들고, 머리에는 작은 장독을 인 채 힘겹게 걸어가는 할머니가 창화 눈에 들어왔다.

"상욱아, 미안한데 나 잠깐만 나갔다 올게!"

카페로 퇴근한 상욱에게 가게를 맡긴 채, 냅다 길을 건너 할머니에게 달려갔다.

"할머니, 장독 저 주세요. 제가 댁까지 들어다 드릴게요."

"어데, 어데, 총각 괘안타! 괘안타! 집도 바로 코 앞인데."

"이리 주세요. 제가 들어 드릴게요."

창화는 카페를 비운 채 할머니의 장독을 받아 들고 할머니의 집을 향해 걸었다.

"오늘 나물은 다 파셨어요?"

"하모, 오늘 같이 장날은 다 팔리가 기분 좋제."

"근데 이 장독은 뭐예요? 장에 나가실 때는 안 들고 계셨는데…."

"장날에 독 장수가 오는데 한 귀탱이에 이빨이 나갔다고 버릴라카는 거 내 달라고 들고 왔다. 말짱한데 이빨 빠짓다고 버릴라카는 거 보니까 꼭 내 같아서…."

웃고 있는 할머니의 주름을 본 창화는 울적한 기분이 들었다.

"하이고, 고맙어라. 잠시만, 요 좀 앉아 있어래이."

할머니는 부엌에서 뭔가를 꺼내왔다.

"가게 한다고 저녁 잘 못 챙기 묵제? 이거 좀 무라. 요즘은 감자가 젤로 맛난다."

할머니는 삶은 감자 한 소쿠리를 창화에게 내밀었다.

"아, 아뇨, 할머니. 할머니 드세요. 전 괜찮아요."

"어른이 주면 고마 묵는기다. 그리고 요 더 담았으니까 가져가가 혼자 밥 묵기 귀찮을 때 무라. 만날 혼자 가게에 앉아 있는 거 같던데 을매나 외롭노?"

그랬다. 혼자인 시간들. 창화나 할머니나 하루에 혼자인 시간을 따져 보면 큰 차이가 없을 것 같았다. 창화는 까만 봉지에 수북이 들어 있는 감자를 보자 코끝이 찡했다.

"감자 좀 묵고 있으래이. 그새 넘쳐뿟네."

방 천장에서 떨어지는 물방울을 받치고 있는 양동이가 다 차올라 할머니는 방에서 양동이를 들고 나왔다.

"할머니, 저 주세요. 제가 비울게요."

"미안쿠로… 그라모 이거만 좀 비워도. 내 방바닥 좀 닦을게."

꽤 깊은 양동이인데 물이 찬 것을 본 창화는 할머니 집 천장이 부동산 사장 얘기보다 더 심각함을 직감했다. 아나나 다를까 실제로 보니 상상했던 것보다 천장이 더 많이 내려앉아 창화의 키로는 방에서 고개를 펴고 있지도 못할 정도였다.

"할머니, 잠깐만 계세요. 저 가게에서 뭐 좀 가지고 올게요."

창화는 카페로 돌아와 인테리어를 하고 남았던 각목과 재료를 챙겼다.

"행님, 그건 다 뭐 하시려고예?"

"아, 건너편 할머니 댁에 좀 필요할 거 같아서."

"지도 같이 갈까예?"

"아냐, 나 혼자면 충분해. 너까지 가면 카페는 누가 지켜?"

"아, 맞네."

"금방 올게!"

창화는 내려앉은 천장에 각목을 받치고 물이 새는 틈을 찾아 실리콘으로 덧댐을 했다.

"할머니, 이건 임시방편이에요. 각목 때문에 좀 불편하시겠지만 잠깐만 이렇게 지내고 계세요."

"아이구… 고맙데이. 물이 감쪽같이 안 떨어지네!"

"그렇게 오래 가지는 않을 거예요. 곧 또 물이 샐 건데… 제가 나중에 방법을 찾아볼게요."

"이래 신경 써주는 것만도 참말로 고맙데이. 총각 보니까 우리 아들 생각도 나고…."

할머니는 아들이라는 단어를 꺼내고는 금세 눈시울이 붉어졌다.

"내 다 큰 아들내미가 하나 있는데 사업 다 말아 묵고… 신용 불량자 되가… 지금은 지 몸 하나 건사하기도 힘들거든. 내는… 죄인이라… 애미 잘못 만나가… 50 넘은 나이에 그래 고생을 한다… 돈 필요하다 할 때 내가 뒷바라지를 제대로 해줬으면 그래 안 됐을 낀데…능력 없는 부모 만나가… 나이 묵고 고생하는 거 보면 내도 살고 싶지가 않다. 가끔은… 내 자는 동안 이 천장이 고마 내려 앉아가… 콱 죽어삐게 해달라고 기도한다. 그라모… 내 보험금이라도 받아가… 새출발이라도 하라고…."

"무슨 말씀을 그렇게 하세요…. 할머니가 건강하게 오래 사셔야 아드님도 더 좋은 거죠…. 할머니, 절대 그런 생각 하지 마세요."

매일 같이 천장을 바라보며 차라리 천장이 무너져 내려주길 기도하는 삶. 어쩌면 이런 천장은 비단 할머니에게만 있는 게 아니지 않을까.

*

"상욱아, 오늘도 고마워. 네 덕에 커피 실력이 팍팍 느는 게 느껴져."

"행님, 인자 고맙다는 말 좀 그만 하이소. 지도 행님 덕에 하고 싶은 걸 한다 아입니까."

카페 정리를 하며 상욱은 밝게 웃어 보였다.

"근데, 행님 아까 각목 들고 어데 갔다 와쓰예?"

창화는 상욱에게 할머니 이야기를 들려 주었다.

"와… 진짜예? 우리 동네에 그런 사람 없는데… 근데 이번 태풍이 장난이 아니라카는데 우짭니까? 비도 엄청 많이 올 거라 카더라고예. 벌써 바람이 예사롭지 않아예."

창밖을 바라보며 창화는 할머니 댁의 천장이 더 걱정되기 시작했다.

"그러게… 바람이 엄청나네….”

"일기예보 보니까 비가 역대급으로 올 거라고 하네예. 행님, 그 할머니 댁 천장 괜안겠지예?"

24화
폭풍야밤

밤이 깊어갈수록 창화는 잠을 이룰 수가 없있다. 바람 소리는 점점 매서워졌고 비가 억수 같이 쏟아지며 옥탑 마당을 세차게 두드렸다.

"쾅! 쾅! 쾅! 쾅! 계십니까! 저기예!! 사장님!!"

선잠이 들었던 창화의 귀에 쾅쾅거리는 소리가 들렸다. 창화는 이게 빗소리인지, 꿈에서 나는 소리인지 구분이 안 되고 있었다.

"사장님!! 잠깐만 나와보이소!! 쾅! 쾅! 쾅! 쾅!"

순간 창화는 현실임을 깨닫고 침대에서 벌떡 일어났다. 애타게 자신을 부르는 소리에 급히 옷을 챙겨 입고 카페로 내려갔다. 카페 앞에는 안경을 쓴 한 남자가 비를 쫄딱 맞고 서 있었다.

"무슨 일이세요? 일단 들어오세요."

창화는 황급히 카페 문을 열고 남자를 안으로 들어오라 손짓했다. 하지만 남자는 밖에서 비를 온몸으로 맞으며 창화에게 다급한 말투로 말을 꺼냈다.

"사장님! 늦은 시간에 참말로 죄송합니더! 오늘 저희 어무이 댁에 오셨었지예? 저는 어무이 아들입니더! 오늘 태풍이 온다캐가 어무이 걱정이 돼가 와 봐쓰예! 사장님이 각목도 받치주고 땜빵도 해주셨다 들었심더! 근데 지금 좀 문제가 생겨쓰예!"

"네? 무슨 문제요?"

남자만 밖에서 비를 맞는 게 안쓰러웠는지 창화는 우산을 가져와 남자에게 씌워주었다.

"어무이랑 자는데 물이 줄줄 떨어진다 아입니까! 그리고 받쳐놓은 각목이 고마 뿌라져쓰예! 이라다 진짜 큰 일 날 거 같아가! 내 염치 불구하고 찾아왔심더! 혹시 각목 남은 거 더 있쓰예?"

"네? 얼른 저 따라오세요!"

창화는 당장 들고 있던 우산을 내팽개치고 남자와 함께 옥탑으로 올라가 각목을 챙겼다. 창화와 남자는 억수 같은 비를 맞으며 각목을 두 팔 가득 안고 할머니 집으로 내달렸다.

"아!"

"와예? 괜안심니꺼!"

"괜찮아요! 일단 빨리 가세요!"

급하게 뛰던 창화의 발이 돌부리에 걸리며 슬리퍼 발등 쪽이 떨어지고 말았다. 어쩔 수 없이 창화는 한 쪽은 맨발인 채로 남자를 따라 뛰었다.

"어무이! 어무이는 방에 절대 들어오지 마이소!"

창화와 남자는 배가 더 불룩하게 내려앉은 천장을 각목으로 받치기 시작했다. 하지만 가져온 대부분의 각목 길이가 바닥에서 천장까지 닿질 않았다.

"지금 받쳐지는 각목이 다섯 개 뿐이에요! 일단 이걸로 받치고 저희 둘이서 잡고 최대한 버텨봐요!"

바닥에는 이미 천장을 받치다 부러진 각목이 널브러져 있었고, 창화는 이 각목들마저도 부러지면 정말 큰일이 날 것 같아 양손에 각목을 꽉 붙잡고 소리쳤다.

"아이고! 이를 어째! 철아!"

"어무이는 들어오지 말라니까!"

방문 앞에서 어쩔 줄을 몰라 하던 할머니가 방으로 들어서려 하자 남자는 할머니에게 크게 소리쳤다.

"혹시 집에 테이프나 반창고 같이 각목에 감을 수 있는 거 있으면 주세요!"

남자는 방 서랍을 허겁지겁 뒤지더니 할머니가 붙이는 파스를 발견했다.

"어무이! 내가 파스 다시 사 드릴게!"

창화와 남자는 파스로 각목의 중간 부분을 집중적으로 감기 시작했다. 둘은 천장이 더 이상 무너지지 않기를 바랄 뿐이었다.

새벽 내내 세차게 퍼부은 집중호우는 아침이 되며 잦아들었다. 창화와 철은 각목을 부여잡은 채 기절하다시피 잠이 들어 있었고,

방문 마루에 앉아 잠들었던 할머니는 깨자마자 방으로 들어갔다.

"총각! 철아! 괘안나? 이게 무슨 난리고."

"음… 어무이… 어무이! 괘안나? 사장님! 괘안습니까!"

"네… 전 괜찮아요."

창화와 할머니, 그리고 철은 서로의 안전을 확인한 후에야 마음을 놓았다.

"억수로 고맙심더! 사장님 아니었으면 밤새 일 났을낍니더!"

"총각아, 내 이 은혜를 어째 갚아야 하겠노… 참말로 고맙데이!"

"별말씀을요. 그나저나 이제 곧 장마철이라… 또 비가 많이 오면 위험할 것 같아요."

"내 이… 옆집 인간들을 가만 안둘기라!"

"철아! 하지 마라! 철아!"

철은 옆집의 부동의로 집수리를 못 하고 있다는 사실에 화가 치밀어 씩씩거리며 옆집으로 향했다. 혹여 무슨 일이라도 생길까 봐 창화가 철의 뒤를 곧장 쫓았다.

"보소! 쪼매 나와 보소!"

"뭐야! 아침 댓바람부터 누가 남의 집 앞에서 소리를 질러대!"

옆집 아저씨가 인상을 잔뜩 찌푸리며 대문을 열었다. 아내도 뒤따라 나와 팔짱을 낀 채 철을 노려봤다.

"진짜 너무한 거 아입니까! 집 좀 고치가 살자는데 와 그걸 못하게 하능교! 그카다, 집 폭삭 내리 앉아가 우리 어무이 돌아가시면 책일질 깁니까!"

"야 인마! 그걸 와 우리가 책임지노? 넘 땅에 공짜로 살고 있으면 고맙다고 절을 해야지! 어디 와서 행패고!"

"내 말이! 아재요, 그 집만 아니면 우리 그 땅에 할 거 억수로 많다! 염치가 있어야지, 염치가!"

옆집 아내는 현관문 앞에 서서 팔짱을 낀 채 비아냥거리기 시작했다.

"갱찰에 신고하기 전에 썩 꺼지라, 인마!"

옆집 아저씨는 철에게 삿대질을 하며 말을 이었다.

"뭘 노려보노. 와? 인자 신불자도 모자라가 전과자까지 될래?"

"뭐라꼬예? 에이 씨!"

"그, 그만하세요. 참으세요."

철이 극도로 흥분하려는 순간 창화가 앞을 막아섰다.

"사장님은 나오이소! 내 고마 사고 치뿌고 감방 갈라니까!"

"선생님! 할머니 생각도 하셔야죠!"

창화는 철의 양팔을 잡고 눈을 똑바로 쳐다보며 소리쳤다.

"철아! 이놈아야! 고마해라!"

"선생님, 할머니 모시고 일단 댁에 가 계세요."

철의 고함 소리를 들은 할머니가 옆집으로 달려오자, 창화는 철과 할머니를 돌려보냈다.

"차암나! 아침부터 적반하장도 유분수지! 물에 빠진 거 건져주니까 보따리 달라고 한다 안 하나!"

"저기, 선생님! 잠깐 저랑 얘기 좀 하실 수 있으세요?"

"얘기? 뭔 얘기? 당신이 뭔데?"

"일단… 진정 좀 하시고 잠깐만, 아주 잠깐만 제 말 좀 들어보세요."

현관 앞에서 팔짱만 끼고 있던 아내도 무슨 얘긴지 궁금했는지 마당으로 내려왔다.

"그러니까… 저 노인네 집 고치게 해주면 우리 집도 싹 고쳐준다… 이 말이요?"

옆집 남편은 창화의 눈을 노려보며 반신반의하고 있었다.

"네, 그게… 아직 확정은 아닌데 제가 해볼 수 있을 거 같아요."

"거짓부렁 하지 마소! 우리가 바본 줄 아나… 나라에서도 진작에 안 된다고 한 걸 당신이 무슨 수로? 그래놓고 저 노인네 집만 홀랑 고칠라고 수작 부리는 거 내 모를 줄 아나!"

옆집 아내는 팔짱을 풀지 않은 채 카랑카랑한 목소리로 창화를 다그쳤다.

"나라에서 해주는 게 아니에요. 일단 제가 설명을 드릴게요."

25화
삼랑진 스타일

"우와, 이 사진 뭐야? 설마 네 집 천장이냐? 그럴 리가 없는데. 내가 연결해준 업체가 공사를 이따위로 한 거야?"

창화가 보낸 천장 사진을 보자마자 경식은 감탄 아닌 감탄을 하며 전화를 걸어왔다.

"당연히 내 집은 아니고… 많이 심각하지?"

"와, 요즘도 이런 집이 있냐? 누구 집이야?"

창화는 할머니 집의 스토리를 경식에게 설명해주었다.

"와, 오늘 감탄의 연속이네. 옆집 인간들 실화냐? 집이 이 모양인데 수리를 못하게 하다니. 시골 인심 다 옛말이네. 근데 이 집 사진은 왜 보낸 거야?"

"왜… 우리 회사에서 매년 하는 사회공헌활동 있잖아? 그게 생각나서."

"아! 집 고쳐주기! 이야, 우창화, 똑똑한데? 어디 보자. 어! 곧 신청 시작이네!"

"신청하면… 뽑힐 수 있을까?"

"할머니 집은 내가 봐도 될 거 같은데, 그 옆집은 상태가 어때?"

"옆집도 오래되긴 했는데 이 정도는 아니지."

"음, 그럼 이렇게 하자."

창화가 다녔던 회사는 매년 사회공헌활동으로 오래된 집을 몇 채 선정해 무료로 고쳐주고 있었다. 할머니 집과 옆집이 함께 선정될 수 있도록 하기 위해 창화와 경식이 머리를 맞댔다.

＊

경식의 조언대로 창화는 할머니 집에 대한 사연을 글로 써 보내기로 했다. 하지만 영 글 재주가 없는 창화에게 글을 쓰는 것은 여간 힘든 일이 아니었다. 창화는 노트북 앞에 앉아 글을 몇 자 쓰다가, 또 지웠다가를 반복하더니 결국 두 손으로 머리를 감싸고 묵념만 할 뿐이었다.

"행님, 무슨 고민 있으예? 뭔데예? 엑셀? 파워포인트? 그런 거면 제가 좀 합니더. 도와드릴게예."

"상욱아 실은…."

창화는 상욱에게 쓰고 싶은 사연에 대해 얘기해주었다.

"아, 그때 말씀하신 그 집이지예? 행님, 진짜 좋은 일 합니더! 행님, 이래 고민할 필요 없심더. 제가 아는 사람 중에 글 잘 쓰는 사람 있으예."

＊

"야, 이 사진 뭐야?"

"아따, 사진 전송을 누르자마자 전화를 하네."

"사진 뭐냐니까?"

상욱이 할머니 집 사진을 미정에게 전송한 후 이어서 문자를 쓰고 있는데 미정으로부터 전화가 왔다.

"우리 초등학교 근처에 혼자 사시는 할머니 집 사진인데…."

상욱은 할머니 집 상황을 미정에게 설명했다. 상욱이 아는 글 잘 쓰는 사람은 바로 미정이었다.

"아… 얼마 전에 엄마가 얘기하던 게 생각이 나네. 요즘 이거 때문에 다들 걱정이라더니… 그래도 그땐 자기 땅이니까 그럴 수도 있겠다 싶었는데… 그 할머니 댁 천장이 이 정도로 심각했어?"

"내도 직접 드가본 적은 없어가 몰랐는데 사진 보고 윽수로 놀랐다."

"와… 진짜… 이러다 사고라도 나면 어쩌려고… 그렇게 사고 나고, 만에 하나 할머니 잘못되서서 그 땅 자기들이 쓰고 살면 어지간히 마음 편하겠다! 아… 날도 더운데 더 덥네! 야, 근데 사람 열받게 왜 이걸 보낸 거야?"

상욱이 사진을 보낸 이유에 대해 설명이 채 끝나기도 전에 미정
은 다급하게 말했다.

"야, 알겠고. 알겠으니까 일단 창화 씨 좀 바꿔줘."

"아직 말 안 끝났다."

"야, 더 들을 거도 없어. 한 마디로 사연 써 달라는 거잖아. 그 얘
기를 뭘 이렇게 길게 해… 야, 알았으니까 창화 씨 바꿔줘"

"행님, 바꿔달라는데예."

창화가 전화를 건네받자, 미정은 상욱과 얘기하던 톤과는 확연
히 다른 톤으로 말했다. 수화기로 새어 나오는 미정의 달라진 목소
리와 말투에 상욱은 입이 떡 벌어졌다.

"창화 씨, 그거 제가 써 드릴게요! 못된 사람들… 창화 씨는 지금
저한테 좀 더 자세히 얘기만 해주세요."

"미정 씨가요?"

"제가 자랑 같아서 말 안 하려고 했는데… 제가 이래뵈도 글쓰
기 공모전에서 수상한 상만 스무 개는 족히 되고, 라디오 사연 당
첨으로 받은 경품만 적어도 천만 원은 되거든요! 이번 사연은 그
어떤 대회보다 훨씬! 아주 훨씬! 잘 쓸 거예요!"

*

창화로부터 그간의 할머니 이야기를 전해 들은 미정이 팔을 걷
어붙였다.

"아무리 자기 땅이라도 그렇지… 이건 삼랑진 스타일이 아니지! 내가 기필코 할머니 집 고치게 한다!"

미정은 노트북을 펴자마자 분노의 타자를 치기 시작했다.

"이 머선 소리고? 뭐가 이래 타닥타닥거리노?"

"몰라, 저 가스나 열 받았는갑지."

거실에서 TV를 보던 아빠가 미정의 타자 소리에 놀랄 정도로 미정은 의욕이 넘치고 있었다.

*

"할머니! 오늘 장날도 아닌데 어쩐 일이세요?"

"웅… 이거 줄라꼬…."

할머니는 카페로 찾아와 창화에게 검은 비닐 봉지를 내밀었다.

"뭐예요? 감자예요? 맛있겠…."

비닐 봉지 안에는 슬리퍼 한 쌍이 들어 있었다.

"집에 비 난리 났을 때… 한쪽 발이 맨발이었다 아이가… 내 그걸 보고 을매나 마음이 쓰이든지… 을매나 급하게 와줬으면 한 쪽 신이 없는지도 몰랐노 싶어가…."

창화는 슬리퍼에서 눈을 뗄 수가 없었다.

"비싼 건 아이다… 치수를 몰라가… 우리 아들보다 머리 하나 더 있다고 하니까 치수를 알아서 주던데 맞을라나 모르겠다."

"맞아요…. 너무… 꼭 맞아요!"

슬리퍼 하나에도 이렇게 기쁠 수 있는 게 사람인데 지금껏 그걸 모르고 살았던 창화였다.

"다행이네. 그날 정말 고마웠데이."

"할머니, 감사합니다. 잘 신을게요!"

슬리퍼가 창화의 발에 맞는 걸 확인한 할머니가 돌아서려는데 경식에게서 전화가 왔다.

"뭐? 됐다고? 좋았어! 야, 잠깐만. 할머니! 됐대요! 이제 할머니 집 고쳐드릴 수 있어요!"

"응? 무슨 소리고?"

"제가 다녔던 회사가 집 고치는 회사인데 그 회사에서 할머니 집이랑 옆집까지 다 무료로 고쳐준대요!"

"응? 내는 도통 무슨 말인지….."

"제가 저녁에 할머니 댁에 가서 설명해드릴게요. 아, 아드님도 시간 되시면 와 달라고 해주세요."

창화는 마치 자기 일처럼 만세를 부르며 기뻐했다.

"야, 근데 그 사연은 누가 쓴 거냐? 딱 봐도 넌 아닌데."

"왜? 별로야?"

"별로긴 인마. 그 사연 때문에 된 거야. 글이 아주 그냥, 안 뽑아줄 수가 없겠더라. 안 뽑아주면 이건 진짜 나쁜 회사 되는 거지. 게다가 할머니 댁이랑 옆집 스토리가 우리 회사 가치랑도 딱 맞다네. '화합, 소통'. 전혀 화합 안 되고 소통도 안 되는 게 현실이지만. 흐흐. 그래서 삼랑진 집은 대외 홍보용으로도 딱이라고 회사에서도 기대가 크더라. 암튼 잘됐어! 축하해!"

"경식아, 고맙다! 고마워!"

"나한테 고마워하지 말고 사연 써준 분한테 고마워 해야지. 사연 보내줄 테니까 너도 한번 읽어봐."

안녕하세요?

저는 삼랑진이라는 작은 시골 동네에 사는 강미정이라고 합니다. 삼랑진이라는 동네가 생소하실 수도 있어요. 밀양시에 있는 '읍'단위의 마을이니까요. 이런 작은 마을에서는 옆집 숟가락이 몇 개인지, 누가 무슨 일이 있는지, 하물며 옆집 강아지가 아픈 것까지 알고 지낸답니다. 그런데 이런 마을에 요즘 온 동네 사람들이 걱정인 일이 생겼습니다.

혼자 사시는 김할머니 댁 천장이 언제 무너져도 이상하지 않을 정도로 내려앉은 거예요. 그걸 보고 제 가슴도 덜컥 내려 앉았어요. 그래서 정부에 독거노인 무료 집수리 지원을 신청했지만 불가능하다는 얘기를 들었습니다. 왜냐하면 지적도 상으로 할머니 댁은 옆집 분들의 땅에 지어진 집이기 때문에 옆집 분들의 동의가 필요하기 때문이었어요. 하지만 옆집 분들은 할머니께서 퇴거를 하셔야 그 땅을 쓸 수 있기 때문에 동의하지 않으십니다. 이 분들을 탓하는 건 아니에요. 자신의 재산에 대해 재산권을 행사하는 마음은 충분히 이해가 됩니다. 이런 상황 때문에 옆집 분들은 마을 사

람들에게 비난을 받고 있고 김할머니는 언제 무너질지 모르는 집의 불안감과 옆집 분들에 대한 미안함으로 살고 계십니다.

그래서 이렇게 사연을 보냅니다. 옆집 분들과 할머니가 함께 웃고 살 수 있도록, 그래서 우리 마을에 다시 웃음이 돌아올 수 있도록 이 두 집을 함께 고쳐주세요. 김할머니 옆집도 오래된 집이지만 무료 집수리는 독거노인 분들께만 해당되는 지원이라 국가 지원으로는 함께 고쳐드릴 수가 없습니다.

부탁드립니다.

국가가 해 줄 수 없는 일, 귀사가 해주십시오.

우리 마을 사람들이 할 수 없는 일, 귀사가 해주십시오.

망가진 집은 고치고 상처 난 할머니의 마음은 꿰매고 금이 간 옆집 분들과의 관계는 땜질을 해주세요. 귀사의 따뜻한 손길을 기다리겠습니다.

감사합니다.

미정이 쓴 사연을 보자, 창화의 얼굴에는 삼랑진역에 처음 내렸을 때와 같은 미소가 번졌다. 미정에게도 이 기분을 빨리 배달해주고 싶은 마음에 전화를 걸었다.

"어머! 진짜요? 까아! 정말 잘됐다! 저 정말… 안 뽑히면 어쩌나… 엄청 걱정했거든요. 발표날 때가 됐는데… 떨어져서 연락이 없는 건가… 얼마나 조마조마했다고요. 아… 진짜 너무 좋네요!"

"미정 씨 글 덕분이에요! 경식이가 그러더라고요. 미정 씨가 쓴 사연이 너무 좋아서 뽑힌 거라고요! 미정 씨가 해냈어요!"

미정은 창화와 전화를 끊자마자, 방에서 환호성을 지르며 복권이라도 당첨된 사람처럼 기뻐했다.

"끼아아아아!"

"이건 또 머선 소리고?"

"몰라, 저 가스나 인자 미쳤는갑지."

*

삼랑진은 할머니 집 공사로 떠들썩했다. 온 동네 사람들이 할머니 집과 그 옆집이 바뀌어가는 과정을 지켜보았고, 창화를, 카페를 찾아오기 시작했다.

"하이고마, 우리 카페 사장이 좋은 일 했다카대! 참말로 고맙데이! 동네 사람들이 고마 만나면 할매 집 걱정이었는데 자네 덕에 우리 걱정도 싹 없어지뿟다!"

"총각 키만 훤칠한 줄 알았더만 마음 씀씀이도 훤칠하네!"

"우리 동네에 이런 젊은이가 들어와가 을매나 다행이고!"

"역시 대기업 출신이라 다르데이! 능력자라카이!"

할머니 집수리를 계기로 동네 사람들은 '삼랑진역 오막살이'를 찾기 시작했다. 커피와 차를 주문하면서 창화를 칭찬하고 고마움을 표시하는 건 이제 당연한 일이 되었다. 창화는 어느새 사진관 노인이 얘기해주었던 '삼랑'에 하나가 더해진 '사랑'을 느끼고 있었다. 그러면서 '삼랑진역 오막살이'도 자연스레 창화가 그리던 공간이 되어가고 있었다.

삼랑진 사람들은 틈만 나면 '삼랑진역 오막살이'에서 커피를 마시며 쉬었고, 할 얘기가 있어도 '삼랑진역 오막살이'에서 만나 얘기를 나누기 시작했다. 마치 창화가 만났던 의문의 사진관 노인이 사람들에게 그랬던 것처럼, 사진관이 그런 공간이었던 것처럼. 삼랑진도 사람 우창화를 좋아하기 시작한 듯했다.

"어? 선생님, 웬일이세요?"

카페로 창화를 찾아온 철은 오늘따라 면도도 하고 얼룩덜룩했던 안경알도 깨끗이 닦고 이발도 깔끔하게 해 마치 딴 사람 같았다.

"사장님, 참말로 감사합니데이. 어무이 집, 참 잘 고쳐졌네예. 감사하다는 말 전해러 왔심더."

"저도 고쳐진 거 봤는데 정말 좋더라고요. 아참, 옆집 분들이랑은 이제 괜찮으세요?"

"예. 집 고치고 나서 제가 먼저 가서 사과했심더. 그러니까 그 집 아저씨도 그간 미안했다 카대예. 그라고 저 취직해쓰예. 이번에 어무이 집 고치는 거 보면서 저도 다시 뭔가 해야겠다는 생각이 들더라고예. 다 무너져 가는 집도 고치면 저래 멀쩡해지는데, 내 인생도 다시 고치면 되겠단 생각이 듭디다. 뭐, 월급은 얼마 안 되도 내 인생은 내가 고쳐볼라고예."

철의 얘기를 들은 창화는 자신도 모르게 마음이 가득 차 올랐다. 덩달아 자신의 마음 속 구멍도 채워지는 기분이었다.

창화는 할머니 집 사건을 계기로 삼랑진 '생활 선생님'이 되었다. 삼랑진에는 창화가 똑똑한 해결사라는 소문이 퍼졌고, 동네 어르신들은 젊은 사람의 도움이 필요할 때면 '삼랑진역 오막살이' 아니, 사람 우창화를 찾아왔다. 깜빡깜빡하는 스마트폰 사용법을 묻는다든지, 정부에 인터넷으로 신청하는 걸 도와달라든지, 간혹 마주치는 영어를 해석해달라든지. 하지만 그 누구도 그냥 오는 법은 없었다. 과일이나 야채를 가지고 오거나, 빈손이라면 음료를 꼭 주문하고 앉아 창화의 수업을 들었다. 창화는 노인이 무료 사진을 찍어주고 받았던 삼랑진의 사랑을 이어받으며 자신이 그렸던 사랑진을 치고 온기를 채워가고 있었다.

"우와, 행님 요즘 낮 매출이 장난이 아닌데예? 이게 바로 대기업 효과인가!"

상욱은 '삼랑진역 오막살이'의 최근 매출 기록을 살펴보더니 놀라움을 금치 못했다.

"하하! 대기업 효과는 무슨… 차라리 '강미정 효과'가 맞지."

"확실히 이게 그런 거 같심더. 아무래도 요가 지역 사회고 작은 촌 동네다 보니까 카페를 열었어도 데면데면 해가 쉽게 못 왔을 거라예. 여 가게들 전부 다 서로 아는 사람인데 행님은 생판 모르는 사람이니까. 근데 이번에 할머니 집 수리 사건이 진짜 컸쓰예. 동네 사람들이 행님을, 이 카페를 다 알게 됐다 아입니까!"

이게 미정이 말했던 '삼랑진 스타일'이 아닐까. 미정이 어린 시절 싫어했던 서로를 너무 잘 아는 동네. 정작 지금 우리에게 가장 필요한 것이 '삼랑진 스타일'이 아닐까. 서로를 너무 모르는 지금의 우리에게. 창화의 생각이 깊어지고 있었다.

26화

난 언제 쉬어?

한동안 바쁘게 지내던 '삼랑진역 오막살이'에 휴일이 찾아왔다. 휴일이지만 창화는 평소보다 더 일찍 일어나 빨래를 하고 집 청소를 한 후, 친해진 사람과 외출할 준비를 했다. 미정이 온다는 시간에 맞춰 창화는 가게 앞에 나가 서 있었다.

"우리 능력자, 카페 사장! 오늘 어디 가나?"

건너편 미용실 사장이 잠깐 나온 찰나, 키 큰 창화가 눈에 띄었는지 큰 소리로 물었다.

"안녕하세요! 그게… 잠깐 나갔다 오려고요."

"어데 가는데? 데이또?"

창화는 예상치 못한 미용실 사장의 질문에 말문이 턱 막혔다.

"아… 그게 데이트는 아니고요! 그냥 주변 좀 구경하려고요!"

"아… 글나? 날도 더운데 조심해서 댕겨와!"

미용실 사장이 창화와 인사를 나눈 뒤 들어가려는데 때마침 미정의 차가 창화 앞에 멈춰섰다.

"머고 저거? 미정이 아이가?"

미용실 사장은 들어가려던 걸음을 멈추고 미용실 입구에서 빼꼼히 둘을 응시하기 시작했다.

"아이고야, 미정이가 또 은제 카페 사장이랑 저래 됐노? 미정이 엄마가 알면 억수로 좋아하겠네!"

미용실 사장님은 혼자 신나서, 마치 자기 일인 양 어쩔 줄 모르는 표정을 지었다.

미정은 창화를 태우고 곧장 용암정으로 향했다. 한적한 시골길을 달리며 듣는 음악도 좋았고, 차창을 열면 불어오는 후텁지근한 바람마저도 좋았다.

"창화 씨, 저 블로그 다시 시작했어요."

"미정 씨는 그런 것도 할 줄 알아요?"

"저 이래 봬도 글 좀 쓰잖아요? 호호! 사실 저 어릴 땐 글짓기상도 많이 탔어요. 이번에 할머니 댁 사연 쓰면서 다시 글쓰기 본능이 살아났거든요."

"저는 글 잘 쓰는 사람이 너무 부러운데, 다음에 미정 씨한테 좀 배워야겠어요. 저번에 할머니 집 사연도 쓰려니 너무 막막했는데 미정 씨 덕에 살았죠. 정말 고마워요."

"고맙긴요… 제가 도움이 돼서 저도 너무 흐뭇했어요. 그리고 그 일 덕에 저도 글쓰고자 하는 동기 부여가 다시 됐으니까 이것도

'누이 좋고 매부 좋고!'죠. 조금만 기다려요. 제가 블로그 예전처럼 살려서 홍보부장 해드릴게요. 나름 잘 나가던 블로거예요. 앞으로는 가는 곳마다 사진을 좀 많이 찍을 거에요. 아, 물론 풍경만."

"좋네요. 저도 글재주만 있으면 그런 걸 좀 해보고 싶은데… 다음에 블로그 알려줘요. 구독할게요."

"네. 일단 예전만큼 부활시킨 다음에 알려줄게요."

요즘 블로그를 다시 시작한 미정은 동시에 활력도 다시 찾은 모양이었다. 이런저런 얘기를 하다 보니 어느새 창밖으로 밀양호가 모습을 드러냈다.

"와! 밀양호 정말 예쁘네요!"

창화는 운전석 창문 너머로 보이는 밀양호에 감탄했다.

"아직 감탄하긴 일러요. 용암정에 가면 정말 놀랄 거예요. 저도 창화 씨 덕에 정말 오랜만에 가보는 것 같아요."

"이렇게 좋은데 자주 오지 그랬어요?"

"창화 씨, 부산 살 때 해운대 자주 갔어요?"

"아….'

"그거랑 똑같아요. 밀양에 살면 막상 밀양은 잘 안 가게 돼요. 그리고 뭐… 혼자는 더 안 가지기도 하고. 창화 씨는 밀양 구경해서 좋고, 전 오랜만에 와서 블로그 콘텐츠 만들어서 좋고! 누이 좋고, 매부 좋고!"

여행은 어디로 가는지보다 누구랑 가는지가 더 중요하다는 진리를, 창화와 미정도 느끼고 있었다.

"여기가 용암정이에요. 말 그대로 정자인데 여기서 바라보는 밀양호가 최고예요."

차에서 내려 미정은 창화를 용암정 방향으로 안내했다. 용암정 앞에 있는 작은 광장을 지나 나무 계단을 몇 개 오르자, 창화의 입이 떡 벌어지는 풍경이 그려졌다.

"와!"

창화는 용암정에서 밀양호를 한참 바라보며 감탄에 빠졌다. 그의 감상 시간을 방해하고 싶지 않아 미정은 살짝 빠져 여기저기 풍경 사진을 찍기 시작했다.

"여기 정말 좋죠?"

사진을 다 찍은 미정이 용암정으로 올라오며 물었다.

"네… 최근에 본 풍경 중 가장 예쁜 거 같아요. 정말 너무 좋네요. 고마워요. 이렇게 좋은 구경시켜줘서."

"에이, 아까도 말했듯이 '누이 좋고, 매부 좋고!'라니까요. 전 오히려 창화 씨한테 고마워요."

"제가요?"

"창화 씨는 저한테 단 한 번도 대답하기 싫은 질문을 한 적이 없거든요."

창화는 그녀를 물끄러미 바라보며 어리둥절한 표정을 지었다.

"보통은 앞으로 뭐 할 거냐, 일은 알아보고 있냐, 아니면 결혼은 안 하냐, 몇 살이냐, 부모님은 뭐 하시냐, 이런 걸 꼭 묻는데 창화 씨는 단 한 번도 이런 류의 질문을 안 해줬어요."

창화는 밀양호를 다시 바라보며 입꼬리가 살짝 올라갔다.

"저는 회사 다니면서도 사실 성공적인 블로거가 되고 싶었고 제 글이 책이 돼서 언젠간 작가가 되고 싶다는 생각을 놓지 않고 있었어요."

밀양호를 바라보며 그녀는 말을 이어갔다.

"그래서 회사 일에 지치거나 글이 너무 쓰고 싶을 때는 정말, 회사 다 때려치우고 책만 읽고 글만 쓸까? 라는 충동을 느낀 적이 많아요. 주변에 말하면 대부분 똑같은 말을 하는데 뭔지 알아요?"

"음… 그러다 굶어 죽는다?"

"그것도 있는데 더 많은 건, '그런 건 회사 다니면서 해.' 이게 말이 돼요? 글 쓰는 것도 엄연히 일인데 사람들은 내가 다른 일을 하고 싶다고 하니까 일 하면서, 또 일을 하래요. 그럼 전 언제 쉬라는 건지… 그 누구도 제가 글 쓰는 '일'을 하면서 살고 싶다고 했을 때 그걸 일로 받아들이지 않았어요. 마치 취미나 시간 때우기 마냥 '그런 건' 회사 다니면서 하래요."

오랫동안 묻어둔 응어리가 분출되는지 미정의 말이 조금 빨라졌다.

"지금 생각해보면 저도 참 미련했어요. 회사라는 거, 언젠가는 나와야 하고 그래서 눈칫밥만 먹게 되는 남의 집인데, 남의 집이 뭐가 그리 좋다고 오래 있으려고 했는지… 불과 몇 달 전까지만 해도 저 역시 회사에서 나가면 죽는 줄 알았죠. 뭘 하든 회사에는 붙어 있어야 한다고 생각했던 미련한 사람 중 한 명이었으니까요."

미정의 얘기를 듣던 창화는 자신을 돌아보게 되었고, 또 현재를 짚어보게 되었다.

"이제 미정 씨도 엄연한 블로거예요. 미정 씨가 얘기한 대로 블로그에 글을 쓰는 '일'을 하는 사람인 거죠."

오늘 용암정에서 바라보는 밀양호의 풍경은 미정이 지금까지 봐 온 그것보다 훨씬 더 아름답게 빛나고 있었다. 지금 그녀의 마음처럼.

*

엄마는 미정의 눈치를 연신 살폈다. 미정이 카페 사장을 차에 태우고 데이트하러 갔다는 소식을 전해 들은 뒤로, 괜스레 미정의 표정을 더 자세히 살피게 된 것이다.

"뭐야… 왜 자꾸 흘끔흘끔 봐?"

밥을 먹는데 오늘따라 엄마가 이상했다.

"뭐라카노? 내가 은제?"

"지금. 아니, 아까부터 쭉. 뭐 할 말 있어?"

"아니, 아니. 할 말은 무신… 그런 거 없다. 밥 무라."

아무래도 좀 이상했지만 미정은 대수롭지 않게 넘겼다.

"내는 밥 묵고 미용실에나 잠깐 다녀올란다."

"미용실? 왜? 머리한 지 얼마 안 됐잖아?"

"뭐, 미용실을 꼭 머리하러만 가나? 심심하다고 오라카니까 가는 거지."

엄마는 그렇게 점심을 먹자마자 미용실로 향했다.

"저기 키 큰 사람 보이제? 저 총각이 카페 사장인기라."

"하이고야, 키는 억수로 크네."

"인사성도 음청 밝고 말도 참 싹싹하게 한다니까. 게다가 알제? 요 뒤에 사는 할매 집 사건. 그게 바로 저 총각이 해낸 일 아이가! 알고 보니 우리나라에서 제일가는 인테리어 회사 출신이드라! 머리도 참 똑똑치!"

미정 엄마와 미용실 사장님은 미용실 입구에서 창화를 쳐다보며 소곤대고 있었다.

"이래 있지 말고 어차피 점심도 묵었겠다, 내캉 가가 커피 한 잔씩 사 묵자. 커피 사면서 가까이서 딱 봐라. 말도 붙여보고. 총각이 억수로 참하다, 참해."

"그라모, 함 가보까?"

둘은 사이좋게 '삼랑진역 오막살이'로 향했다.

"저기요. 우리 능력자 총각 사장."

"아, 네! 안녕하세요. 사장님!"

"내 오늘은 내 친구 데려왔다 아이가. 오늘은 커피 두 잔. 아이스로. 시원하게."

"아, 안녕하세요. 처음 뵙겠습니다. 우창화라고 합니다."

처음 보는 미정 엄마에게 깍듯하게 인사를 올린 창화는 커피 만들 채비를 했다.

"저기 우사장, 내는 해질녘 커피로."

"네? 다시 한 번만 말씀해 주실래요?"

"왜 거… 고소하면서 달달한 해질녘 커피."

"아, 아! 네! 네. 알겠습니다."

창화는 그제야 해질녘 커피가 헤이즐넛임을 눈치껏 알아채고 커피를 만들기 시작했다.

"근데 총각은 올해 나이가 몇이신가?"

미정 엄마는 창화에게 슬쩍 나이를 물었다.

"저 올해 마흔 셋입니다."

"하이고야, 근데 아직까정 장가를 안 갔는갑네?"

"아… 뭐… 그렇게 됐네요."

"양친은 다 살아계시고?"

"네. 두 분 다 부산에 계세요."

"아들내미 이런 촌구석까정 와가 고생한다고 마음 많이 쓰이시 겠네."

흐뭇한 엄마 미소로 창화를 바라보며 말했다.

"여기 아이스 아메리카노랑 아이스 헤이즐넛 나왔습니다."

"하이고, 커피도 참 맛깔스럽게 잘 만드네. 그라모 담에 또 봐 요."

미정 엄마는 커피를 받자마자 맛을 보더니, 인사를 건네고 미용 실로 돌아갔다.

"어떻노? 총각 참 인상 좋제?"

"서글서글하니, 특히 강아지 맨쿠로 축 처진 눈매가 참 괘안네."

미정 엄마는 창화의 첫인상이 마음에 들었는지 싱글벙글 웃으며 대답했다.

"거봐라! 내 말 맞다 아이가. 고마 내가 시집 안 간 딸만 하나 있으면 확 엮어 삐고 싶더라니까."

미정 엄마는 해질녘 커피가 오늘따라 유난히 달달하게 느껴졌다.

27화

창밖을 보라

"창화야, 나 다음 주부터 휴가다."

퇴근 후 술을 한잔했는지 취한 것 같은 목소리로 경식이 전화를 걸어왔다.

"휴가? 다음 주? 근데 너 술 마셨냐?"

"응… 조금 마셨어."

"누구랑?"

"누구긴… 혼자 마셨지…."

혼자 술을 마셨다는 경식의 말을 듣자, 창화는 걱정이 밀려오기 시작했다. 경식을 알고 지낸 지 오래지만 혼자 술 마시는 걸 본 적이 없기 때문이다.

"야, 최경식. 너 무슨 일 있냐?"

"일? 그래… 일… 많지… 맨날 일이지 뭐…."

경식이 집에 들어갈 때까지 전화를 붙잡고 있어야 할 것 같았다. 이 상황을 옆에서 지켜보던 상욱은 자연스럽게 창화가 항상 앉아 있는 자리에 앉았다. 그리고 자신이 가게를 대신 보고 있겠다는 사인을 보냈다. 창화는 고맙다는 눈짓을 하며 옥탑으로 올라갔다.

"경식아, 대리는 불렀어? 너 절대 운전하면 안 된다."

"참… 회사 생활, 회사 인간들, 다 지긋지긋하다. 우창화, 네가 부러워."

한껏 취한 목소리로 경식의 성토가 시작됐다. 창화는 바로 옆에서 얘기를 들어주지 못하는 이 상황이 답답하기도 하고 미안하기도 했다.

"경식아, 대체 무슨 일이야? 너 인마, 지금 많이 취했어. 일단 빨리 대리부터 불러. 거기 어디야? 내가 불러줄게."

"창화야… 나는… 나는 말이야… 내가 왜 이렇게 열심히 살았는지 모르겠어. 남들 다 가고 싶어 하는 명문대… 남보다 내가 가려고 눈깔 빠지게 공부했고, 남들 다 다니고 싶어 하는 대기업… 거기도 내가 먼저 가려고 쎄빠지게 준비했거든? 그리고 너도 알지? 내가 그 잘난 대기업에서도 좀 더 빨리 가 보겠다고 선배들한테 내 인생 던진 거. 아, 미안… 미안… 창화 너는 잘 모를 수도 있겠다."

'너는 잘 모를 수도 있겠다.'는 말에 창화의 표정이 살짝 굳어졌다. 창화는 경식이 많이 취했다고 생각해 더이상 그를 달래기보다 넋두리를 듣고만 있기로 했다.

"내가… 얼마나 열심히 살았는데! 내가 어? 회사에 인생을 바쳤다고!"

창화도 열심히 살았다. 그 누구보다도 더. 하지만 창화가 깨달은 건, 아무리 열심히 살아도 그들과 같은 삶을 살 수 없는 자신의 신분이었다.

"그래도 넌 인마, 열심히 살면 희망이라도 있지."

어차피 취한 경식의 귀에 들어가지 않을 거란 걸 알기에 창화는 혼잣말로 중얼거렸다.

"엄 상무 이 야비한 새끼! 이 새끼가!! 이 개 같은 새끼가… 나 엿 먹으라고! 이 개자식이 말야… 창화야… 씨발… 나 이제 어떡하냐… 엉엉엉….."

"엄 상무가? 뭐? 대체 무슨 일인데?? 최경식 정신 좀 차려봐!"

"개자식… 쓰레기… 엄….."

경식은 엄 상무에 대한 분노를 한 사발 터뜨리고는 울먹이며 우물우물 거릴 뿐이었다. 뭔가 심각한 일이 있던 게 분명했다. 창화는 경식의 마지막 말에 안절부절하며 전화를 끊지 못하고 있었다.

"여보세요?"

창화가 갑자기 말이 없어진 경식을 한참 부르는데, 나이가 좀 있는 듯한 어르신이 대답했다.

"여보세요? 전화 받는 분은 누구시죠?"

창화는 다른 사람이 경식의 전화를 받자, 순간 예민해지며 공격적인 말투로 물었다.

"아, 전 도성동 삼진 아파트 경비원입니다. 놀이터 순찰을 하다가, 여기 누가 쓰러져 있어서 깜짝 놀라 달려왔어요."

창화는 가슴을 쓸어내렸다. 다행히 경식이 아파트 놀이터에서 전화를 걸어온 것이었다.

"아, 선생님! 감사합니다! 제 친구가 지금 많이 취했어요. 그 친구 집이⋯."

순간, 경식의 집 동호수가 생각이 나질 않았다.

"저기 선생님, 죄송한데요. 그 친구 옆에 잠깐만 계셔주실래요? 제가 친구 와이프한테 전화해서 놀이터로 나가라고 하겠습니다!"

창화는 부랴부랴 경식의 아내에게 전화해 상황을 알려주었고 한밤중의 소동은 그렇게 마무리되었다.

경식이 집으로 안전하게 들어간 걸 확인하고 나니, 이미 가게 문 닫을 시간이 훌쩍 지나 있었다. 상욱에게 카운터를 맡긴 생각이 떠올라 창화는 허겁지겁 1층으로 내려갔다. 카페 정리를 싹 끝내고 청소까지 다 해둔 상욱은 테이블에 앉아 핸드폰을 보는 중이었다.

"아, 상욱아 미안! 통화가 이렇게까지 길어질 줄 몰랐네. 정말 미안!"

"에이, 뭘 미안해요. 우리 사이에. 어차피 내일 주말이라 늦게 가도 상관없심더. 집에 일찍 가도 딱히 할 것도 없고예."

"아⋯ 그래도 미안한 건 미안한 거지. 게다가 매장 청소까지 다 해놨네⋯."

"청소라고 할 거도 없던데요. 가게가 쪼맨해가, 이 정도는 일도 아니었쓰예. 헤헤. 근데 행님, 괜찮아요? 아까 표정이 좀 심각해 보

217

이던데."

"아… 서울에 있는 친구 놈이 술이 너무 취해서… 다행히 지 와이프가 잘 데려갔어."

"다행이네예. 근데 그리고 보이 행님이랑 저 술 한잔 안 해봤네요."

"아, 그럼 오늘 내가 술 한잔 살까? 지금까지 가게 봐준 것도 고마운데 내가 맛있는 거 살게."

"와, 진짜예? 근데 이 촌 동네는 지금 이 시간에 술 마실 데가 없쓰예. 고마 편의점에서 술이랑 안주 쪼매 사다가 가게에서 한잔할까요?"

"에이… 고작 편의점 가지고 되겠어? 배달이라도 시키자."

"행님, 술 마실 데도 없는데 이 시간에 여까정 배달하는 데는 있겠심꺼? 큭큭. 저는 편의점 안주 좋아합니다. 대신 제가 비싼 거로만 고를 겁니데이."

창화는 상욱에게 경식과 통화했던 내용을 얘기해줬다.

"경식이 행님, 다음 주에 여기로 오신다고 했지예?"

"응. 근데 술에 취해서 한 얘기인지 진짜인지는 내일 통화를 다시 해봐야 알 것 같아."

"만약에 진짜 여기 오시고 제가 도와드릴 게 있으면 언제든지 말씀하세요."

"그래. 말이라도 고맙다."

둘은 소주잔을 반복적으로 부딪히며 술자리를 이어갔다.

"와, 행님도 술 잘 드시네에."

"나? 에이… 지금은 많이 약해졌지. 회사 그만두고 나서는 술… 너랑 처음 마시는 건데."

"진짜예? 하긴 저도 회사 때문에 술 자주 마시는 편이긴 합니더. 근데… 회사 사람들이랑 마시는 술은 진짜 맛대가리가 없는데, 행님이랑 마시니까 술맛도 좋고 기분도 좋네에."

"하하, 회사 사람들이랑 하는 게 뭐든 별로인 건, 누구나 다 똑같구나."

"저는 술자리에서 제일 싫은 게 건배삽니더. 술만 마시면 뭔 건배사를 자꾸 하라고. 어떤 사람은 건배사 잘하려고 준비까지 한다니까예. 지금이 무슨 쌍팔년도도 아니고 아직도 그런 걸 왜 하는지 모르겠쓰예."

"하하! 어느 회사든 건배사 좋아하는 인간이 있는 것도 똑같네."

"그리고 우리 회사 팀장은 요즘 회의 때마다 '우린 달라져야 합니다. 변화해야 합니다.' 이 말을 입에 달고 살거든예? 하루는 회의 때 이게 하도 듣기 싫어가, 팀장이 얘기하는데 제가 직원들끼리만 있는 단체방에 뭐라고 쓴 줄 알아예?"

"뭐라고 썼어?"

"응. 니만 바뀌면 된다."

"하하하하! 이야… 정곡을 제대로 찔렀네."

"안 그래도 제 문자 보고 회의 때 몇 명이 빵 터져뿌가, 큰일 날 뻔했다 아닙니까. 크큭!"

"하하, 맞는 말이지 뭐. 윗사람이 안 바뀌는데 무슨 변화와 혁신이 되겠어. 사람은 죽어도 안 바뀌지."

"맞지예? 다들 지 때문에 불만이 가득하고, 지 때문에 퇴사하고 싶어 하는데 만날 우리한테만 바뀌라고 하니까 짜증이 확 난다 아입니까?"

"맞다… 맞아. 일이 힘드냐? 사람이 힘들지…."

창화는 상욱과의 술자리가 마치 경식과의 그것처럼 느껴지며 묘한 기분이었다.

*

창화는 아침에 눈을 뜨자마자 경식이 떠올랐다. 바로 전화를 걸어보고 싶었지만 주말 아침부터 전화하려니 경식의 아내에게 폐를 끼치는 것 같아 전화기를 다시 주머니에 집어넣었다. 가게 문을 열기까지 시간이 좀 남아 창화는 옥상에 있는 테이블에 앉아 생각에 잠겼다. 생각의 대부분은 경식이었고, 그에 대한 걱정이었다.

"여보세요? 경식이냐? 너 괜찮아? 어떻게 된 거야?"

경식도 창화가 걱정하고 있다는 걸 알았는지, 일어나자마자 창화에게 전화를 걸어왔다.

"응… 어제 나 많이 추했냐? 미안하다, 창화야."

"그래, 인마. 너 어제 무슨 술을 혼자 그렇게 많이 마셨어? 집에는 잘 들어간 거야?"

"응. 어떻게 왔는지는 모르겠지만 눈 떠보니까 집이더라고."

"그래. 그래도 집에는 무사히 들어가서 다행이다."

"아, 진짜 미안. 내가 어제 엄 상무 그 인간 때문에 너무 꼭지가 돌았거든. 진짜 회사 당장 때려치우고 싶은 마음이 굴뚝 같은데 간신히 참았어."

"엄 상무 그러는 게 어디 하루 이틀이냐? 그냥 잊어버려."

"하루 이틀이 아니니까 더 문제지. 어제는 진짜 열불 나서 사표 던지려다가, 그나마 휴가 신청서만 던졌어."

"취해서 하는 소리인 줄 알았는데, 진짜 휴가 쓴 모양이네… 그래도 엄 상무가 휴가는 쓰게 해줬나 보다?"

"안 해주면? 오히려 푹 쉬고 머리 식히고 오라고 떠밀더라."

창화는 무슨 일인지 궁금했지만 굳이 묻지 않았다.

"그래서 모레 너 보러 내려가려고. 너 월요일에 쉬는 거 맞지?"

"진짜 여기까지 오려고? 모처럼 휴가인데 가족이랑 보내야지."

"계획 잡아서 쓴 휴가도 아니라서 어차피 같이 못 보내. 애는 방학인데 학원 다니느라 바쁘고, 와이프는 휴가 상의도 없이 썼다고 부글부글하고 있거든. 가도 하루만 있다 올 거야. 너도 장사해야지."

*

쉬는 날 아침부터 창화는 바쁘게 움직였다. 먼 길을 오는 친구를 맞이하기 위해 카페와 집을 청소하고, 옥탑 마당에 있는 테이블과 의자도 깨끗하게 닦고 정리했다. 그리고 함께 먹을 안주와 술을 사다가 냉장고에 채워 넣었다. 가게 문을 닫은 채, 창화는 1층 카페에 앉아 책을 읽고 음악을 들으며 경식을 기다렸다. 초저녁으로 접어들 때쯤 '삼랑진역 오막살이' 앞에 낯익은 차 한 대가 섰다. 경식이었다.

"창화야!"

카페 문을 열고 들어온 경식은 안경까지 벗어제끼며 창화를 와락 끌어안았다.

"먼 길 오느라 고생했다."

"이야, 우 사장님, 멋진데?"

경식은 주머니에 손을 찔러 넣은 채 카페를 둘러보며 말했다.

"사장은 무슨… 그냥 영세업자야."

"사진으로만 봤을 땐 그저 그랬는데, 직접 와서 보니까 나름 분위기도 나고 좋다!"

"다 네가 도와준 덕에 이만큼이라도 만들었지 뭐."

"내가 여기 와 보기 전까지는 네가 왜 이런 촌구석에, 다 쓰러져 가는 건물을 샀나 했는데. 와서 보니까 네가 왜 여기를 택했는지 알겠다."

"이제 알겠냐? 멀리서 오느라 배고플 텐데 뭐 먹을래?"

"우리가 언제 뭐 먹을까 고민한 적 있냐? 소주면 됐지."

"에이… 그래도 넌 장거리 운전해서 왔는데 밥은 먹어야지."

"나 사실 지금 밥맛도 없고, 너랑 술 한잔하러 온 거야. 이 계단으로 올라가면 돼?"

경식은 2층 옥탑으로 가는 계단을 따라 천천히 올라갔다.

"야! 여기 죽인다! 오막살이가 이렇게 멋져도 되는 거냐?"

'삼랑진역 오막살이' 옥상에서 보이는 풍경을 보며 경식은 감탄하고 있었다.

"넌 매일 이 풍경을 보고 산다는 거 아냐? 종일 여기 앉아 있을수도 있고."

"모기에 좀 뜯기긴 하는데, 이 맛에 내가 여기 살긴 하지."

창화는 비닐봉지에 들어 있는 소주와 안주를 주섬주섬 꺼내며대꾸했다.

"우리 술 마시는 거 정말 오랜만이다. 받아."

"야, 내가 박 부장보다 성과도 훨씬 좋고 평일, 주말 할 거 없이죽어라 엄 상무 따까리처럼 따라다니면서 좀 잘했냐? 근데 그런나한테 올해 평가는 박 부장한테 양보하래. 그래도 박 부장이 공채선배인데, 내가 먼저 가면 서로 불편해진다는 거야… 이러는데 내가 꼭지가 안 돌겠어? 양보라니? 회사에서? 그리고 능력 없으면 후배한테 밀리는 거, 그거 당연한 거 아냐? 아우! 엄 상무 표정 또 생각나네!"

취기가 살짝 오른 경식은 마음속 오물을 한껏 쏟아내기 시작했다. 그는 화가 가라앉지 않는지, 소주를 한잔 확 들이켜고 말을 이어갔다.

"아니, 이럴 거면 평가 시스템은 왜 있는 거냐고. 회사 평가가,

승진이, 무슨 선착순이야? 그리고 여기서 기수가 왜 나와? 회사면 일로 평가받는 거지. 나이 많은 게 무슨 유세냐? 능력도 없는 것들이 연공서열 무임승차하는 거 보면, 진짜 회사 다닐 맛 뚝 떨어진다니까! 버스 먼저 탔다고 먼저 앉는 것도 아닌데, 왜 회사 먼저 들어왔다고 먼저 앉는 거냐고! 나 원 참."

창화는 그의 장단에 맞춰 함께 잔을 기울이며 조용히 듣기만 했다.

"근데 경식아… 정말 그게… 다야? 너 그날 화가 많이 났던데… 평소에 안하던 욕도 뱉고, 우는 것 같기도 하고…."

"아, 내가 그랬냐? 미안하다. 요즘 술 취하면 이상하게 눈물이 나. 갱년기인가 봐! 하하! 미안, 미안. 넌 회사도 떠났는데 내가 너무 회사 얘기만 하네."

"아냐, 괜찮아… 사실 무슨 일이길래 네가 휴가까지 썼는지 궁금했거든. 듣고 보니 열 받을 만하네… 그리고… 너 박 부장이랑 트러블도 좀 많았잖아? 설마… 박 부장이 네 위로…? 그리고 보니 엄 상무 이번에 전무 진급 케이스 아냐?"

'박 부장이 네 위로'라는 말을 듣자, 경식은 속에서 뭔가 확 치밀었는지 창화와 잔을 부딪히고는 급하게 소주를 한 목에 들이 부었다.

"내 위로… 나 그럼 진짜 회사 확… 내가 엄 상무 그 인간! 내가 박 부장이랑 껄끄러운 거 알면서 일부러 그런 거야. 지 개처럼 부려먹을 땐 언제고."

창화는 괜스레 미안한 마음이 들었다. 자신이 회사를 떠나게 되는 상황이 펼쳐질 때, 경식이 자신 때문에 엄 상무의 비위를 거슬리게 했다는 걸 알고 있기 때문이었다.

"근데… 경식아. 난 지금 이런 불만이라도 얘기할 수 있는 네가 부럽다."

옥탑에서 내려다보이는 삼랑진을 그윽하게 마주하며 창화는 말을 이어갔다.

"넌 회사에 먼저 와준 학교 선배도 있고 같이 와준 동기도 있잖아. 난 아무것도 없었어. 이 카페 이름이 왜 '삼랑진역 오막살이'인 줄 알아? 삼랑진역은 그렇게 오막살이하는 사람들을 위해서도 열려 있거든. 그런 회사에서 경식이 네가 나한테는 유일한 삼랑진역이었다."

경식은 뜻밖인지 살짝 놀라는 표정을 지었다. 경식은 아까와는 달리 말수가 확 줄었다.

"아! 내가 너무 진지 모드였네. 미안, 미안, 한잔하자!"

창화는 경식에게 다급히 술잔을 내밀었다.

한겨울, 창밖에 서 있는 기분. 그 비참 미묘한 기분은 창밖에 서 있어 본 사람만 안다. 창밖과 안의 온도 차가 심하면 창에 뿌연 성에가 끼고, 그 차이가 심할수록 성에는 짙어진다. 성에 때문에 따뜻한 창 안에 있는 사람은 창밖이 보이지 않지만, 창밖에서는 안이 얼마나 따뜻한지 점점 더 선명하게 알게 된다.

28화

얼룩

"창화 씨, 안녕하세요?"

미정은 '삼랑진역 오막살이'에 들어서며 밝은 표정으로 인사를 건넸다.

"아, 미정 씨, 안녕하세요! 근데… 오늘 무슨 좋은 일 있어요?"

"네? 왜요?"

"표정이 다른 때보다 더 밝아 보여서요."

"아… 티 났어요? 헤헤. 제가 얘기했던 제 친구 현주 아시죠?"

"네. 당연히 기억하죠."

"현주가 곧 삼랑진역에 도착해요. 휴가라서 지금 내려오고 있어요."

"와… 정말 반갑겠네요. 근데 참 신기해요. 제 친구 경식이도 며칠 전에 휴가인데 여기 하루 다녀갔어요."

"어머, 정말요? 이러다 나중에 아는 사람들 다 삼랑진으로 모이는 거 아니에요?"

"그러게요. 삼랑진이 사람을 끌어들이는 매력이 있나 봐요."

"맞아요. 현주 만나면 커피 마시러 다시 올게요."

창화와 짧은 대화를 끝낸 미정은 '삼랑진역 오막살이' 바로 옆에 있는 삼랑진역으로 향했다. 그리고 역 로비에서 현주가 나타나길 기다리고 있었다.

"야! 강미정! 언니가 오셨다!"

역 개찰구를 빠져나오자마자 현주는 미정을 와락 끌어안았다.

"어우… 야, 더우니까 이제 그만 떨어져. 근데… 짐이 별로 없네?"

"혼자 오는데 짐은 무슨. 이 촌 동네에서야 집에 있는 티셔츠에 반바지 입고 슬리퍼만 신고 다니면 되잖아."

현주는 정말 작은 백팩 하나만 달랑 가지고 왔다.

"차는 주차장에 있으니까 일단 가방은 차에 두고 오랜만에 커피나 한잔해."

"커피? 아! 그 카페! 거기 갈 거지? 나 진짜 궁금했거든. 그 사진관 자리에 생긴 카페. 대체 어떻게 만들었을까? 그리고 키다리 아저씨 같이 키 큰 훈남은 또 어떻게 생겼을까?"

"야, 그냥 동네 작은 카페야. 그리고 카페 주인은…"

주차장으로 걸어가며 미정은 그동안 있었던 일을 현주에게 짤막하게 얘기해 주었다.

"어머, 진짜? 상욱이가 그 카페에 다녀?"

"일하는 건 아니고… 너도 알잖아. 상욱이가 얼마나 커피를 하고 싶었는지. 그래서 내가 부탁했어."

"이율, 강미정, 너 뭐냐? 이 앙큼한 것. 나한테는 그동안 아무 말도 안 하고 무관심인 척하더니, 동생까지 인사시키고, 동네 구경도 시켜주고!"

현주는 게슴츠레한 눈빛을 보내며 말했다.

"야, 진짜 그런 거 아니니까, 나중에 괜히 그 사람한테 쓸데없는 소리 하지 마."

미정은 사뭇 진지하게 말하며 현주와 함께 '삼랑진역 오막살이'로 발길을 옮겼다.

"창화 씨, 제 친구 현주예요."

"안녕하세요? 송현주라고 해요."

현주는 단발머리를 날리며 밝게 웃었다.

"안녕하세요! 우창화예요. 미정 씨한테서 말씀 많이 들었어요."

"뭐, 강미정은 제 욕밖에 안 했겠죠. 크큭. 와, 근데 키가 정말 크시네요. 한 185?"

"네? 아… 뭐… 비슷해요. 더운데 저기 에어컨 옆으로 앉으세요."

키가 크다는 현주의 칭찬이 민망했는지 창화는 머리를 긁적이며 얼른 자리로 안내했다. 창화는 커피만 내어주고 자기 자리로 조용히 돌아와 앉았다. 오랜만에 가지는 둘만의 시간에 방해가 되지 않도록, 최대한 조용히 주문을 받고 커피를 내렸다.

"창화 씨, 저희 이만 가 볼게요."

매장을 나서며 미정은 창화에게 인사를 건넸다.

"벌써요? 두 분 오랜만인데, 더 얘기 나누시지 왜 벌써…."

"우리 얘기 끝나려면 창화 씨 문 못 닫아요."

"하하, 맞어. 맞어."

미정과 현주는 만남 자체로도 기분이 좋은지 연신 깔깔거리며 죽이 맞아 들어갔다.

"창화 씨라고 했죠? 아까 밖에서 보니까, 옥상에도 테이블이 있던 거 같던데, 혹시 거기도 자리예요?"

"아, 네. 아직 날이 더워서 거기에 앉아 계시는 분들은 없지만, 거기도 카페 좌석이에요."

"그럼 날 좀 덜 더울 때 우리… 거기서 술 한잔해도 돼요?"

현주가 창화에게 뜻밖의 제안을 하자, 미정은 눈을 동그랗게 뜨며 현주를 바라보았다.

"얘가 뭐래… 여기 포차 아니고… 카페야, 카페. 어디서 술을 마셔…."

"왜? 내가 보기엔 이 동네에서 거기가 술 마시기 제일 좋겠구만."

미정은 그만하라는 표정을 지어 보였지만, 현주는 아랑곳하지 않았다.

"그럼요! 다음에 오셔서 두 분이 오붓하게 술 한잔하세요. 거기 뷰가 정말 좋아요."

"진짜요? 그럼 저 조만간 진짜 옵니다? 창화 씨도 함께해요!"

"얘가 진짜 미쳤나 봐, 초면에. 창화 씨, 농담이에요. 저희 이만 갈게요!"

미정은 현주는 끌어내며 카페를 도망치듯 빠져나왔다.

"야, 송현주. 초면에 너 그러는 거 아니다."

현주를 슬며시 노려보며 미정이 말했다.

"야, 강미정 넌 구면에 그러는 거 아니다. 넌 애가 무슨 조선 시대냐? 이미 안 지도 꽤 됐는데 아직도 창화 씨, 미정 씨 이러고 있질 않나. 내숭은 내숭대로 떨면서 뭐가 아냐, 아니긴. 이 동네에 몇 안 되는 청춘들끼리 술 한잔하자는 게 뭐, 어때서? 술 한잔하면서 친해지고, 친해지다 보면 찐해지고, 찐해지면 짠해지고, 그런 거지! 이 답답아!"

"얘가 더위를 먹었나… 난 찐해질 필요도 없고, 짠해질 필요는 더더욱 없으니까 신경 좀 끄지?"

"야, 강미정. 너 청춘을 낭비하지 좀 마. 인생 짧다, 너? 가만히 보면 시간이 상대적인 거 같지? 어쩔 땐 시간이 5분도 많고, 어쩔 땐 한 시간도 부족하고. 근데 너 그거 알아? 사랑할 시간은 절대적으로 부족하다는 거. 더군다나, 청춘에 사랑할 시간은 더 절대적으로 부족해… 내가 네 상처 누구보다도 더 잘 알아서 그러는 거야. 너한테 절대적으로 부족한 시간, 지나간 사람 때문에 더 부족해지지 말라고."

미정은 이상하게도 아무 대꾸를 할 수 없었다.

"뭘 그렇게 멀뚱멀뚱 서 있어? 야, 나 피곤해. 이제 집에 좀 데려 다줘. 강 기사."

차 시동을 걸고 미정은 현주 집으로 향했다.

*

"야! 강미정! 태풍 온대!"

이틀 뒤, 현주는 아침 댓바람부터 미정에게 전화를 걸어 비상사 태를 알렸다.

"뭐… 태풍이 왜… 그래서…."

잠에서 덜 깬 미정은 마른 목소리로 대답했다.

"왜긴 왜야? 내 휴가는 짧지, 태풍 오면 그 무궁화호, 거기 옥탑 에서 삼겹살에 소주 마실 기회가 사라질지도 모르는데. 야, 오늘 밤 술이랑 고기 사서 거기로 가자!"

"음… 뭐? 뭐라고?"

미정은 눈을 번쩍 뜨더니 이불을 확 걷어내며 용수철처럼 침대 에서 튀어 올랐다.

"야! 너 뭐라는 거야? 거기서 술을 왜 마셔? 난 안 가. 절대 안 가!"

"거, 정말 정 없는 강미정이네. 누가 뭐 어떻게 한대? 그냥 친목 도모 좀 하자는 거지."

"야, 네가 창화 씨랑 왜 친목 도모를 해? 그리고 창화 씨랑 겨우 한 번 봤으면서 사람 불편하게 하지 마. 그럴 거면 그냥 우리 둘이 마셔."

"강미정 씨, 저는요. 딱 그 옥탑에서 꼭 한잔해보고 싶거든요? 그러니까 넌 나오려면 나오고 아님 말고. 저번에 갔을 때 보니까 문 닫는 시간 10시던데, 시간 맞춰서 나오든가 말든가."

현주는 약 올리는 말투로 자기 할 말만 하더니 전화를 뚝 끊어 버렸다. 현주의 성격을 잘 아는 미정이기에 그녀가 오늘 밤 '삼랑 진역 오막살이'에 갈 거라 확신했다.

"하… 미치겠네…. 이건 친구가 아니라 웬수야, 웬수!"

미정은 베개에 얼굴을 파묻어버렸다.

저녁이 되자 미정은 외출 준비를 하기 시작했다. 어차피 현주는 정말 찾아갈 애라는 걸 잘 알기에 자신도 가지 않을 수 없었다. 그 리고 창화를 번거롭게 하지 않기 위해 삼겹살 파티에 필요한 것들 을 사전에 다 준비하려고 했다.

'창화 씨, 오늘도 10시에 문 닫아요?'

그래도 정말 불쑥 찾아가는 건 예의가 아니라는 생각에 창화에 게 메시지를 보냈다.

'네, 항상 같은 시간에 닫아요. 무슨 일 있어요?'

'아… 혹시… 오늘 밤에 시간 괜찮아요?'

사실 미정은 시간이 괜찮냐고 묻는 말을 몇 번이고 썼다 지우기 를 반복한지 모른다. 마치 데이트 신청을 하는 사람처럼 보이는 것 같기도 하고, 일은 현주가 벌였는데 어려운 말은 자신이 해야 하는 이 상황이 어이가 없기도 했기 때문이었다. 그래도 더 늦기 전에 약속을 잡아야 하기에 미정은 전송 버튼을 눌렀다.

'네. 항상 그렇듯… 시간 괜찮아요. 혹시… 오늘이 현주 씨가 얘기했던 그 날인가요?'

창화는 뭘 얘기하려는지 금세 알아차리고 먼저 물어봐 주었고, 덕분에 미정의 마음이 조금은 가벼워졌다.

'네… 곧 태풍이 온다고 해서 태풍 오면… 옥탑에 못 앉는다고… 현주가 오늘 가야 한다고 하도 난리를 피워서요… 창화 씨, 번거로우면 정말 괜찮아요.'

'번거롭긴요. 전 오히려 빈말일까 봐 걱정했는데 너무 좋죠!'

'그럼… 창화 씨는 아무것도 준비하지 마세요. 저희 둘이 다 준비할게요. 참, 상욱이는 언제쯤 들어가요?'

'오늘 상욱이 야근이라 못 온다고 좀 전에 연락 왔어요.'

그나마 상욱이라도 없는 게 다행이라고 위안을 삼으며 미정은 현주 집으로 향했다.

"올, 강미정. 출석하기로 했나 보네?"

"내가 진짜… 너 때문에 종일 스트레스야. 알지? 오늘 일 네가 벌였으니까, 네가 다 사!"

"오케이! 언니가 쏜다.! 나 남편한테서 휴가비도 받아왔지롱! 헤헤. 마트로 고고!"

둘은 동네에 있는 마트에서 급조된 삼겹살 파티 준비를 시작했다.

*

　한편, 손님이 오는 날이기에 창화는 카페를 30분 정도 일찍 닫고 파티 준비를 시작했다. 옥탑이 있는 집이라서 자주 쓰게 될 줄 알았지만, 현실은 작은 창고에서 줄곧 잠들어 있던 버너를 꺼내 닦고, 부탄가스를 넣어 혹시나 고장은 아닌지 확인도 했다. 경식과는 또 다른, 야경 같은 손님이기에 옥탑을 좀 더 깔끔하게 정리해야 한다는 생각이 들어 분주하게 움직였다.

　옥탑 조명을 다시 한번 확인하고, 혹여 모기 같은 불청객이 찾아올까 봐 모기향도 미리 피웠다. 옥상 한편에 다 마른 빨래도 걷어 넣었고, 화장실이 옥탑 집 안에 있어 미정과 현주가 집에 들어갈 일이 생길 수도 있을 것 같아 집도 깔끔하게 정리했다. 그렇게 대충 정리를 끝내고 옥탑에 있는 테이블과 의자를 닦고 있었다.

　"뭐지? 왜 이렇게 안 닦여?"

　테이블 한편에 얼룩이 보여 닦으려는데 여간 닦이지가 않았다. 처음보다는 어느 정도 연해지긴 했는데 말끔하게 사라지지는 않았다.

　"경식이랑 술 마실 때 묻은 건가… 그때 바로 보고 지웠어야 했는데….

　창화는 연신 얼룩을 말끔히 지워보려고 닦아댔지만, 완전히 사라지지는 않았다.

　"휴… 어떻게 너마저 나랑 똑같냐… 오래 두니까 더 안 지워지는 게…."

창화는 닦던 행주를 테이블 위에 턱! 하고 올려두며 중얼거렸다.

얼룩은 생기자마자 지워야 잘 지워진다. 바로 지우지 않고 방치해 시간이 지나면, 얼룩은 깊이 스며들어 말끔히 지워지지 않는다. 지금 창화의 마음이 그랬다. 생길 때마다 지워냈어야 하는 마음속 얼룩. 그러지 못했기에 지금도 남아 있는 얼룩. 이젠 그저 옅어지기만 해도 좋을 그것이 창화에게 남아 있었다.

29화

상무 엄태수

"뭐야? 실화야?"

"와… 무섭다… 무서워."

"나가라는 소리지 뭐….."

"이래서 어디 회사 다니겠나!"

경식의 회사는 아침부터 술렁이고 있었다. 회사 게시판에 뜬 인사발령 공고문 때문이었다.

- 인사발령 공고-

대상자: 엄태수 상무

현재보직: 경영기획실장

변경보직: 부산지사 영업팀장

"상무님! 이게 무슨 일입니까!"

경식은 엄 상무의 방문을 열어젖히며 외쳤다.

"무슨 일이긴… 인사 발령이지."

"아니, 그걸 누가 모릅니까. 갑자기 왜냐는 거죠! 어제까지 아무 일 없다가 오늘 아침에 이런 인사 발령을 내는 게 어디 있어요!"

"경식아, 회사 일에 '왜'는 없다. 그저 '예'만 있지."

"그래도요! 이유는 알아야 하잖습니까!"

"사실 얼마 전에 감사팀에, 인사팀에 몇 번이나 들락거렸어."

"왜요? 뭐 때문에요?"

"후… 일단 앉아 인마. 뭘 그렇게 흥분하고 섰어? 실은 저번에 있었던 그 일… 회사에서 알았다."

"그 일이라면…."

"그래. 창화가 하지 말자고 한 거. 그리고 창화가 다 뒤집어쓰고 나간 그거."

"…."

경식은 갑자기 실어증이라도 걸린 사람처럼 아무 말도 할 수 없었다.

"후… 이 새끼들이 내가 밀어붙인 걸 어떻게 알았는지… 야, 최 경식, 너 요즘도 창화랑 연락하지?"

"네? 네…."

"혹시 말이야, 창화 그 자식이 회사에 찌른 거 아닐까? 그러지 않고선 알 수가 없거든. 이 새끼 이거… 병신인 줄 알았는데 뒤통수도 칠 줄 아네!"

"상무님, 창화는 아닐 겁니다. 그건 제가 확신해요."

"아니면? 아니면! 그럼 너냐?"

"네? 상무님, 어떻게 저랑 창화를 의심하세요? 저랑 창화가 상무님 밑에서만 몇 년입니까?"

"그래… 적어도 넌 아니지. 넌 내 동문 후배인데 그럴 리가 없지. 분명 창화 그 새끼야."

경식은 이 상황에서도 창화를 의심하고 끌어내리는 엄 상무가 치가 떨리도록 미웠다.

"야, 최경식. 나 안 죽어. 기다려. 곧 다시 돌아올 테니까. 오랜만에 부산 가서 회나 실컷 먹어야겠다!"

경식은 엄 상무를 위로하려고 온 자신이 후회스러웠다.

*

"상무님, 그건 좀 무리가 아닐까 싶습니다…."

작은 회의실에서 창화가 엄 상무에게 난처한 표정으로 얘기했다.

"뭐??"

"저… 상무님, 그건 제 생각에도….."

"야, 우창화. 뭐가 무리인데?"

경식이 창화의 말을 거들려 들자, 엄 상무는 안경을 벗더니 창화에게 공격적인 눈빛을 보내며 따지기 시작했다.

"이렇게 판촉 비용을 일방적으로 부과하면 대리점 사장님들이 가만히 안 있을 겁니다… 요즘 대기업 갑질에 다들 민감해서… 판촉 행사든 비용이든 일단 대리점 사장님들의 동의를…."

"뭐라는 거야! 동의? 야, 인마! 장사 하루 이틀 하냐? 동의 구하면? 동의해준대? 대리점이면 본사 전략에 따르는 게 당연한 거지! 우창화, 넌 인마 대체 우리 편이야, 점주 편이야?"

"제가 누구 편이라는 게 아니라… 전 단지 혹시나 나중에 문제가 생길까 봐…."

"문제? 무슨 문제? 지금까지도 아무 문제 없었는데! 왜? 문제 생기면 네가 책임져야 할까 봐? 참 나! 야 인마, 책임을 져도 내가 저! 그러니까 까라면 좀 까! 뭔 말이 그렇게 많아?"

경식은 거들고 싶었지만 거들었다간 엄 상무의 화만 돋구는 격이 될 것 같아 눈치만 보고 있었다.

창화가 다니는 회사는 국내 업계 1위의 인테리어 회사였다. 엄 상무는 언제나 실적에 혈안이 되어 있었다. 그리고 이제 전무로 올라가기 위해 더 큰 실적이 필요했다. 그래서 엄 상무가 생각해 낸 것이 대리점에 판촉 활동을 일괄적으로 진행시키고, 판촉 비용 역시 대리점에 일방적으로 부과하자는 것이었다. 이 일은 창화에게 단독으로 맡겨졌다. 창화는 아무리 생각하고 따져봐도 문제가 생길 것 같아 엄 상무를 설득하려 했지만 아무 소용이 없었다. 결국 엄 상무의 계획은 그대로 진행되었고 여기에 불만을 품은 한 점주가 기관과 언론에 고발을 해버렸다. 정부로부터 과징금까지 맞고 일이 커지자 책임을 지겠다던 엄 상무는 모두 창화가 기획하고 진행한 일로 돌려버렸다. 이 과정을 옆에서 지켜본 경식은 창화가 너무도 안타까웠지만, 역시 입을 다물고 있을 수밖에 없었다.

시간이 흘러 결국 사건의 전말을 다 알게 된 회사는 엄 상무를 팀장으로 강등시키고 지방으로 발령을 낸 것이다. 그리고 엄 상무의 자리는 새로운 인물로 채워졌다.

"최 부장, 나 좀 봅시다."

엄 상무를 대신해 상무의 자리에 앉은 사람은 바로 경식이 창화에게 불만을 늘어놓았던 박 부장이었다. 회사는 엄 상무가 승진 대상자로 올려둔 박 부장을 급한대로 실장대행으로 붙여 자리를 메웠다.

"지도 아직 부장이면서 승진이라도 한 것처럼 구네… 하…."

경식은 짜증 섞인 표정으로 한숨을 쉬며 일어났지만 올것이 왔다는 생각에 원래 엄 상무가 앉아 있던 방문 앞에서 몇 초 간 망설이다 들어갔다. 내가 싫어하던 사람이, 그리고 나를 싫어하던 사람이 내 상사가 된다는 것은 사실 롤러코스터가 정점을 찍고 급하강을 할 때처럼 울렁거리는 일이었다.

"최 부장이 공채 몇 기죠?"

"저… 31기입니다."

"내가 두 기수 선배고 나이도 많으니 말 편하게 해도 되죠?"

"네, 편하게 하십시오."

"우리가 같은 팀인 적은 없지만 오며 가며 본 적은 있으니… 나 알지?"

"네… 엄 상무님께 말씀 많이 들었습니다."

"그래… 나도 형님께 자네 얘기 많이 들었어. 차 한잔해."

박 부장 아니, 실장대행은 까무잡잡한 피부가 마치 뼈에 달라붙은 것처럼 마른 얼굴에 어색한 미소를 띠며 경식에게 차를 건넸다.

"실은 말이야… 난 자네가 좀 불편해."

"큽!"

경식은 박 부장의 예상치 못한 말에 마시던 차가 목에 걸렸다.

"자네랑 내가 기수도 그렇고 나이도 그렇고… 너무 가깝잖아? 그럼 시키는 나도 부담이고 일하는 자네도 부담이고… 무엇보다 자네는 또 엄 상무님 사람 아닌가?"

박 부장은 경식을 밀어내려는 궁리를 내비쳤다. 경식은 이를 꽉 물었다.

"뭐 별 뜻은 없어. 그냥 그렇다고. 허허. 그러니까 서로 편하게 잘 지내보자… 이거지! 아참, 자네 학교는 어디지?"

"저, 연성대입니다."

"그래? 학교도 불편하게 됐네? 하하! 난 고남대거든. 대학 때도 그렇게 연성대랑 으르렁대더니 회사에서도 그러고 있네. 내가 과장 때였나. 연성대 출신 팀장이 왔는데 얼마나 힘들었는지. 아! 내가 자네한테 그럴 거란 건 아냐! 알지? 하하! 요즘 말로 '라떼는 말이야' 농담한 거야. 하하!"

박 부장은 자기 사람으로 자기만의 사단을 꾸리겠다는 의도를 복선처럼 깔았고 그걸 못 알아들을 리 없는 경식이었다.

　"앞으로 잘 지내보자고, 최 부장."

30화
최경식

잘 지내보자는 박 부장의 말은 잘 지켜지지 않았다. 아니, 전혀 지켜지지 않았다.

"자, 자! 잠깐 회의 좀 합시다!"

외근에서 돌아온 박 부장은 들어오면서 팀원들에게 회의 소집을 알렸다. 경식은 자료 작성을 멈추고 다이어리와 펜을 챙겨 자리에서 일어났다.

"아, 최 부장은 안 들어와도 돼."

"네?"

"바빠 보이는데 하던 거 마저 하라고. 내가 자네 특별히 생각해 주는 거야."

"…."

박 부장은 까무잡잡하고 얇은 얼굴 가죽에 실금을 보이며 얄미운 미소를 감추지 못했다. 경식은 겸연쩍은 표정으로 우두커니 서 있었다.

"생각 같은 소리하네…."

원치 않는 배려, 배려를 포장한 배척.

그 후로도 박 부장의 일방적이고 과한 배려는 갖가지 방법으로 이어졌다.

"자, 자, 다들 잔 좀 채워주세요! 박 부장님 아니, 우리 박 실장님 의 건배사를 듣고 시작하겠습니다. 우리 실장님! 선배님! 후배들 에게 한 말씀 부탁드립니다!"

"하이고… 꼰대처럼 보이게 무슨 건배사를…."

박 부장은 못 이기는 척 능청을 떨며 잔을 들고 자리에서 일어 났다.

"이야… 이렇게 보니까 참 감회가 새롭습니다. 이제야 제가 원 하던 완벽한 팀이 만들어진 거 같네요."

"선배님! 불러주서서 감사합니다! 사랑합니다!"

박 부장이 건배사 첫 소절을 꺼내 들자, 박 부장을 소개했던 이 과장이 추임새를 넣으며 머리 위로 하트를 그렸다.

"그래, 인마! 내가 너 우리 팀으로 땡겨 오려고 얼마나 힘들었는 줄 알지? 하하하! 여러분! 다들 이 꼰대의 부름에 합류해주서서 정 말 감사합니다. 여러분도 아시다시피, 우리 팀은 회사의 핵심이자 중심이에요. 이제 우리 고남대 동문들이 얼마나 유능한지 회사에 증명할 수 있게 됐습니다. 자! 모두 잔을 들어주세요! 다들 우리 고남대 구호 아시죠?"

"네!"

"다 같이 구호를 외치며 시작하겠습니다. 제가 '겨레!'라고 외치면 여러분은 '고남!'을 외쳐주세요. 겨레!"

"고남! 원샷!"

박 부장은 경영기획실에 부임하면서 팀원을 전부 동문 출신으로 꾸렸다. 한 사람만 빼고. 경식은 회식 자리에서 처음으로 아무 말 없이 술만 마시다가 또 소리 없이 중간에 회식 자리에서 벗어났다.

*

"아… 어제 너무 마셨나… 너넨 괜찮냐?"

"그래도 선배님 여전하시던데요? 역시 자기관리를 잘하셔서 그런지 음주 체력도 짱이십니다!"

다음 날 아침, 다 같이 모인 회의실에서 박 부장이 전날 회식이 힘들었다며 볼멘소리를 하자 팀원들이 너스레를 떨었다.

"선배님! 그럴 줄 알고 제가 준비했습니다! 숙취 해소엔 이거죠!"

"하하하! 역시 우리 후배들이야! 이렇게 센스가 넘쳐!"

이 과장이 회의실 문을 열고 들어오며 숙취 해소 음료를 돌리자 박 부장은 함박웃음을 보였다.

"오케이, 그럼 그 건은 그렇게 진행시키고… 오늘 회의는 여기서 마무리하지. 오늘 점심은 다 같이 해장 라면 어때?"

"좋습니다!"

팀원들이 하나둘 회의실을 빠져나가고 마지막으로 나오는 박 부장을 기다렸던 경식이 박 부장에게 말을 걸어왔다.

"실장님, 전 아직 속이 안 좋아서 빠지겠습니다."

"그럴래?"

박 부장은 '그러든가, 말든가' 건조한 표정으로 경식을 한번 쳐다보고는 유유히 사무실을 빠져나갔다. 경식은 또 사무실에 혼자 남겨졌다. 사실 경식은 좀 전에 있던 회의 내용조차 아는 것이 없었다. 다들 이번에 진행하게 된 프로젝트에 대해 의견을 나누고 아이디어를 내는데 경식은 프로젝트가 진행된다는 사실조차 몰랐기에 회식에 이어 회의에서도 입을 열 수가 없었다.

*

"과장님, 이건 문제가 좀 있지 않아요?"

"뭔데?"

"이 자료 좀 보세요. 이 데이터 그대로 넣으면 안 되겠죠?"

"음… 이거 나한테 파일로 좀 보내줘. 내가 필요한 거만 넣을게. 아참, 데이터도 데이터인데 이번 프로젝트에…."

점심 식사를 마치고 온 이 과장과 서 대리가 이번 프로젝트에 대해 뭔가 얘기를 나누는 것이 경식의 귀에 들어왔다. 아니, 들릴 수밖에 없었다. 이 과장은 경식의 옆자리였다. 회사 후배들이 경식 옆에서 버젓이 프로젝트에 대해 얘기하고 있지만 경식은 대화에 끼어들 수 없었다. 마치 낄 자격이 없는 사람처럼 경식은 모멸감에 자멸하고 있었다.

"하… 이건 어쩐다…."

서 대리가 자리로 돌아가자 이 과장은 서 대리가 남기고 간 자료를 보며 고민에 빠져 있는 눈치였다.

"이 과장."

"네?"

"그거… 내가 좀 봐도 될까?"

이 과장은 경식이 자료를 보여달라고 하자 예상치 못한 일격을 당한 사람처럼 우물쭈물 어쩔 줄 모르는 눈치였다.

"다른 뜻 없어. 내가 도와줄 수 있을까 해서 그래."

"아… 그게… 저…."

이 과장의 난처함은 사무실에 가득한 에어컨 공기를 뜨겁게 데울 것만 같았다.

"부장님, 실은… 실장님께서 부장님께는 그 어떤 자료도… 공유하지 말라고 하셔서… 죄송합니다. 저도 지시를 받은 거라…."

"아, 그래? 그럼 그렇다고 말을 하지! 이 과장이 왜 죄송해? 회사원이 시키는 대로 하는 게 당연하지! 알았어. 일 봐."

경식은 낭떠러지에서 나뭇가지를 부여잡은 것처럼 애써 쿨하게 답하며 이 과장의 등을 살짝 치고는, 자리에서 일어나 사무실을 도

낭치듯 나가버렸다.

"씨발… 내가 뭘 잘못했는데… 씨발… 내가… 내가 어떻게 버텨왔는데…."

경식은 평소 입에 담지도 않던 욕설을 내뱉으며 주먹이 으스러져라 옥상 난관을 꽉 쥔 채 온몸을 부들부들 떨었다.

회사 내에서 입지가 탄탄한 동문 졸업생들이 수두룩하게 자리 잡고 있는 대학을 나왔고, 줄곧 동문 선배인 엄 상무의 우산 아래 있었으며, 공채 출신 동기들과 선후배들이 끌어주고 밀어주었다. 이런 경식에게서 박 부장은 동문을 무색하게 만들고, 우산을 접어버렸으며, 공채 선배는 화살이 되어 오히려 경식을 찔러대기 시작했다. 경식에게는 전부라 해도 과언이 아닌 회사에서 지금 일어나고 있는 일들이 주는 충격은 이루 말할 수 없었다. 그렇게 경식도 창밖에 서 있는 기분을 알아가고 있었다. 하지만 경식은 창화와 달리 배척에 대한 면역력이 약했다.

잠을 이룰 수 없는 경식은 아내가 깨지 않게 조용히 방을 나와 서재에서 혼자 술을 마셨다. 경식의 손에 쥐어진 핸드폰에 창화의 이름이 보였지만 차마 통화 버튼을 누를 수가 없었다. 자신의 초라해진 상황을 창화에게도, 누구에게도 얘기할 용기가 나지 않았다. 경식은 서재에서도 홀로 갇혀버린 것이다.

시계 바늘은 어느새 새벽 4시를 가리켰다. 그때 경식은 무표정한 얼굴로 서재를 나와 샤워를 하고 출근 복장을 갖추기 시작했다.

"여보, 지금 뭐해?"

"아, 깼어? 미안… 조용히 나간다는 게 내가 시끄럽게 했네."

"아직 출근 시간도 아닌데 왜 벌써 옷을 입어?"

"오늘 중요한 회의가 있어서 좀 일찍 가서 자료 정리 좀 해야 해. 깨워서 미안해. 나 이제 나갈 테니까 좀 더 자."

술을 마신 탓에 경식은 택시를 잡아 회사로 향했다. 사실 술은 많이 마시지도 않아 다 깬 상태였지만 수치심과 모멸감이 주는 숙취는 시간이 갈수록 깨기는커녕, 더 심해지고 있었다.

"어? 최 부장님, 이렇게 일찍 출근하십니까?"

"아… 네. 오늘 중요한 일이 있어서요."

회사 입구에서 마주친 중년의 보안 담당과 짧은 인사를 하고 경식은 엘리베이터에 올랐다.

아직 아무도 출근하지 않은 사무실. 경식은 자기 자리로 저벅저벅 걸어가더니 꽂혀있던 서류를 몽땅 꺼내 파쇄기에 집어넣었다. 노트북을 켜 파일을 모조리 지우고 비밀번호를 포스트잇에 적어 노트북 화면에 붙였다. 금메달처럼 자랑스럽게 목에 걸고 다니던 사원증을 한참 만지작거리며 사무실을 아련한 눈빛으로 바라보더니 노트북 옆에 올려두었다. 마지막으로 흰 봉투를 사원증 옆에 고스란히 내려놓고는 눈시울이 붉어졌다. 사직하는 지금 이 순간도 경식은. 혼자였다. 사실 지금 경식에게는 혼자가 더 나았다. 십수 년을 다닌 회사, 촉망받던 인재, 언제나 자신감 넘치던 경식은 박 부장도 인사팀도 그 어떤 사람도 마주할 용기가 나지 않았다. 누더기가 된 정장을 입고 있는 자신의 모습을 더 이상 사람들에게 보이고 싶지 않았다. 결근이나 지각 한 번 없이 열과 성을 다하며 다닌, 찬란했던 경식의 회사 생활의 종착역은 죄 없는 도망이었다.

31화
다수결의 반칙

"와! 창화 씨, 여기 정말 좋네요! 그냥 밖에서 아무 생각 없이 지나칠 땐 몰랐는데 이렇게 올라와 보니까 너무 좋아요! 여긴 삼랑진의 명당이에요. 명당!"

현주는 삼겹살을 굽다 일어서서 옥탑 전경을 바라보며 감탄했다. 다가오는 태풍이 떠밀어 만들어진 자리인지, 현주가 모두를 끌어들여 만들어진 자리인지는 모르지만 아무래도 좋았다.

"제가요, 요즘 스트레스 가장 많이 받는 게 뭔 줄 아세요?"

술자리가 불판 위에 있는 삼겹살처럼 무르익어 갈 때 즈음 현주는 자신의 얘기를 술잔에 따라놓기 시작했다.

"창화 씨, 저는 사실 딩크족이거든요? 그런데 대한민국에서 딩크족으로 사는 게 엄청난 스트레스예요."

현주는 아이를 원하지 않는 딩크족이다. 그리고 이런 가치관이 남편과도 맞았기 때문에 결혼도 할 수 있었다.

"결혼하고 30대 중반까지만 해도 스트레스가 없었는데, 30대 중반이 넘어서면서 스트레스가 너무 심해요. '왜 애를 안 갖냐?', '더 늦으면 노산이니까 빨리 가져라.' 주변에서 자꾸 이런 얘기를 하면서 엄청 짜증 나게 한다니까요."

"야, 송현주. 그만해. 창화 씨랑 처음 술자리인데 무슨 그런 얘기를 꺼내?"

미정이 고기쌈을 싸서 현주의 입에 들이밀며 말을 막았다.

"아니에요. 저는 현주 씨 마음 이해해요. 내 가치관을 존중받지 못하는 느낌… 그거 정말 기분 좋지 않거든요."

창화는 미소를 띠며 말을 이어갔다.

"저는 대학에 갈 때 전공도 제 마음대로 고르지 못했어요. 아버지께서 항상 '쓸데없는 생각 말고 공무원이나 돼라.'고 하셔서 행정학과에 갔거든요. 그래도 저는 현주 씨보다는 덜 억울하죠. 적어도 등록금은 아버지께서 내주셨으니까요. 그런데 현주 씨는 애 낳으라고 하는 사람들이 대신 키워주는 것도, 양육비를 줄 것도 아닌데, 그런 강요하는 식의 말을 하는 거니까 제가 현주 씨라도 스트레스 받을 거 같아요."

"오! 그리고 보니까 그렇네? 자기들이 키워줄 거도 아니고 키우라고 돈이라도 보태줄 것도 아니면서! 와, 창화 씨 말 들으니까 그나마 속이 후련하네요. 우리 짠! 해요!"

창화가 해 준 말이 위로가 되었는지 현주는 활짝 웃으며 소주잔을 비웠다. 미정도 창화의 대답이 유쾌한지 고개를 끄덕이며 입을 오물거렸다.

"저는 그렇게 제 가치관과 생각을 존중하지 않는 사람들도 싫지만, 더 싫은 사람들이 누구냐면, 무슨 문제가 있다고 생각하며 불쌍한 눈빛을 보내는 사람들이에요. 아니, 솔직히 말해서 애 있으면 다 행복하냐고… 애가 있다는 게 마냥 행복으로 이어지진 않는데, 애가 없다고 하면 마치 자기가 말실수한 것처럼 미안한 표정을 짓는단 말이죠. 왜 이놈의 대한민국은 애가 없으면 불쌍한 사람 취급을 당해야 하는지 정말 이해가 안 가요."

현주는 그동안 켜켜이 묵혀 놓았던 체증들을 털어내고 있었다.

"게다가 애 없으면 나를 애 취급하는 인간들도 있어. 나는 애를 안 낳고 안 키워봐서 인생을 모른다는 둥, 엄마가 돼야 어른이라는 둥… 그러면서 지가 내 위에 있는 줄 알아. 이게 뭔 거지 같은 시추에이션이에요? 아니… 애 있는 게 무슨 벼슬이냐고? 왜 자기가 나보다 더 어른이고 윗사람이야? 나이도 어린 게… 그런 뉘앙스로 말하거나 표정 풍기는 인간들 보면 진짜… 확 쥐어박고 싶다니까!"

"하긴… 나도 비혼주의라고 했을 때 사람들한테 엄청나게 시달렸지. 마치 당연히 해내야 하는 과업을 하지 않으려는 사람 취급하며 어찌나 들들 볶든지…"

미정도 자신의 가치관을 존중받지 못했던 기억을 끄집어내며 한마디 거들었다.

"사람들이 참 그래요… 내가 가진 가치를 자기들 마음대로 판단하려고 하죠. 저는 사실… 개를 엄청 무서워해요. 작은 강아지도요."

창화가 작은 강아지도 무서워한다는 말에 두 여자는 놀란 눈으로 그를 바라보았다.

"하하, 제가 이렇게 얘기하면 보통은 지금 미정 씨, 현주 씨 같은 표정으로 저를 바라보죠. 그리고 '강아지가 뭐가 무서워?', '강아지가 얼마나 예쁜데.' 이런 얘기를 하면서 저를 이상한 사람으로 만들어요. 그래서 저도 누가 강아지 안고 있거나 산책시키고 있으면, 무서워하는 티를 안 내려고 부단히 노력해요. 동물 싫어하는 사람은 곧 안 착한 사람 같은 이미지가 있는 것도 사실이라…."

"어머, 창화 씨, 작은 강아지도 무서워요? 왜요?"

"저 아주 어릴 때 강아지한테 물려서 다친 적이 있어요. 흉터가 아직도 종아리에 남아 있어요. 그 후로 생긴 트라우마예요."

"어머… 지금도 흉터가 있을 정도면 엄청 아팠겠어요."

"엄청 아팠죠. 그 후로는 강아지든 개든 다 무서워하게 됐을 정도니까요. 그런데 이게 참 이상해요. 뱀을 무서워하는 건 자기도 무서워하는 거니까 당연하게 받아들이는데, 강아지를 무서워하면 이상한 사람 취급을 해요. 그런데 또 생각해 보면 뱀 좋아하는 분들도 있잖아요? 그분들은 뱀을 왜 무서워하는지 이해를 못 하겠죠."

"그러고 보니 창화 씨 말이 맞네요! 저도 강아지 무서워하는 건 당연한 게 아니라 특이 케이스? 라고 여기고 뱀을 무서워하는 건 당연하다고 생각해 온 것 같아요."

미정은 창화의 말에 공감하며 사뭇 진지한 표정으로 말했다.

"강아지를 무서워하는 제가 민폐 캐릭터가 되는 경우가 반복이 되고 그게 제 스스로도 너무 싫으니까 '나는 절대로 상대방이 가진 가치를 내가 판단하지 말자.'라는 원칙이 생겼어요."

"오… 창화 씨 정말 말씀 잘하신다. 이렇게 말씀 잘하시는 분이 어떻게 온종일 카페에만 앉아 있어요?"

창화는 머리를 긁적이며 수줍은 웃음을 보였다.

"지금 생각해 보면 이건 일종의 '다수결의 반칙'인 거야. 애를 낳는 사람이 안 낳는 사람보다 많고, 결혼하는 사람이 안 하는 사람보다 많고, 강아지를 안 무서워하는 사람이 무서워하는 사람보다 많고, 뱀을 무서워하는 사람이 안 무서워하는 사람보다 많으니까 소수는 이 반칙 때문에 항상 경기에서 지는 거지…."

아까부터 뭔가 골똘히 생각하던 미정이 의미심장한 표정으로 말했다.

"어? '다수결의 반칙' 그 표현 딱 맞는 거 같은데요? 미정 씨, 정말… 작가 같아요."

"창화 씨가 몰라서 그렇지 미정이 얘 글 무지 잘 써요. 예전부터 책도 엄청나게 많이 읽었고요."

현주는 미정을 추켜세우며 엄지를 척! 내어 보였다.

"아… 이번 휴가 여기로 오길 정말 잘한 거 같아요. 그리고 오늘 이렇게 우리 셋 술자리도 너무 좋고요. 하고 싶은 말 다 하고, 듣고 싶은 말도 다 듣고… 이게 진짜 휴식이지… 앞으로 다수결의 반칙하는 인간들, 반칙 그만하라고 따끔하게 말해줄 수 있을 거 같아요. 헤헤."

현주는 고개를 들어 밤하늘을 바라보았다. 한결 상쾌해진 얼굴이었다.

*

태풍이 지나감과 동시에 현주의 휴가도 끝났다. 미정과 현주는 삼랑진역 로비에 나란히 앉아 기차를 기다리고 있었다.

"강미정, 뭐, 내가 오래 본 사람은 아니지만, 창화 씨, 좋은 사람 같더라. 나도 네 비혼주의는 존중하니까, 꼭 결혼이 아니더라도 좋은 인연으로 만나봐."

"뭐래… 야, 날 존중한다면 그런 말도 꺼내지 마. 이것아."

"이건 널 존중하지 않아서가 아니라, 널 소중히 여기는 친구라서 하는 말이야."

"됐거든. 그리고 나 요즘 그거 다시 시작했어."

"그거? 뭐?"

미정의 표정을 한참 살피던 현주는 검지를 꺼내들어 말했다.

"작가 등단! 맞지? 기지배! 다시 하는 거야? 언제부터?"

"응… 얼마 안 됐어…. 그래야 내 꿈도 이루고… 내 상처도 글 속

256

에 다 가둘 수 있을 거 같아서."

"요망한 것! 진작 말도 안 해주고!"

"되고 나면 말하려고 했지. 근데 너 하는 거 보니까 내가 얼마나 바쁜지 좀 알려줘야겠어서!"

"참 나, 별꼴이야. 큭큭."

현주는 미정의 어깨를 자신의 어깨로 툭 밀더니 웃음을 그치고 말했다.

"상처 얘기가 나와서 말인데… 접때 우리 옥탑에서 술자리 할 때… 나 사실 정말 많이 위로받았어. 말로는 사람들의 시선, 말, 이 따위 것들 신경 안 쓴다고 하지만 어떻게 신경이 안 쓰이겠어. 사실, 남편도 나랑 똑같은 스트레스를 받고 있더라고. 그래서 우리 둘이 얘기하면 그냥 서로 사람들 욕만 하고… 그러면서 또 서로 기분 망치고… 결국 이럴 바엔 애를 가져야 하나… 이런 생각이 들기도 했거든. 우리는 우리의 계획이 있는데… 그리고 그 계획이 다른 사람들한테 피해를 주는 것도 아닌데, 왜 우리가 이렇게 시달려야 하나… 이것 때문에 사실 엄청 답답하고 기분도 계속 안 좋았어."

항상 밝은 모습만 보여줬던 현주였기에 미정은 순간 가슴이 먹먹해졌다.

"근데… 창화 씨가, 잘 모르는 사람이 그렇게 얘기해 주니까 마음이 참 편해지더라. 요즘은 계속 이랬어. 잘 모르는 사람들이랑 모이면 또 '애는 있냐?'는 질문 때문에 스트레스 받고, 서울에 있는 친구들이랑 만나면 이것들은 노상 애 얘기만 해대서 낄 틈이 없고,

이제 그만했으면 좋겠는데 애 사진에 동영상에⋯ 하루 종일 보여 주는데 그만하라고 할 수도 없고. 회사 사람들끼리 회식하면 일 힘 들면 빨리 애 낳고 육아휴직 하라는 말도 안 되는 소리만 빽빽해대 고. 결국엔 사람을 피하게 돼. 내가 딱히 잘못한 것도 없는데, 계속 죄짓고 도망 다니는 기분이었어."

현주는 기차 시간표를 멍하게 바라보며 말을 이어갔다.

"그래서 이번 휴가는 정말 제대로 도망치고 싶었던 거야. 너는 그래도 아직 미혼이니까 내 마음 이해하겠지⋯ 아니, 내 친구 미정 이는 설령 결혼하고 애가 있어도 나를 이해할 거니까. 그런데 너도 너지만, 창화 씨가 해준 말이 참 힘이 많이 되더라. 그리고 또 이런 생각이 들었어. 창화 씨처럼 처음 보는 사람을 위로할 줄 아는 사 람은, 생각이 깊은 사람이기도 하지만 또 한편으로는 상처가 많은 사람일 수도 있겠다, 이런 생각. 창화 씨가 더 무서워했던 것도 결 국은 강아지 보다 사람들의 시선이니까."

미정은 먹먹해진 마음을 가까스로 부여잡고 아무 말 없이 듣고 만 있었다.

"그래서⋯ 내가 얘기하는 거야. 너는 창화 씨 위로해 주고, 너 도 창화 씨한테 위로받으며 지내라고. 너도⋯ 이제 위로받아. 자 꾸 아니라고만 하지 말고⋯ 야, 기차 들어온다. 나 갈게. 얼른 들어 가."

"응? 응⋯ 조심해서 가고 도착하면 문자라도 해!"

후다닥 일어나는 현주에게 작별 인사를 건네고 미정은 역을 빠저나왔다.

"나쁜 기집애… 이제 와서 사람 마음 무겁게 만들고 쏙 가버리네….”

미정은 역 앞에 심겨 있는 나무를 바라보며 중얼거렸다. 나무들 사이로 '삼랑진역 오막살이' 간판이 빼꼼히 보였다. 훔쳐보는 것도 아닌데, 마치 훔쳐보고 있는 기분이 드는 건 왜일까. 아까까지만 해도 들어가는 길에 엄마가 좋아하는 헤이즐넛 커피를 사가려고 마음먹고 있었는데, 그녀는 갑자기 홱 방향을 틀어 주차장으로 황급히 걸어갔다.

32화
유니폼 효과

창화는 옥탑에서 열린 첫 술자리의 분위기와 오갔던 대화가 잊히지 않았다. 그 후로 카페 문을 닫고 혼자 옥탑에 있는 테이블에 앉아, 밤하늘을 바라보며 맥주를 마시는 시간을 갖기 시작했다.

"일은 마쳤냐?"

전화를 받자마자 경식이 물었다.

"응. 가게 문 닫고 옥탑에 앉아서 맥주랑 청승 떠는 중."

"뭐, 안 좋은 일 있는 건 아니지?"

"응. 그건 아니고. 넌 어때?"

"나? 음… 나 사직서 냈어."

"풉! 콜록! 콜록! 뭐? 뭐라고? 왜?"

맥주를 마시다 놀란 창화는 사레가 들리며 기침을 해댔다.

"너 만나고, 너 사는 거 보면서 내가 왜 이렇게 사나 싶더라."

"갑자기 무슨 뚱딴지야? 너 사는 게 어때서? 제수씨랑은 얘기된 거야?"

"당연하지. 와이프 결재 떨어졌으니까 사표 낸 거지."

"그럼? 이제 뭐 하려고? 어디 갈 데는 정해놨어?"

"그냥, 당분간은 아무것도 안 하려고. 너 왜 예전에 생각나냐? 네 생일 때."

"내 생일? 내가 언제 생일 챙겼냐… 생일에 뭐 한 게 없는데."

"그래. 바로 그거. 아무것도 안 하기. 너랑 친해지고도 네 생일은 전혀 모르다가 같이 해외 출장 준비할 때, 내가 네 여권 보고 생일 알았잖아. 출장 끝나는 날이 네 생일이라는 거."

"아, 그거? 기억하지. 그때 우리 출장 갔다 오고… 뭐 안 하지 않았나?"

"그때 내가 돌아오는 비행기에서 너한테 물었어. 오늘 생일인데 뭐 할 거냐고. 약속은 있냐고. 역시 예상대로 넌 아무 약속이 없다고 했고."

"뭐… 그랬겠지. 항상 그래왔으니까."

"그래서 내가 그래도 생일인데 뭐라도 해야 한다고, 나랑 술이라도 한잔하자고 했는데 네가 뭐라고 한 줄 알아? '생일만큼은 정말 아무것도 안 하는 날이고 싶다. 우린 어차피 항상 뭘 해야 하는데, 생일은 정말 아무것도 안 하는 게 나한테 주는 선물인 거 같다.'"

"야… 미친… 그런 헛소리를 아직도 기억하냐?"

"헛소리라니? 난 그때 그 말이 너무 와닿아서, 내 생일도 정말 아무것도 안 하는 날이고 싶었어. 물론 그렇게 된 날은 없었지만… 그래서 이참에 나한테 생일 선물 몰아서 주려고. 음… 내가 직장생활 20년 가까이 했으니까 적어도 20일은 아무것도 안 하려고."

창화는 맥주를 마시며 실금 같은 미소를 지었다.

"그렇게 생일파티 마음껏 한 다음에, 이제 내가 하고 싶은 거 찾아서 존중받으며 살거야. 어차피 언젠간 나와야 하는 회사 안에서 더 이상, 내 생일 선물도 못 주면서 인생 허비 안 하려고. 그리고 그거 아냐? 엄 상무 좌천됐어."

"뭐? 그 잘나가던 엄 상무가? 왜… 뭐 잘못했냐?"

"야, 그 인간 잘못이 어디 한둘이냐? 사실 얼마 전에… 아니다. 암튼, 구관이 명관이라고 했나. 그 인간 사라지니까 더한 인간이 오는 거야. 바로 박 부장이. 오자마자 난 자기 사람 아니라고 대놓고 못을 박더라."

"유니폼 효과 같네."

"유니폼?"

"자기들이랑 같은 옷 안 입고 있다는 거잖아."

"…"

경식은 갑자기 말문이 막혔다.

"야, 그래도 넌 아직 더 다닐 수 있잖아."

"더? 얼마나? 내일까지일지, 내년까지일지 어떻게 아냐? 그리고 딱 네 생각이 더 나더라고. 너 회사 나가고 그 촌구석에 카페 차리는 거 볼 때, 사실 네가 안쓰럽기도 했어. 이제서 하는 얘기인데 창화야, 내가 혹시 네 마음 불편하게 한 적이 있다면 미안하다."

"뭐냐… 이 앞뒤 없는 전개는… 갑자기 웬 신파극이야?"

"사직 고민하면서, 내가 널 안쓰럽게 생각했던 그 순간조차도 미안해지더라. 난 그냥 회사원일 뿐이고 넌 어엿한 사장인데, 이 작은 대기업 명함 쪼가리 하나 들었다고 내가 널 안쓰럽게 생각했다는 게, 참 미안하고 내가 한심해 보였어. 그리고…"

"야, 인마. 그만해. 야밤에 전화해서 갑자기 닭살 돋게 고해성사야…"

"그래. 말 나온 김에 고해성사로 하자. 휴가 때 너랑 술 마시면서 내가 너한테 삼랑진역 같은 존재였다는 그 말. 그 말이 참, 사람 마음을 후벼 파더라. 생각해 보니까 난 너한테 계속 삼랑진역이 될 수 없는데, 내가 그렇게 될 수 있는 척을 한 건 아닌지. 나도 너와 다른 유니폼을 입고 있다는 나쁜 생각을 하면서, 널 보며 오히려 내 안도감을 찾은 건 아닌지. 나는 정말 너를 이해하고 있거나 했던 건지 말이야. 널 존중하지 못했다는 생각이 들었어. 네 말대로 결국 내 유니폼이 그들과 달라지니까 유니폼 효과의 소외자가 되더라고."

창화는 맥주를 입에 머금은 채 입꼬리가 아주 미미하게 올라가고 있었다.

"이제 나도, 나만의 삼랑진역을 만들어야겠다는 용기가 확 생기더라. 다, 네 덕이야. 미안하고, 고맙다."

전화를 끊고 나서야 창화는 마시던 맥주 캔이 다 비워졌다는 걸 알았다. 평소라면 한 캔으로 끝났을 맥주 타임이지만, 창화는 어느새 냉장고에서 새 캔맥주를 꺼내오고 있었다.

33화
초대받지 않은 손님

"아이고, 이거 진짜 완전 촌구석이구만!"

엄 상무는 운전을 하면서 창밖의 풍경을 흘끔 내다보며 혼잣말을 내뱉었다.

"가깝긴 하네. 벌써 다 왔어. 이 새끼 이거, 오늘 내가 확실히 확인 사살해야지!"

멀리서 '삼랑진' 표지판이 눈에 들어오자, 엄 상무는 콧노래를 흥얼거리기 시작했다. 그랬다. 엄 상무는 창화를 찾아가는 길이었다.

"저기…요?"

"네! 어서오… 어! 엄 상무님?"

손님이 온 줄 알고 자리에서 일어서는데 창화의 눈에 다름 아닌 엄 상무가 서 있었다.

"오랜만이야, 우창화. 표정이 왜 그래? 꼭 뭐 잘못한 사람처럼.

허허!"

"아… 네… 오랜만입니다, 상무님. 근데 여긴 어떻게…."

"뭘 어떻게야? 카페에 커피 마시러 왔지. 오늘 밀양 쪽 대리점에 외근 나왔다가 너 여기 카페 사장됐다는 얘기가 생각나서 잠깐 들렀어."

"네? 상무님이 이쪽 대리점은 왜…."

"아, 너 못 들었냐? 나 부산 영업팀장으로 강등돼서 내려왔어. 덕분에 부산에서 독거노인 신세 됐지 뭐."

엄 상무는 자신의 강등 얘기를 꺼내면서 창화의 표정을 유심히 살폈다.

"아… 뭐라 말씀을 드려야 할지… 더운데 일단 안으로 들어오세요."

"아냐, 아냐. 진짜 잠깐 네 얼굴만 보고 가려고 들렀어. 야, 네 커피 실력 좀 보자. 요즘 것들 말로 '아아'나 한 잔 주라."

창화는 커피를 만들기 시작했다. 똑같은 주문인데 주문이 아니라 명령을 받은 것 같은 기분은 왜일까.

"이야, 커피는 또 언제 배웠대? 제법 잘한다, 너?"

창화가 커피를 만드는 동안 엄 상무는 내내 흘끔거리며 창화의 표정을 훔쳐보았다.

"여기, 커피 드세요."

"얼마야?"

"아, 돈은 무슨 돈이에요. 여기까지 오셨는데 제가 대접해야죠."

"그래? 그럼 고맙게 마실게."

엄 상무는 빨대를 쭉쭉 빨면서도 창화의 표정을 빤히 보았고 창화는 엄 상무의 눈빛이 부담스러웠는지 커피머신 닦는 척을 했다.

"창화야."

"네, 상무님."

"너 아니지?"

"네? 뭐가…."

"응? 아냐! 아냐!"

창화는 고개를 갸우뚱하며 커피머신에 집중하는 척했다.

"실은 말이야. 왜, 그 대리점 판촉비 있잖아?"

'대리점 판촉비'라는 단어가 커피머신을 닦던 창화의 손을 멈추게 만들었다.

"어떤 망할 새끼가 그걸 기관에 꼰질렀네? 것도 내가 주도했다고."

그제야 창화는 엄 상무가 찾아온 이유를 알 것 같았다.

"전… 아닙니다."

"어? 어! 그럼! 그럼! 당연히 너 아닌 거 알지! 내가 뭐라 그랬어? 그냥 그런 일이 있었다고 알려주는 거야."

"… 그것 때문에 오신 거잖아요. 정말 전 아닙니다, 상무님."

굳어진 표정의 창화는 아주 단호했다.

"야, 야, 그것 때문에 온 거 아니래도! 자식이. 사람을 뭘로 보고. 네 생각나서 잘 사는지 궁금해서 온 거야. 아차차! 개업 선물을 사

놓고 사무실에 두고 왔네! 내 다음에 밀양 올 때 꼭 갖다줄게."

엄 상무는 사 놓지도 않은 개업 선물 얘기를 꺼내며 너스레를 떨었다.

"상무님, 전 상무님 원망한 적 없습니다. 부족한 저 뽑아주시고 데리고 있어주신 거… 감사하게 생각하고 있어요."

창화는 엄 상무 눈을 똑바로 쳐다보고 침착하게 얘기했다.

"그치? 그래! 창화 너는 그럴거라 생각했어! 막말로, 나 아니었으면 네가 어떻게 우리 회사에 들어왔어? 안 그래? 그리고 솔직히 내가 널 얼마나 아꼈냐? 그런 사람한테 뒤통수치는 건 진짜 쓰레기지! 쓰레기! 야, 커피 죽인다! 잘 마셨어! 나 이제 사무실 들어가봐야 해서, 먼저 간다! 우 사장님 파이팅!"

볼일이 확실히 끝난 엄 상무는 황급히 삼랑진역 주차장으로 사라졌다. 엄 상무는 사라졌지만 창화의 기억은 되살아나고 있었다.

"이 새끼… 둔하게 생겼는데 눈치는 빠르다니까. 어쨌든 창화 놈은 아닌 거 같긴 하네."

엄 상무는 주차장으로 걸어가며 '그럼 누구인가?'라는 생각에 잠겼다. 창화는 엄 상무가 반이나 남긴 커피 잔을 치우며 안 좋아진 기분도 함께 치워버리고 싶었다.

*

"아, 진짜 '음 팀장'님! 어데갔다 인자 옵니까?"

"어? 미안, 미안. 내가 온 지 얼마 안 돼서 대리점 좀 돌아보느라."

"아니, 제가 음 팀장님이 뭘 하시든 밑에 사람으로 이래하면 안 되는데요. 어디 가실 때는 저한테 말씀은 하고 가셔야지예. 그라고 음 팀장님, 부산 처음이라면서요? 그라모 지리도 잘 모를 거고, 대리점 사장님들 성향도 잘 모르실건데 저랑 같이 다니셔야지 불쑥 혼자 가뻬면 우짭니까? 전화는 또 와 안 받아예?"

원래 부산영업팀 팀장 역할을 하고 있던 곽 차장에게 엄 상무는 굴러온 돌 같은 존재였기에 그가 온 후로 매일이 짜증이었다.

"미안, 미안하다고… 곽 차장, 그래도 내가 팀장인데 애들 앞에서 너무 눈치 주는 거 아니냐?"

순간, 부산 영업팀 사무실에 있는 다섯 명의 남자 직원들이 일제히 엄 상무를 따꺼운 눈빛으로 쏘아보기 시작했다.

"저기요, 음 팀장님. 여기 있는 사람들 바보 아입니다. 팀장님이 판촉비 대리점에 다 엎어 씌워가, 과징금 30억 묵고 전국 방방곡곡에 갑질 회사라고 똥칠까지 하셨으면 자중 좀 하셔야지요?"

엄 상무는 얼굴이 빨갛게 달아올랐다.

"그러니까, 대접해드릴 때 알아서 잘 하셨으면 하네예. 여는 부산입니데이. 부산. 제 나와바리라고예. 여기서 또 대리점 기웃거리면서 우리 팀에 똥칠하지 말라, 이 말입니다. 대리점 사장님들도 팀장님 소문 다 알고 있습니데이."

마치 어른에게 꾸중을 듣는 어린 아이처럼 엄 상무는 고개를 들지 못했다.

"그라고, 이 팀, 제가 만들고 제가 이끌어 왔고요. 여기 음 팀장님 말 들을 사람 아무도 없쓰예. 제가 연배도 있으시고 연차도 높으셔가 최대한 생각해 드리라고 팀원들한테도 신신당부를 하고 있는데. 음 팀장님이 이래 나오시면 우리 사이가 억수로 서먹해지지요."

"아… 난, 그런 뜻이 아니고…."

에어컨이 시원하게 나오는 사무실에서 엄 상무 혼자 이마에 땀이 맺혔다.

"말 나온 김에 내 툭 까놓고 얘기할게예. 음 팀장님, 여 오래 안 계실 거다 아입니까? 막말로 다시 서울로 갈지, 집으로 갈지도 모르는 판에 고마 잠깐 쉰다 생각하시고 사무실에 조용히, 조용히만 계시라 이 말입니다. 그라고 감사팀에서 저한테 미션을 줬어예. 음 팀장님 업무일지를 제가, 그것도 매일 써가 제출하라 카대예. 괜히 저 나쁜 사람 만들지 마시고예. 나쁜 사람 만든 거는, 한 명으로 족하다 아입니까?"

곽 차장의 '한 명으로 족하다'는 말에 엄 상무는 급기야 심장이 벌렁거렸다.

"사람이 양심이 없으면 반성이라도 할 줄 알아야지… 남 눈에 눈물 쏟게 만들고 자기는 피 눈물 안 흘릴 줄 알았나…."

곽 차장은 고개를 절레절레 흔들며 자기 자리로 돌아갔다. 엄 상무는 자리에 털썩 주저 앉았다.

'기분이 어때? 당신도 느껴봐야지.'

마치 방금 만나고 온 창화가 엄 상무를 뒤따라와 귓가에 대고 속삭이는 것만 같았다. 엄 상무는 그제야 이곳에서의 생활이 보이기 시작했다.

34화

라스트 댄스

삼랑진에도 이제 선선한 바람이 불어오고 있었다. 산에 있는 이
파리들도 제법 색깔을 갖췄고 사람들의 소매도 길어지기 시작했
다. 삼랑진역 주변은 창화가 상상했던 모습으로 변해갔다. 역 뒤
로 빼곡한 감나무의 감이 빨갛게 익어가며, 삼랑진역은 마치 하루
종일 석양이 지는 것처럼 아름다웠다.

"행님, 왜 회사에 있는 꼰대들은 하나같이 다 똑같을까요?"

마감 시간이 가까워져 주변이 한산해졌을 때 즈음, 상욱이 창화
에게 한숨을 섞어 물었다.

"왜? 무슨 일 있었어?"

"저희 팀장님이 얼마 전에 저한테 대뜸 '상욱이 니는 목표가 뭐
고?' 이래 묻는 거예요. 그래서 제가 말했죠. 내는 돈이 모이면 카
페를 차릴 거다. 카페를 여는 게 내 꿈이고 목표다. 이랬더니 저한

테 다짜고짜 '니는 야망이 없다.'면서 회사에서 자기처럼 팀장도 되고, 더 잘해가 임원까지 될 생각을 해야지, 무슨 얼어 죽을 카페냐? 이러는 거예요. 그러면서 회사 나가가 쥐똘만 한 카페 차려봐야 생고생만 한다느니, 요즘 것들은 개나 소나 다 카페만 한다, 그러니까 여기저기 카페만 우후죽순으로 생기고 서로 망하는 거라고… 제 꿈을 그냥 막, 자기 마음대로 쓰레기통에 집어넣는 거예요. 그러더니 기껏 한다는 소리가, 꿈을 크게 가지라면서 자기가 끌어줄 테니까 딴생각하지 말고 시키는 거만 잘하고 배우라는 헛소리를 막 하데요."

상욱은 다시 생각해도 열불이 터지는 모양이었다. 선선한 가을밤이었음에도 아이스 커피 잔의 얼음을 입에 털어 넣고 바드득 바드득 씹어댔다.

"행님, 이건 선 넘은 거 아닙니까? 남의 꿈 가지고 지가 뭔데 이래라 저래라죠? 어이가 없어가… 지가 내 꿈도 이미 정해놨구만 묻기는 와 묻노? 그카고 고작 한다는 소리가 자기처럼 팀장 되라는데, 제가 미치지 않은 이상 그걸 와 합니까? 지 회사 생활 보고 있으면 '내는 저래 되기 전에 빨리 나가야지.'라는 생각만 더 드는데. 그라고 지도 언제 잘릴지 모르는, 저랑 같은 노예면서 누가 누굴 끌어준다는 건지… 또 배우기는 뭘 배워요? 제가 팀장한테 가르쳐주는 게 훨씬 많은데. 화상회의 시스템 하나도 제대로 못 써서 매번 물어보면서 참 내…."

상욱은 어느새 잔에 있던 마지막 얼음까지 입에 털어 넣었다.

·

"원래 회사 사람들은 회사가 전부인 줄 알지… 사실 나도 그랬어. 네 팀장처럼. 빨리 승진해서 부장 되고, 팀장 되고, 임원까지 꼭 돼야 한다고. 그래야 이직도 더 좋은 조건으로 할 수 있을 테니까…. 그땐 그저 팀장이 창을 등지고 앉아 있는 그 자리가 좋아 보이고, 임원이 되면 자기 방이 생기는 게 멋있어 보였지. 지금 생각해 보면 팀장 자리도 나랑 같은 책상 넓이일 뿐이고, 임원 방도 열 평이 안 되는 좁디좁은 공간일 뿐인데… 그래서 난 상욱이 네가 부럽기도 하고 대단하기도 해. 나는 꿈도 없이, 잘하는 것도 없이, 그저 회사가 전부라 목을 매고 있을 수밖에 없었는데 넌 아니잖아. 오래전부터 품고 있는 꿈이 있고 네가 하고 싶은 게 있잖아. 할 게 있는 게 아니라, 하고 싶은 게 있다는 거. 그거 쉬운 거 아냐. 어떤 사람은 그 하고 싶은 게 뭔지 몰라 평생 찾기만 하다 끝나기도 하니까."

상욱은 창화의 말에 귀를 기울였다. 아니, 절로 귀가 기울여졌다.

"왜… 회사 다니다 보면 이런 말 자주 하잖아? '절이 싫으면 중이 떠나야지.'라는. 근데 사실 절이 싫어서 떠나는 중은 없어. 옆에 있는 중이 싫어서 절을 떠나는 거지. 하지만 더 짜증이 나는 건 바로 이거야. 다른 중들이 너무 싫어서 떠나고는 싶은데 내가 어떤 절을 지어야 할지도 모른다는 거. 그래서 옆에 있는 중이 싫어도 참선하며 절에 붙어 있어야 하는 거지. 그래도 상욱이 넌 얼마나 좋아? 네가 어떤 절을 지어야 할지는 확실하잖아."

"와… 행님 무슨 철학자예요? 무슨 비유들이 이래 찰집니까? 진짜 와닿네요. 그리고 보니까 진짜 절이 싫은 게 아니라, 대부분 같이 있는 중이 싫은 거죠! 행님 말 들으니까 좋네요! 적어도 저는 다른 중들보단 낫네요!"

뭔가 속이 뻥 뚫리는 것 같이 후련함을 느끼며 언제 그랬냐는 듯 상욱의 표정이 확 밝아졌다.

"누가 뭐라 하든, 이제 신경 쓰지 마. 회사는 너처럼 꿈을 이루기 위한 발판이 되어야지, 예전의 나처럼 회사가 꿈이 되어선 안 돼."

"예전의 행님이라면… 지금의 행님은 꿈이 생겼다는 거네요? 뭐예요?"

"뭐긴 뭐야… 여기에 더 많은 기차들이 정차하는 거지. 이제 가게 문 닫자."

창화와 상욱은 '삼랑진역 오막살이' 문을 닫고 마감 청소를 시작했다.

창화가 '삼랑진역 오막살이'에서 한 계절을 보내는 동안, 많은 기차들이 머물다 갔다.

'그래. 어쩌면 우린 같은 유니폼이 아니어도 괜찮았어.'

창으로 들어오는 가을바람을 맞으며 창화는 생각했다.

나만 느린 것 같았고, 나만 부족한 것 같았고, 나만 답답한 인간으로 보이는 것 같았지만 알고 보면 당신도, 그들도 그러하다는 것. 더 잘하고 싶고, 더 빨리 달리고 싶고, 더 잘나 보이고 싶은 줄 알았지만, 사실 지쳐 있었고, 천천히 가도 좋았고, 이제 그만 편해지고 싶었다는 것. 우린 다르지 않았다는 것.

카페가 제 역할을 하며 삼랑진역을 닮아감에, 창화는 은은한 만족감이 느껴지고 있었다. 창화는 노트북을 열고 무언가를 만들기 시작했다.

'〈삼랑진역 오막살이〉 정식 오픈합니다.'

이제 '삼랑진역 오막살이' 정식 오픈을 해도 될 때가 됐다고 생각했다. '삼랑진역 오막살이' 문을 열면서 개업식다운 개업식을 하지 않았던 이유가 있었다. 이 공간이 창화가 원하던 공간이 되어갈 때, 창화의 커피 실력이 제법 카페 주인다워질 때, 그리고 무엇보다 창화가 이 공간에 어울리는 사람이 되어갈 때. 그런 때가 돼야, 자신 있게 '삼랑진역 오막살이'를 세상에 소개할 수 있을 것 같았다. 그렇게 오픈 행사 초대장을 쓰는데 창화의 손이 멈췄다.

"뭐라고… 쓰지…."

초대장에 인사말을 쓴 뒤, 창화는 깜빡이는 커서와 함께 눈만 끔뻑거리고 있었다.

'미정 씨, 혹시 부탁 하나 해도 될까요?'

창화는 이번에도 미정에게 SOS 문자를 보냈다.

'그럼요. 단, 제가 할 수 있을 일만!'

창화는 미정의 답장을 받자, 전화를 걸어 오픈 행사에 관해 얘기했다.

"창화 씨, 정말 좋은 생각 같아요! 그리고 그 정도 글은 저한테는 껌이죠. 헤헤. 금방 만들어서 보내드릴게요."

"네. 고마워요, 미정 씨."

"그리고, 창화 씨."

"네?"

"음… 혼자 다 하려고 애쓰지 말고, 도움 필요하면 바로바로 얘기해 줘요."

"…네, 그렇게 할게요."

창화는 웃고 있었다. 도움이 필요하면 바로 얘기하라는 미정의 말에 더는 번거롭게 하지 않겠다며 사양할까 하다가, 창화는 미소를 지으며 알겠다고 대답했다. 그리고 무엇보다도 혼자 다 하려고 애쓰지 말라는 미정의 말이, 솜이불 같은 온기를 전해주었다.

창화는 타인에게 도움을 청하는 것은 곧 빚을 지는 것이고, 또 타인을 불편하게 만드는 일이라고만 생각했었다. 그래서 항상 혼자 하려고 했고, 혼자 해결하려 했으며, 혼자 떠맡으려고 했다. 하지만 창화도 이제 깨달았다. 이 공간에 어울리는 사람은 혼자 하려고 애쓰는 사람이 아닌, 함께 하려고 노력하는 사람이라는 것. 이 공간에 들어오는 사람은 더 이상 소외받지 않는다는 것.

〈삼랑진역 오막살이 정식 개표합니다.〉

안녕하세요? 삼랑진역 오막살이 역장 우창화입니다.

이제야, 모든 기차를 맞이할 준비가 되어 정식으로 개표를 시작하려 합니다.

카페 이름이 왜 촌스럽게 '삼랑진역 오막살이'냐고요?

이용하는 사람 수가 적어도, 사라져가는 무궁화호 기차를 위해서도 꿋꿋하게 있어주는 삼랑진역 같은 공간이고 싶었습니다. 삼랑진 사람도, 삼랑진 사람이 아니라도, 그 누구라도 편하게 들어올 수 있는 카페이기 때문입니다.

티켓은 따로 구매하지 않으셔도 됩니다. 선물도 받지 않겠습니다.

그냥 정차하셔서 편히 쉬었다 가시면 됩니다.

역장 우창화 드림

미정은 정말 금세 초대장 글귀를 만들어 메시지로 보내주었다.

'와… 미정 씨, 빠른 것도 정말 놀랍지만 글 실력은 더 놀랍네요. 이런 글귀를 10분도 채 안 돼서 완성하다니 대단해요!'

'마음에 들어요? 혹시 고쳐서 쓰고 싶은 부분 있으면, 창화 씨가 고쳐서 써도 돼요.'

창화는 미정이 만들어 준 초대장 글귀를 그대로 사용하기로 했다.

"행님, 무슨 행사한다던데 뭡니까?"

상욱은 카페 행사 얘기를 미정에게 전해 들었다며 전화를 걸어왔다.

"아… 별건 아니고 오픈하면서 제대로 오픈 행사를 안 했거든.

그래서 이참에 하려고."

"와… 이런 중대사를 커피쌤이자, 아르바이트생인 저한테 먼저 얘기 안 해주고 누나한테 전해 듣게 하다니… 저 방금 누나한테 전화 받고 살짝 섭섭할 뻔했다 아입니까."

"에이, 너 저녁에 오면 얘기하려고 했지."

"그라모… 지는 뭘 하면 될까예?"

상욱은 컴퓨터 실력을 살려 초대장 디자인을 제작해 포스터를 주문하고, 사람들에게 쉽게 전달할 수 있도록 웹 초대장도 만들기로 했다. 그리고 퇴근 후 매장에 오면, 행사 당일 방문하는 손님들에게 제공할 무료 커피 재료의 양도 창화와 함께 의논해 정하기로 했다.

"행님, 어차피 오픈 행사할 거 지인들 말고 삼랑진이랑 밀양 전체에 알려서 카페 홍보도 같이하는 건 어떨까예?"

"저도 그게 좋을 거 같아요. 창화 씨 생각은 어때요?"

'삼랑진역 오막살이'가 닫힐 때 즈음에 맞춰 미정도 찾아와 오픈 행사 미팅에 참석하고 있었다.

"저도… 괜찮을 거 같아요. 그래야 앞으로 더 많은 사람들이 쉬어갈 수 있을 테니까요. 그런데 상욱아, 홍보는 어떻게 하려고?"

"에이… 행님 걱정 마이소. 요즘은 디지털 시대 아입니까. 앱으로 안 되는 게 없심더."

"저도 제 블로그에 올릴게요! 제 블로그 방문자 수가 은근히 많아요. 블로그에 올리려면… 사진도 필요하니까 사진은 제가 조만간 와서 찍을게요. 특히! 이 슬리브는 꼭 찍어야 해요. '당신도 누군가에게 자주 보게 되는 사람보다 자꾸 보게 되는 사람이길.' 이 글귀 너무 괜찮거든요."

자리에서 잠시 일어난 미정은 상기된 표정으로 슬리브를 집어 들며 말했다.

미정은 뭔가 신나 보였다. 마치 자신이 하고 싶었던 일을 시작하게 된 사람처럼. 창화는 그런 그녀의 표정을 보면서 생각했다. 부탁이라는 것이 당신에게 지는 빚이 아니라 당신을 켜는 빛이 될 수도 있다고.

35화
개표를 시작합니다

　토요일 아침부터 창화, 미정, 상욱은 '삼랑진역 오막살이'에 일찌 감치 모여 개표 준비로 분주했다. 미정이 올린 블로그 글은 일찌감 치 공감 수가 200이 넘어갔고, 상욱이 만든 웹 초대장에 참석한다 는 답변이 대부분이었다.

　"행님, 문 열기 전에 우리 셋이 사진 한 장 박을까예? 그래도 오 픈 기념인데, 오픈 멤버들끼리 사진은 한 장 남기는 게 의미가 있 지 않겠습니꺼?"

　사진 찍는 걸 별로 좋아하지 않는 창화지만, 이 사진만큼은 흔 쾌히 응하며 상욱과 미정 쪽으로 향했다.

　"행님, 일단 누나랑 저쪽으로 서 보세요. 제가 여기서 각도 맞춰 서 타이머 맞추고 달려갈게요."

　창화와 미정은 상욱의 지시에 맞춰 잔걸음을 옮기며 방향을 맞쳤다. 창화와 이렇게 가까이 서 본 적이 없었던 탓인지 미정은 얼굴이 살짝 화끈거렸다. 창화 역시, 미정과 찍는 커플 사진 같은, 묘한 기분을 느끼며 어색함을 감추지 못했다.

"어… 어… 누나가 조금만 더 행님 쪽으로… 행님은 누나 쪽으로… 둘 다 그대로 왼쪽으로 조금만… 오케이!"

상욱은 타이머를 맞추고 잽싸게 달려와 창화 옆에 섰다.

"찰칵!"

오픈 멤버들의 사진 촬영과 함께 '삼랑진역 오막살이'의 개표가 시작되었다.

*

"내 소문 듣고 오기는 했는데… 이거 미안해가… 그리고 오픈 날부터 오픈빨을 확 받아야 한다는데 고마 이거 받으이소."

오전에 찾아오는 '삼랑진역 오막살이' 주변 상인들은 공짜로 커피를 받는 게 무안했는지 계산을 하려는 분들이 많았다.

"사장님, 괜찮아요. 오늘은 그냥 드시고 다음부터 자주 찾아주세요."

계산하려고 하는 손님을 마주할 때마다 창화는 한사코 거절하기에 여념이 없었다.

"여기 해질녘 커피 하나랑 아메리카노 하나요. 둘 다 시원하게."

귀에 익은 목소리로 '해질녘'이라는 말을 듣자마자 매장 빈자리에 앉아 있던 미정이 쏜살같이 뛰어나왔다.

"엄마? 엄마가 왜 여기서 나와?"

"와? 내는 오면 안 되나? 그라고 내 여기 처음도 아인데? 맞제? 키 큰 총각?"

"아… 네… 저번에도 미용실 사장님이랑 오셨던 거 기억하는데… 미정 씨… 어머니세요?"

"응, 내 미정이 엄마."

"아! 안녕하세요! 저번에는 제가 인사를 제대로 못 드렸습니다."

창화는 허리를 90도로 숙여 꾸벅 인사를 했다.

"내사 미정이랑 키 큰 총각이랑 아는 사이인지도 몰랐네. 알았으면 그때 얘기했지. 괜찮아요. 호호호. 우리 안에서 묵고 가도 되지요?"

"그럼요! 편한 자리에 앉아 계세요. 제가 커피 만들어서 가져다 드릴게요."

"아들, 니는 엄마가 왔는데 아는 척도 안 하노? 집에는 코빼기도 안 비는 게 여기는 참 잘 오네."

"네에… 고객님, 칭찬 감사합니다."

엄마의 등장에 상욱은 건조한 표정과 대답으로 응하며 커피를 내리기 시작했고, 엄마와 미용실 사장은 카페로 들어섰다.

"엄마, 그냥 커피 받아서 미용실 가서 드셔. 아줌마, 엄마 좀 데리고 가주세요."

미용실 사장은 엄마와 미정 사이에서 눈치를 보기 바빴다.

"야 이 가스나야. 우리도 손님이다. 내캉 미용실이랑 할 이바구가 있어가 좀 앉아 있다 가겠다는데 와 니가 난리고? 총각 사장도 가만히 있는데. 그라고 니. 아침부터 어디 간다 말도 안 하고 쏜살같이 나가드만 여기 와 있었네. 가스나… 호박씨는… 호호호."

엄마는 미정에게 야릇한 눈빛을 쏘며 씨익 눈웃음을 보냈다.

"뭐야… 이 응큼한 표정은… 이상한 생각하지 마. 그런 거 아냐."

"내 뭐라 했나?"

"방금 했잖아. 호박씨니 뭐니."

"와? 찔리나?"

"아… 진짜… 아니라고. 그냥 도와주러 온 거라고."

"맞나? 그럼 저번에 니 차에 태워가 도라이브 간 것도 뭐 도와주러 간 거고?"

미정은 '드라이브'라는 단어를 듣자, 마치 결정적 증거를 잡힌 범인처럼 동공이 흔들렸다. 그리고 미용실 사장을 쳐다보았다.

"아… 그기… 내가 볼라고 했던 건 아이고… 미정이 니가 그날 저 총각이랑 차를 타고 가길래…."

"가스나야, 누가 니 잘못했다 그라나? 보기 좋아가 그라지. 뭐 그래 팔짝팔짝 뛰고 그라노?"

"아니, 내 말은…."

"커피 나왔습니다. 여기 놔드릴게요."

엄마에게 해명하려는 순간, 창화가 커피를 가져와 미정의 말문이 확 막혔다.

"응, 잘 마실게요. 총각 오늘 욕보네. 호호. 내는 잠깐 우리 미정이랑 이바구 좀 하다 갈게."

"네, 천천히 말씀 나누세요."

창화는 밝게 웃으며 커피머신 자리로 돌아갔다.

"그래 정색할 거 엄따. 그리고 미용실이 내한테 니 욕한 거도 아닌데 뭘. 그리고 내 인자 니 결혼 바라지도 않는다. 저 총각이랑 니랑 우째 해보라고 하는 거 아이다… 이 말이다. 미용실이 그카데 니 도라이브 갈 때 표정이 참 밝더라고. 또 그카데 오늘 아침 니 여기서 뭘 하는지 참 즐거워 빈다고. 그라니까 계속 행복하라고. 앞으로는 숨기면서 행복하지 말고 그냥 행복하라고."

엄마는 헤이즐넛 커피를 한 모금 마시고는 말했다.

"아, 참! 미용실 손님 온다 안 했나? 고마 미용실로 가져가서 마시자."

엄마는 미용실 사장을 재촉하며 커피를 들고 '삼랑진역 오막살이'를 나와 길 건너 미용실로 향했다. 미정은 엄마의 '그냥 행복하라'라는 말에 마음이 울컥하는 기분이 들었다.

*

전 커피 메뉴 무료 증정 이벤트 효과가 있었는지 오전 내내 꽤 많은 손님이 다녀갔다. 오픈 멤버 셋은 점심 먹을 시간도 없이 각자의 일로 바빴다.

"우 사장님!"

"경식아!"

뭔가 가득 찬 비닐봉지를 든 경식이 '삼랑진역 오막살이'에 들어섰다.

"상욱아, 인사해. 형이 얘기했던 친구 경식이. 미정 씨, 제 친구 경식이에요."

"어머, 안녕하세요? 강미정이라고 해요. 말씀 많이 들었어요."

"저도예. 말씀 많이 들었심더. 강상욱이라고 합니더."

미정과 상욱의 인사에 경식은 어리둥절하며 창화에게 '누구?'라는 눈짓을 보냈다.

"아! 이쪽은 미정 씨. 나한테 삼랑진을 알려주신 분이자, 내 인생의 터닝포인트를 갖게 해주신 분. 왜… 집 수리 사연 적어주신 분이 미정 씨야."

"아! 반갑습니다! 글을 너무 잘 적으셔서 깜짝 놀랬어요!"

"그리고 이쪽은 상욱이. 미정 씨의 친동생이자 내 커피 스승님."

미정은 '내 인생의 터닝포인트를 갖게 해주신 분'이라는 소개말에 동공이 커지며 창화를 흘끔 바라보았다.

"아… 안녕하세요. 최경식입니다. 아, 혹시 점심 안 드셨으면 이거 좀 드세요."

때마침 경식이 준비해 온 음식을 봉지에서 꺼내 미정과 상욱에게 나누어줬다.

"상욱아, 미정 씨, 저 경식이랑 앉아서 잠깐만 얘기 좀 할게요."

286

창화는 커피 두 잔을 만들어 경식과 테이블에 마주 앉았다.

"오… 커피 맛이 확실히 좋아졌는데?"

"그래? 훗… 다 저기 상욱이 덕이지 뭐."

"야, 근데 미정 씨는 뭐냐? 흐흐. 이 자식. 이 촌구석에 온 이유가 있었네. 있었어."

"무슨 헛소리야… 아, 아니지. 미정 씨가 여기 온 이유를 준 건 맞네."

창화는 미정과 인연이 된 이야기, 상욱이 커피 스승이 된 이야기를 비롯해 경식이 몰랐던 '삼랑진역 오막살이' 탄생 과정에 대해 얘기해 주었다.

"음흉한 놈… 이런 얘기는 그동안 나한테 쏙 빼놓고… 근데… 잘 어울려. 저분이랑 너."

"뭔 소리야? 그런 사이 아냐."

"그러니까. 그런 사이 되라고."

"야, 미정 씨한테 들리겠다. 말조심해. 괜히 나랑 미정 씨 어색하게 만들지 마."

"야, 그 말하는 네가 더 어색해 보여. 그리고 말이 나와서 하는 말인데, 이렇게 인생 2막을 여는 데 함께할 사람이 있으면 얼마나 좋아?"

창화는 경식의 말을 들으며 아무 말 없이 커피를 천천히 식도로 흘려보냈다.

"우창화, 너 이제 앞만 보고 달리는 고속 열차 아니라며? '삼랑진역 오막살이' 역장답게, 너도 이제 사람에게 정착해 봐. 정작 지는 그렇게 못하면서 역장은 무슨…."

듣고 보니 경식의 말이 틀린 것은 아니었다. 창화는 마치, 회사라는 조선 시대 안에서 신분 상승을 꿈꾸며 앞만 보며 아니, 위만 보며 기어오르던 평민이었다. 이제 창화는 위로 올라갈 필요가 없기에 힘들게 기어갈 이유도 없다. 이제 평평한 내 길을 내가 원하는 속도로 걸으면 그만이었다. 그 길을 함께 걸을 사람이 있다면….

*

"저… 우창화 씨 있나요?"

"아, 사장님 찾아오셨군요! 저기… 창화 씨! 손님 오셨어요."

미정은 경식과 얘기 중인 창화를 급하게 불렀다.

"엄 상무님…."

창화는 또 나타난 엄 상무를 보자 표정 관리가 되지 않았다. 경식은 '엄 상무'라는 단어를 듣자 '설마?' 하는 표정을 지으며 입구 쪽을 바라볼 뿐이었다.

"축하해. 그리고 이건 저번에 내가 못 가져다 준 개업 선물."

엄 상무는 창화에게 작은 화분을 내밀었다.

"아… 괜찮은데… 아무튼 감사합니다. 잘 키울게요. 아참, 안에 경식이도 와 있어요. 같이 커피 한잔하고 가세요."

창화는 썩 내키진 않았지만 그래도 엄 상무를 받아들였다. 누구라도 존중해주는 것이 삼랑진역 오막살이이자 창화이기에.

엄 상무는 창화를 따라 카페 안으로 들어섰고, 엄 상무와 눈이 마주친 경식은 못 이기는 척 자리에서 일어나 꾸벅 인사를 했다.

"경식이도 오랜만이네. 잘 지냈지? 어째, 살이 좀 빠진 거 같다?"

엄 상무, 창화, 경식은 마치 회사에 다닐 때 회의를 하던 것처럼 한자리에 모였다.

"상무님, 요즘 어떻게 지내세요?"

"야, 이제 나 상무 아냐. 그리고 넌 회사도 나갔는데 상무는 무슨. 그냥 형이라고 해. 그리고 경식이 넌, 나 없다고 회사를 그렇게 그만두냐? 허허! 하긴 네 능력으로 버틸 수 있는 자리가 아니긴 하지. 그래."

꽈배기처럼 빌빌 꼬는 엄 상무의 거들먹거림이 거슬리는 경식이었지만 이를 꽉 다물고 참았다.

"촌구석이지만 그래도 창화는 사장이고, 경식이 넌 요즘 뭐하냐?"

"…전 요즘 육아합니다. 애 밥도 먹이고 유치원도 보내고 그래요."

"하하! 새끼… 그러게 어떻게든 붙어 있지…. 어차피 내가 다시 그 자리로 돌아갈텐데 그걸 못 참고 쯧쯧…."

창화는 경식이 자신만큼 회사를 비참하게 떠난 것을 알기에, 그리고 자신과 달랐던 경식이 입은 상처가 얼마나 큰지도 알기에 미간이 점점 찌푸려졌다.

"상무님, 그렇게 말씀하시는 건…."

창화가 엄 상무에게 입을 열려는 순간, 경식이 창화의 무릎에 손을 얹으며 막았다.

"형이라고 하라시니까 형이라고 할게요. 어차피 저도 회사 나왔으니 이제 밑에 사람도 아니고… 형, 요즘 부산에서 많이 힘드시죠?"

"뭐?"

"형 요즘 부산팀 대리 눈치도 본다던데… 형도 이제 나이가 드시나 봐요."

"뭐라고? 내가? 이 새끼 이거 회사 나가더니 정신도 나갔네?"

"엄태수! 형! 님아, 부산 영업팀 곽 차장… 제 입사 동기예요. 제가 본사에 있어서 승진이 빠르긴 했지만 곽 차장이랑 저 나름 꽤 친해요. 모르셨죠?"

"…."

"안 그래도 제가 곽 차장한테 우리 태수… 형님아 좀 잘 봐달라고 부탁했는데, 곽 차장이 잘 해주죠? 앞으로도 제가 자주 부탁할게요."

엄 상무는 더 이상 무슨 대꾸도 할 수 없었다.

"흠! 난 일이 있어서 이만!"

허둥지둥 문을 나서는 엄 상무의 뒷모습을 보며 경식은 고개를 절레절레 저었다. 회사에 있을 때는 엄 상무가 그렇게 무서워 보였지만 '삼랑진역 오막살이' 카페에서의 엄 상무는 전혀 그렇지가 않아 창화는 내심 놀라웠다.

36화
개표를 마감합니다

"할머니! 어? 옆집 분들도 오셨네요. 안녕하세요!"

할머니와 옆집 부부가 함께 '삼랑진역 오막살이'를 찾았다.

"미정 씨! 여기 수리한 집 할머니 오셨어요!"

테이블을 정리하고 있던 미정은 할머니가 오셨다는 말에 바로 달려나왔다.

"사실 여기 미정 씨가 회사에 사연을 잘 적어 보내줘서 뽑힌 거예요."

"글나? 참말로 고맙데이. 고마워."

"별말씀을요."

할머니는 미정의 두 손을 잡고 놓을 줄 몰랐다.

"저희도… 두 분께 고맙심더. 그라고… 일전에 제가 했던 말은 다 잊어주이소! 사실 이웃사촌끼리 그라면 안 되는데… 제가 잘못

했심더."

옆집 부부도 창화와 미정에게 고마움을 전했다.

"우리 집도 억수로 예쁘게 고쳐졌으니까 다음에 꼭 놀러오이소!"

"네, 선생님. 꼭 놀러 갈게요."

창화와 미정은 서로를 바라보며 웃었다.

*

낮이 짧아지고 있는 탓인지 어느새 해가 자취를 감추며 '삼랑진역 오막살이' 주변도 어둑해지고 있었다. 점심시간 이후로 한창 바빴던 '삼랑진역 오막살이'도 이제 승객들이 줄어들며 한산해졌다.

"엄마!"

창화 앞에 엄마가 서 있었다. 그리고 엄마 옆으로 뒷짐을 지고 '삼랑진역 오막살이' 외관을 둘러보는 아버지의 모습도 보였다.

"진작 와보려고 했는데 느이 아버지가 장사한다고 바쁠 텐데 귀찮게 하지 말라고 어찌나 성화인지…."

"잘 오셨어요. 얼른 안으로 들어오세요."

창화의 부모님이라는 걸 들은 상욱과 미정은 부리나케 뛰어와 인사를 했다.

"아, 이쪽은 미정 씨예요. 미정 씨는…."

미정을 부모님께 소개하려다가 창화는 순간 멈칫했다. 어떤 단어로 미정을 소개해야 할지 몰라 그녀의 얼굴만 빤히 쳐다보며 일시 정지가 된 것이다.

"아! 친구예요. 저는 삼랑진 사람인데 여기 제 동생이 창화 씨를
도와주고 있어요."

미정은 고민에 빠진 창화의 눈빛을 재빨리 낚아채 '친구'라고 소
개하며 상욱도 함께 소개했다.

"그렇군요. 고마워요. 우리 창화가 아는 사람 하나 없는 곳에서
혼자 고생할까 봐 걱정했는데, 정말 고마워요."

미정과 상욱은 인사를 한 후 자리로 돌아가 대접할 차를 준비했
다.

"연락이라도 하고 오시지… 오시기 힘들었을 텐데…."

"힘들긴. 한 시간 걸렸나? 금방 오더라고. 그래, 장사는 잘되고?"

"네. 저렇게 도와주는 친구도 생기고 그럭저럭 잘 돼요."

엄마는 연신 애가 쓰이는 눈빛으로 창화를 바라보았다.

"여기 너 좋아하는 반찬 좀 해왔어. 아무리 바빠도 밥은 잘 챙겨
먹어."

"번거롭게 뭘 이런 걸… 고마워요. 밥 잘 챙겨 먹을게요."

엄마는 창화의 표정이 한결 밝아진 것 같아 마음이 놓였다. 엄
마와 창화가 안부를 묻고 대화를 나누는 동안에도 아버지는 아무
말씀이 없으셨다. 그저 차를 마셨다가 카페를 둘러보다가, 또 차를
마셨다가를 반복하며 창화와 눈도 제대로 마주치지 않았다.

"아버지, 운전하시느라 피곤하시겠어요. 배는 안 고프세요?"

"…가게가 참… 예쁘다."

아버지가 오랜만에 만난 창화에게 건넨 첫마디였다. 창화는 아버지에게서 이 말을 듣자 해맑게 웃었다.

"그렇죠? 여기가 원래 사진관이었어요. 아버지, 엄마, 저 잠깐 따라오세요. 2층도 보여드릴게요."

아버지의 첫마디에 신난 아이처럼 창화는 부모님을 옥탑으로 안내했다.

"자… 여기 전망이 예술이죠? 공기도 좋아서 앉아 있으면 시간 가는 줄 몰라요. 그리고 이쪽이 제가 사는 집이에요. 크기는 작은데 혼자 지내기에 불편함은 없어요."

창화는 옥탑방과 옥상 정원을 보여드리며 잘 지내고 있음을, 잘 지내왔음을 부모님께 알렸다. 엄마는 창화가 말릴 틈도 없이 그새 집으로 들어가 방 정리며, 밀려 있는 설거지를 시작했고, 아버지와 창화는 어스름해진 옥상 정원에 단둘이 남았다. 아버지는 옥탑에서 보이는 삼랑진을 바라보며 창화에게 물었다.

"…이제 좀 괜찮냐?"

"네?"

"너 말이야… 이제 좀 괜찮냐고."

아버지의 '괜찮냐'는 질문에 창화는 뭐가 괜찮냐는 건지 머리로는 알 수 없었지만 마음으로는 알 수 있었다.

"네, 저 이제… 괜찮아요. 그리고 앞으로도 괜찮을 거 같아요."

"그래, 그럼 됐다. 장사 자리 잡히고 하면, 집에도 자주 오고 그래."

"네. 그렇게 할게요."

창화는 아버지를 향해 괜찮은 미소를 보이며 대답했다.

'괜찮아?'라고 물어봐 주는 것. 이 작은 질문 하나가 지니는 따뜻함은 너무나 크다. '괜찮겠지'라며 마음의 고개를 그냥 넘어가려다 잠시 멈추고, 상대방의 마음에 머물러주는 것, 지금 우리에게 필요한 것은 이 한마디가 아닐까.

"에효… 설거지랑 집 정리 대충 해뒀어."

"엄마는 참… 내가 시간 날 때 다 하는데…."

"알지. 너 청소 잘하는 거. 그냥, 오랜만에 엄마가 해주고 싶었어."

"다 됐으면 우리도 얼른 가자고. 더 어두워지면 나 운전하기 힘들어."

아버지는 서둘러 옥탑을 내려가기 시작했다.

"아유, 성질도 급하지. 아참, 내 정신 좀 봐. 창화야 이거."

엄마는 창화에게 무언가를 내밀었다.

"얼마 전에 네가 밀양 여행 때 사진관에서 사진 찍었었냐고 물었었잖아. 안 그래도 서랍이 엉망이라 정리를 하는데 네가 한 말 때문에 이 사진이 생각이 나더라고."

앳된 아버지가 더 앳된 엄마 뒤에서 어깨에 손을 올리고 찍은 흑백 사진이었다.

"밀양에서 찍은 건 아니고 부산 어디 사진관에서 찍었던 건데 네 덕에 다시 보게 됐네. 이게 참 소중한 사진인데 말이야."

엄마는 갑자기 아버지가 내려간 계단 쪽을 흘끔 보더니 목소리를 소곤소곤하게 낮추며 말했다.

"저 무뚝뚝한 느이 아버지가 이 뒤에 이렇게 편지를 써 놨거든. 이거 받았을 때 참 행복했어… 호호!"

"저도… 행복해요…."

창화는 사진을 한참 바라보며 저녁 노을 같은 웃음을 지었다.

"어여 안 내려와! 곧 어두워진다니까!"

"아유, 내려가요! 내려가! 창화야, 내려가자."

창화, 미정, 상욱은 다 함께 부모님을 배웅했다. 창화는 부모님의 뒷모습을 보며 예전에 꾸었던 꿈이 떠올랐고, 미정과 상욱을 번갈아 보며 얼굴에 노을을 비추었다.

*

"오픈 행사 끝!"

미정이 박수를 치며 말했다.

"오늘 미정 씨도, 상욱이도 정말 고생 많았어요! 너무 고마워요!"

창화도 미정을 따라 손뼉을 쳤다.

"행님도, 누나도 다 고생했심다. 오늘 나간 커피잔 수를 보니까 예상했던 거보다 손님이 더 많이 왔더라고예. 앞으로 우리 카페 잘 되면, 저 사표 씁니데이? 하하!"

우리 카페. 상욱의 입에서 자연스럽게 나온 '우리' 카페라는 말을 그 누구도 어색하게 받아들이지 않았다. 그들은 어느새 '우리'가 되어 있었고 '우리'가 된다는 건 소외되지 않는다는 뜻이었다. 같은 유니폼을 입고 있지 않았던 창화도 이곳에서 우리가 되었고 달라 보였던 사람들도 결국 다르지 않은 사람이었다. 삼랑진에서는, '삼랑진역 오막살이'에서는 유니폼이 같지 않다는 이유로 소외되는 사람은 없었다.

"어? 이 봉지는 뭐지?"

커피머신 위에 올려진 봉지에는 사과 다섯 개가 들어있었다. 창화는 혹시 손님이 놓고 간 건 아닌가 싶어 카페 주변을 두리번거렸다. 그때 저만치에 백발 노인의 뒷모습이 보였다.

"어? 저기 어르신! 어르신! 이거 두고 가셨어요!"

창화는 노인의 뒤를 따라 사과 봉지를 들고 빠른 걸음으로 걸었다. 백발 노인은 뒤를 돌아보지 않은 채 창화에게 손을 흔들더니 금세 사라져버렸다. 창화는 사과 봉지를 든 채, 길가에 우두커니 서서 멍하게 노인이 사라진 자리를 바라보았다.

"감사합니다. 어르신 덕분이에요."

창화는 낮게 중얼거리며 웃으며 손을 저었다.

"어? 사과네예? 행님, 이 사과 무도 되는 거라예?"

상욱은 사과가 든 봉지를 가져와 창화에게 물었다.

"응. 먹어도 돼. 아주… 많이… 달 거야."

"자, 그럼 행님도 하나, 누나도 하나. 어? 두 개가 남네? 남은 건

냉장고에 넣어 놓겠심더!"

"상욱아, 냉장고 가는 김에 뒷문 좀 열어놔줄래? 환기 좀 시키게."

미정은 '삼랑진역 오막살이' 출입문을 활짝 열어젖히며 상욱에게 말했다. 상욱이 뒷문을 열자 시원한 가을바람이 카페 전체를 살며시 어루만지며 안으로 들어왔다.

"아… 가을바람 참 시원하고 맑다…"

입구 쪽에 서서 미정은 가을바람을 맞이하고 있었다.

"그러네요. 뒷문까지 여니까 매장에도 이렇게 바람이 잘 들어오네요."

커피머신을 정리하던 창화가 대답했다.

"사람 마음 같지 않아요?"

"네?"

"한쪽 문만 열었을 땐 이렇게 시원한 바람이 안 들어왔는데, 또 다른 쪽 문을 여니까 바람이 들어오잖아요. 꼭 사람 마음 같아요. 양쪽 마음이 다 열려야 통하는 거…"

미정의 말에 창화는 커피머신을 정리하던 손을 멈추고, 밖을 바라보며 불어오는 가을바람을 함께 맞이했다. 창화는 미정에게 뭔가를 물으려다 '멈칫'하고는 다른 얘기를 꺼냈다.

"미정 씨, 기억나요? 예전에 저한테 물었었죠. '삼랑진역이 있으니까 무궁화호가 서주는 걸까요? 아니면 무궁화호가 다니니까 삼랑진역이 있어 주는 걸까요?' 라고…"

미정은 눈동자를 천장으로 보내며 기억을 더듬다가, 생각이 났는지 끄덕거렸다.

"삼랑진이라는 동네가 있고, 그 동네에 이런 좋은 사람들이 살고 있어야 삼랑진역이 생길 수 있다는 걸 알았어요. 저는, 이 카페는, 이제야 삼랑진역이 될 수 있을 것 같아요. 그럼 더 많은 무궁화호가 찾아오겠죠?"

"이제 카페 이름에서 '오막살이'는 빠져야 할 거 같네요."

미정은 창밖을 바라본 채 미소를 지으며 대답했다.

잠시 뒤 '삼랑진역 오막살이'의 간판 불이 꺼지고 가을 밤 속으로 사라졌다.

길다면 길고 짧다면 짧은 회사 생활을 마감하며 돌이켜보니, '내가 지금까지 여기서 뭘 했지?'라는 생각이 들었습니다. 매일 바쁘게 살았고, 분초가 숨 막혔던 직장생활이 이제 와보니 허무하기 짝이 없더군요. 하지만 좋았습니다. 회사를 나온 '나'는 더 이상 '어디의 누구'는 아니지만 이제야 진짜 '나'로 살아가야 하는 시간이라는 생각이 들었거든요.

제가 삼랑진역에 처음 닿았을 때의 느낌이 딱 그랬습니다. 이런 곳이라면, 그냥 '나'로 살아가기 참 좋겠다고요. 주차 정산 게이트가 없는 삼랑진역 주차장부터가 그런 마음이 들게 만들었습니다. 그래서 이 소설의 배경을 삼랑진으로 정하게 됐습니다.

삼랑진을 오가며 많은 생각을 했고 그것들을 모티브로 이 책을

쓰게 됐습니다. 창화라는 인물에 저를 비롯한 존중받지 못한 직장인들의 감정을 최대한 깊숙이 점착시키려고 노력했습니다. 소설을 시작하며 창화 같은 사람들을 눈여겨보기 시작했습니다. 바로 존중받지 못한 경험이 있는 사람들을요. 그러다 보니 예전에는 보이지 않던 소수가 더 도드라져 보였습니다. 비혼주의자, 딩크족 부부, 몽상가들, 외지 사람들. 존중받지 못한 사람들에게는 공통점이 있더군요. 바로 '다른 유니폼' 이라는 것입니다.

우리는 어렸을 때부터 다수결의 원칙을 배우며 한 사람이라도 많은 쪽이 승리하는 것을 당연하게 생각하게 됩니다. 물론 결정을 내리지 못하는 경우라면 다수결이 맞을지 모르죠. 하지만 이 원칙이 사람을 판단하는 원칙으로 변질되는 경우가 너무나 많습니다. 그래서 소수는 상처를 받게 됩니다.

'남들 하는 만큼만 해라.'
'평범한 게 좋은 거다.'

네. 맞는지도 모릅니다. 하지만 전 이 작품을 쓰면서 이런 말들이 가진 폭력성도 보게 되었습니다. 결국엔 다수로 들어오라는, 같은 유니폼을 입어야 한다는 압력과 다를 게 없으니까요.

우리 사회에는 소외받고 존중받지 못하는 사람들이 많습니다. 학교에서, 회사에서, 가정에서. 그래서 삼랑진역 같은 사람들이 많아졌으면 좋겠습니다. 발걸음 한번 멈춰주고, 시선 한 줌 나눠주고, 말 한마디 선물해줘서, 더 이상 문 닫는 역이 없길 희망합니다.

내리실 역은 삼랑진역입니다

초판 1쇄 인쇄일 | 2024년 12월 01일   초판 1쇄 발행일 | 2024년 12월 11일
초판 2쇄 인쇄일 | 2025년 02월 13일   초판 2쇄 발행일 | 2025년 02월 20일

지은이 | 오서
펴낸이 | 강창용
편 집 | 인생첫책
디자인 | 가혜순

펴낸곳 | 씨큐브
출판등록 | 1998년 5월 16일 제10-1588
주 소 | 경기도 고양시 일산동구 고양대로 953-17, 한울빌딩 2층
전 화 | (代)031-932-7474
팩 스 | 031-932-5962
이메일 | feelbooks@naver.com

ISBN   979-11-6195-231-4   03810

씨큐브는 느낌이있는책의 장르 분야 브랜드입니다.

* 책값은 뒤표지에 있습니다.   * 잘못된 책은 구입처에서 교환해 드립니다.